KB042886

변변찮은 마술강사와 금기교전

Akashic records of bastard magic instructor

4

"선생님,
제발 부탁이에요!
돌아와요……!"

시스티나 피벨
고지식한 우등생.
즐거운 수학여행에 찾아온
최악의 사태를 직면하고
자신의 무력함을 저주한다.

"아무래도 네놈에게는
『교육』이 필요할 것 같군……."

"그……그만,
──웃?!"

루미아 틴젤

청초하고 마음씨 고운 소녀.
리엘에게 유괴당한 결과.
『감응 증폭자』로서
실험체가 될 처지에 놓인다.

"《 울부짖어라 불꽃의 사자여 》 ─

"

알베르트 프레이저

글렌의 전 동료.
이 섬에서 벌어지는 사태를
다양한 관점에서 예측했다.

"넌 인형 같은 게 아니야!"

글렌 레이더스

마술을 싫어하는 마술강사.
죽음의 구렁텅이에서 부활한 후.
사로잡힌 학생들을 구하기 위해
목숨을 건다.

"나, 나는……"

리엘 레이포드

루미아와 시스티나의 같은 반 친구.
자신을 오빠라고 하는 남자의 말을
따르지만, 중요한 과거의 기억은
돌아오지 않았다.

Akashic records of bastard magic
instructor

CONTENTS

제국 궁정 마도사단
특무분실

세간에 공표되지 않은
제국 궁정 마도사단의
특수 부대. 엄청난 실력의
마도사들이 모여 있다.

변변찮은

Akashic records
of bastard magic instructor

마술강사와 금기교전

4

히츠지 타로 지음
미시마 쿠로네 일러스트
최승원 옮김

교전은 만물의 예지를 관장하고, 창조하며, 장악한다.
그러하기에 그것은
인류를 파멸로 인도하게 되리라──.

『멜갈리우스의 천공성』 저자 : 롤랑 엘트리아

Akashic records
of
bastard
magic
instructor

Character

Main

시스티나 피벨

고지식한 우등생. 위대한 마술사였던 조부의 꿈을 자기 힘으로 이뤄내기 위해 흔들림 없는 정열을 바치는 소녀.

글렌 레이더스

마술을 싫어하는 마술강사. 만사에 무책임하고 의욕 제로, 마술사로서도 삼류라서 장점은 전혀 없는 셈. 그런 그의 진정한 모습은—?

루미아 틴젤

청초하고 마음씨 고운 소녀. 누구에게도 밝힐 수 없는 비밀을 가지고 있으며 친구인 시스티나와 함께 열심히 마술 공부에 매진하고 있다.

리엘 레이포드

글렌의 전 동료, 연금술로 고속 연성한 대검을 다룬다. 근접 전투에서 비교할 자가 없는 이색적인 마도사.

알베르트 프레이저

글렌의 전 동료, 제국 궁정 마도 사단 특무 분실 소속. 신기에 가까운 마술 적격이 특기인 괄장한 실력의 마도사.

엘레노아 샤레트

알리시아의 직속 시녀장 겸 비서관. 하지만 그 정체는 하늘의 지혜 연구회가 제국 정부로 보낸 밀정.

세리카 아르포네아

제국 마술 학원 교수. 글렌의 스승인 동시에 길러준 부모이기도 한 수수께끼가 많은 여성.

Academy

웬디 나블레스

글렌이 담당하는 반의 여학생. 지방 유력 명문 귀족 출신. 자부심이 강하고 권위적인 성격의 세상 물정 모르는 아가씨.

린 티티스

글렌이 담당하는 반의 여학생. 약간 내성 적이고 체격도 작아서 귀여운 동물처럼 보이는 소녀. 자신감이 없어서 고민이 많다.

기블 위즈덤

글렌이 담당하는 반의 남학생. 시스티나 다음가는 우등생이지만 결코 주변과 어울리려 하지 않는 냉소주의자.

카슈 윙거

글렌이 담당하는 반의 남학생. 덩치가 크고 튼실한 체격, 성격이 밝고 글렌에게 호의적이다.

세실 클레이튼

글렌이 담당하는 반의 남학생. 조용한 독서가, 집중력이 높아서 마술 적격에 재능이 있다.

할리 아스트레이

제국 마술 학원의 베테랑 강사. 마술 명문 아스트레이 가문 출신. 전통적인 마술사와는 거리가 먼 글렌에게 공격적이다.

마술

Magic

—

룬어라고 불리는 마술 언어로 구성한 마술식으로 수많은 초자연 현상을 일으키는
이 세계의 마술사에게 지극히 『당연한』 기술.
영창하는 주문의 구절과 마디 수,
템포, 술자의 정신상태에 따라 자유자재로 형태를 바꾸는 것이 특징.

교전

Bible

—

천공의 성을 주제로 삼은 지극히 아동 취향인 옛날이야기로 세계에 널리 퍼져있다.
그러나 그 소실된 원본(교전)에는
이 세계에 관한 중대한 진실이 적혀있다고 전해지며, 그 수수께끼를 좇는 자에게는
어쩌선지 불행이 닥친다고 한다—.

알자노 제국
마술학원

Arzano Imperial Magic Academy

—

약 4백 년 전, 당시의 여왕 알리시아 3세의 주도로 거액의 국비를 투입해서
설립한 국영 마술사 육성 전문학교.
오늘날 대륙에서 알자노 제국이 마도대국으로 명성을
떨치는 기반을 만든 학교이자, 늘 시대의 최첨단 마술을 배우는
최고봉의 교육 기관으로서 주변 국가에 널리 알려져 있다.
현재 제국의 고명한 마술사 대부분이 이 학원의 졸업생이다.

막간Ⅱ 파도 속으로 가라앉는 마음

푸욱.

살을 파고드는 둔탁한 소리. 몸을 꿰뚫는 충격.

그 충격은 사고를 모조리 날려 버리고 뇌를 새하얗게 표백했다.

등에서부터 오른쪽 가슴까지 관통한 얼음 같은 감촉은, 곧 몸을 안쪽에서 태우는 작열로 변모했다.

"……어?"

글렌은 입술을 떨면서 자신의 가슴 언저리로 시선을 내렸다.

─자신의 오른쪽 가슴에 새빨갛게 물든 칼날이 거짓말처럼 길게 자라나 있었다.

그 부분을 중심으로 순식간에 셔츠를 침식하는 치명적인 붉은색.

믿을 수 없는, 믿고 싶지 않은 악몽 같은 광경.

"쿨럭……."

목구성에서 흘러넘친 녹슨 쇠 맛에 글렌은 숨이 막혔다.

"……리……엘?"

글렌은 고개만 돌려서 망연자실한 표정으로 등 뒤의 리엘을 흘겨보았다.

그곳에는 글렌의 등에 검을 찌른 리엘이 서 있었다. 마치 달이 뜨지 않은 밤의 깊은 바다보다도 어두운 눈으로…….

"쿨럭……! ……컥…… 어, 어째서……?"

글렌은 반사적으로 의미 없는 질문을 했다.

이렇게 자신의 몸에 손을 댄 이상 그녀의 뜻은 명백했다.

그렇다. 리엘은 배신한 것이다. 아니, 원래 있던 곳으로 돌아간 것이다. 과거에 그녀가 속했던 그 지긋지긋한 조직 ─ 하늘의 지혜 연구회로…….

이렇게 될 위험성이 있다는 건 알고 있었다. 사실 리엘은 그 하늘의 지혜 연구회와 인연이 있는 인물이었다. 그녀에게 어떤 수작을 부려놓았을지─ 충분히 짐작이 갔다.

하지만, 그래도─.

믿었다.

계기는 **그 소녀**와 한 약속을 지키기 위한 것뿐이었지만…… 함께 수라장을 거쳐 오는 사이에, 서로의 목숨을 지켜주면서 괴로운 전투의 나날을 보내는 사이에…… 리엘은 완전히 이쪽으로 돌아섰다고…… 그렇게 믿었다.

만약 그 조직이 무슨 수작을 부리더라도…… 분명 리엘이라면 같이 싸워줄 거라고…… 그렇게 믿고 싶었다.

그렇게 바랄 정도로 어딘지 모르게 위태로운 리엘에게 정이 생겼다. 만약 자신에게 여동생이 있다면…… 이런 느낌일지도 모르겠다는 인상을 받았다.

……혹은 이런 감정조차, 그런 생각이 들게 하는 것조차 함정이었던 걸까.

알베르트의 말대로…… 리엘은 『처분』하는 게 옳았던 걸까.

그게 올바른 방법이었던 걸까.

……빌어처먹을.

"……너…… 서, 설마……?! 거짓말……이지……?"

머리가 냉정하게 현실을 이해하는 것과는 반대로, 글렌의 감정은 일말의 희망을 버리지 않고 피를 토하는 심정으로 질문했다.

하지만—.

"……지금까지, 고마웠어."

리엘은 글렌의 물든 공허한 두 눈을 피하면서 느닷없이 그렇게 말했다.

냉혹한 결별의 결정적인 한 마디.

글렌은 이를 악물었다.

그러나—.

"하지만 난…… 저기 있는 오빠를 위해서 살아가야만 해."

"……뭐? ……오빠?"

그 순간—.

이미 돌이킬 수 없는 궁지에 몰려서 반쯤 포기하고 있던 글렌의 사고가 얼어붙었다.

오빠.

지금 리엘은 분명 그렇게 말했다.

글렌의 떨리는 시선이 전방을 헤맸다.

그곳에는 한 명의 청년이 서 있었다.

자신이 여기에 오기 전까지 리엘과 대치하고 있었던 청년.

리엘과 같은 파란 머리를 한, 스탠딩 칼라의 로브를 입은 청년.

몹시 불쌍해하는 표정으로 이쪽을 쳐다보고 있는…….

"……리, 리……엘…… 너…… 그게 무슨……?!"

들어야만 했다. 리엘이 한 그 말의 진의를…….

이대로는 속 편히 눈 감을 수 없었다.

그러나—.

"……잘 가."

이미 시간이 다했다.

리엘은 무정하게도 그렇게 고했다.

그리고 글렌의 몸을 꿰뚫은 대검을 아무렇지 않게 휘둘렀다.

"──?!"

크게 회전하는 글렌의 시야.

리엘은 자신의 초월적인 힘으로 글렌에게 박힌 검을 마치 선풍처럼 휘둘렀고—.

그 기세로 검에서 빠져나간 글렌의 몸은 포물선을 그리며 날아갔다.

약 1, 2초 정도의 무중력감.

글렌에게는 무한에 가까웠던 시간이 끝나자 그의 몸은 해수면에 내동댕이쳐졌다.

성대하게 솟구치는 물기둥.

거친 파도에 농락당하는 글렌의 몸.

크게 벌어진 가슴의 상처에서 피가 빠르게 빠져나갔다.

몸에서 점점 힘이 빠져나갔다.

'……이, 이런……! 치, 치유의 주문을……!'

지금이라면 아직 괜찮다. 체력을 꽤 잃었지만 아직 입은 움직였다. 물속에서 주문을 영창하는 방법도 알고 있다.

지금까지도 이런 극한 상태에서 주문을 사용해 목숨을 건진 적이 몇 번이나 있었다.

그러나—.

'아, 아뿔싸!'

이미 글렌은 자신의 고유 마술을 발동해서, 자신을 중심으로 일정 범위 안의 마술 발동을 완전히 봉쇄했다는 것을 새삼스럽게 떠올랐다.

'……저, 전부 역효과였나…….'

오리지널【광대의 세계】.

지금은 그 이름이 마치 글렌 자신을 강렬하게 조롱하는 것 같았다.

이미 해안까지 헤엄칠 체력은 없었다.

가까스로 돌아간다고 해도 마술을 쓸 수 없는 이상, 이 상처로 리엘을 당해낼 방법은 없었다.

체크 메이트
외통수다.

……가라앉는다.

글렌의 몸은 어두운 바닷속으로 서서히 가라앉았다.

벌써 해수면은 저 멀리 있었다. 손을 뻗어도 도저히 닿지 않을 것 같았다.

'이럴…… 수가…… 나는…… 이런 곳에서…… 죽는 건가……?'

의식이 어둠 속으로 가라앉기 직전.

글렌의 머릿속을 연달아 스쳐 지나간 것은 귀여운 금발 소녀의 얼굴과, 건방진 은발 소녀의 얼굴과, 아무래도 상관 없었던 제자들의 얼굴이었다.

'……미……미안하다…….'

그 생각을 마지막으로 글렌은 완전히 의식을 잃었다.

제6장 뒤얽히는 속셈

마치 만물들이 춤을 추는 것처럼 나무들이 울창하게 우거진 깊고 어두운 밤의 숲속에서—.

달려들고. 몰아친다. 마치 밀려오는 해일처럼……

사방팔방에서 썩은 살로 이뤄진 벽이 그 남자를 압살하려는 듯이 몰려들었다.

망자의 무리가 주문의 명을 받은 대로 그 남자를 자신들의 동료로 만들기 위해 양손을 내밀고 맹렬하게 밀려왔다.

"《금색의 뇌수(雷獸)여·땅을 질주하라·하늘로 날아올라 춤춰라》."

하지만 누가 봐도 도저히 저항할 수 없을 것 같은 압도적인 질량 앞에서도 남자는 아무렇지 않게 세 소절의 룬으로 주문을 완성했다.

바로 그때 빛의 선이 된 마력이 땅을 질주하며 남자를 중심으로 오망성 법진(法陣)을 그렸다.

다음 순간, 수많은 구형 번개가 나선을 그리며 춤췄고 벼락의 폭풍이 하늘을 찢고 땅을 가를 듯한 기세로 포효를 내질렀다.

극광이 시야를 새하얗게 불태웠다.

구형 번개와 벼락에 닿은 망자들은 잇따라 모조리 폭발하면서 흔적도 없이 증발했다.

그 순간—.

휘이잉.

남자의 주위에 냉기가 휘몰아치더니 나뭇가지들이 울기 시작했다.

약간 높은 나무 위에서 남자의 움직임을 살피던 여자— 엘레노아가 이미 흑마(黑魔)【아이스 블리자드】를 영창하고 있었던 것이다.

그러나 남자— 알베르트는 그 행동도 이미 파악하고 있었다는 듯 머리 위의 엘레노아를 날카로운 두 눈으로 노려보며 왼손을 매섭게 들이밀었다.

그 순간, 손가락 끝에서 번개가 질주했다.

한줄기의 섬광이 숲의 어둠을 가르며 엘레노아를 향해 일직선으로 날아들었다.

'큭?! 이 타이밍에 딜레이 부트?!'

딜레이 부트. 사전에 주문을 영창해 두고 임의의 타이밍에 발동하는 고등 기법이다.

알베르트가 딜레이 부트로 발동한【라이트닝 피어스】가 날아들자 엘레노아는 영창 중이던【아이스 블리자드】를 캔슬하고 나뭇가지를 박차며 공중으로 도약했다.

그러자 바로 조금 전까지 그녀가 있었던 위치를 번개가 스쳐 지나갔다.

머리부터 추락하는 엘레노아가 안심한 것도 잠시뿐…….

알베르트는 왼손으로 날린 번개가 빗나간 것을 개의치 않고 몸을 돌리더니 이번에는 낙하하는 엘레노아를 오른손으로 겨누었다.

'게다가 더블 캐스트까지?!'

더블 캐스트. 한 번의 주문 영창으로 같은 마술을 두 번 발동하는 고등 기법이다.

엘레노아는 혀를 차면서 근처에 있던 나무를 발로 차고 자신의 낙하궤도를 바꾸었다.

재차 날아든 섬광이 아슬아슬하게 귀를 스쳤다.

"훌륭한 솜씨군요……."

엘레노아는 몸을 비틀어서 고양이처럼 부드럽게 착지했다.

동시에 재빨리 등을 돌리고 달리기 시작했다.

그 모습은 누가 봐도 이길 수 없다고 판단하며 거리를 벌리려는 것 같았다.

"흥."

알베르트도 즉시 땅을 박차며 엘레노아를 따라 달리기 시작했다.

그녀의 진행방향을 따라 일정 거리를 유지하며 질주했다.

밤의 숲속을 두 차례의 질풍이 가로질렀다.

어둠 속에 메아리치는 풀을 밟는 소리.

두 사람 사이를 수많은 나무가 세찬 물결처럼 흘러 지나 갔다.

"……쿡."

엘레노아는 승리를 확신하며 입가를 희미하게 일그러트렸다.

조사(操死)【데드 라인】.

그녀는 알베르트가 달려오는 방향에 이미 선형 결계식 ^{매직 트랩}마술 함정을 설치해놓았다.

그 선은 생사를 가르는 죽음의 선. 현세와 황천의 경계.

무단으로 그 경계를 넘은 자는 저항할 틈도 없이 바로 생명 활동을 멈추고 만다.

"좋아요……. 그대로…… 그대로…… 예……. 절 따라오시는 거예요……."

알베르트가 그 죽음의 선을 넘을 때까지 앞으로 20미트라.

10미트라.

5미트라.

1미트라―.

"……어!?"

하지만 엘레노아는 경악하며 눈을 부릅떴다.

알베르트가 그 죽음의 선을 넘기 직전에 아무런 전조도 없이 멈춰 선 것이다.

"《울부짖어라 불꽃의 사자여》."

그리고 그는 한 소절 영창으로 흑마 【블레이즈 버스트】를
발동했다.

 '……이것도 예상하신 건가요. 정말 심술궂으신 분……'

 쓴웃음을 흘리는 엘레노아를 향해 응축된 열에너지로 만
들어진 화구가 호선을 그리며 날아들었다.

 치명적이고 압도적인 열기가 접근하는 것이 피부로 느껴
졌다.

 '사전에 제 몸에 부여해둔 삼속성 내성 강화 마술— 흑마
【트라이 레지스트】의 효과는…… 약간 불안한 감이 있지만
아직 남아있네요. ……그렇다면.'

 엘레노아는 대항 주문을 쓰지 않았다.

 《나오너라 붉은 짐승의 왕》!"

 오히려 자신도 화염구를 날려서 날아오는 화염구와 정면
으로 맞부딪히게 했다.

 공중에서 격돌한 두 화염구가 크게 폭발했다.

 황혼의 색으로 불타오르는 세계. 거칠게 휘몰아치는 폭염
은 불꽃 폭풍이 되어서 알베르트와 엘레노아를 포함한 그
일대를 무참하게 유린했다.

 "……칫. 《빛의 장벽이여》."

 알베르트가 즉시 카운터 스펠을 영창하자 빛으로 이뤄진
육각형이 반구 형태로 늘어선 마력 장벽이 나타나 폭염을
차단했다.

'빈틈!'

한편으로 폭염이 몸을 불태우는 것도 아랑곳하지 않은 엘레노아는 처절하게 웃으며 재차 주문을 영창했다.

"《납시옵소서》―― 《아아·납시옵소서》―― 《납시옵소서》――."

황홀경에 젖은 듯한 목소리로 노래하는 영창이 주위에 울려 퍼진 순간―.

"《야령(夜靈)이 부르는 소리에·응하소서》―― 《응하소서》―― 《응하소서》――."

허공에 열리는 문. 흘러넘치는 독기. 문에서 나타난 수많은 인간의 그림자. 숨 막히는 시체 썩는 냄새.

알베르트의 주위에 새로운 망자들이 엄청난 기세로 연달아 소환되었다.

눈 깜짝할 사이에 나타난 대량의 망자가 그를 빈틈없이 포위하고 말았다.

"《그의 피와 살이·그대들을 위로할지니·윤택하게 할지니》―― 《자·어서·드시옵소서》!"

"샤아아아아아아아아아아아아아아!"

엘레노아의 영주(슈呪)에 응한 썩은 살로 이뤄진 벽이, 사방팔방에서 해일처럼 알베르트를 향해 밀려들었다.

그를 압살하려는 듯한 압도적인 질량.

보통은 여기서 체크 메이트다.

알베르트가 아무리 한 소절 영창, 스톡 스펠, 딜레이 부트, 더블 캐스트 같은 초고등 기법을 구사하는 실력자라 해도 이만한 숫자를 한꺼번에 대응하는 건 무리였다.

역시 전투에서는 물량이야말로 절대적인 힘인 것이다.

……어디까지나 일반적으로는.

《금색의 뇌수여·땅을 질주하라·하늘로 날아올라 춤춰라》.

그러나 알베르트는 개의치 않고 냉정하게 주문을 영창했다.

대부분의 공격 주문을 한 소절로 발동하는 그^{어썰트 스펠}로서는 보기 드문 세 소절.

주문은 망자들이 내민 손이 아슬아슬하게 닿기 직전에 완성되었다.

이토록 많은 망자가 달려들어도 알베르트의 냉철한 표정에는 일말의 흔들림도 없었다. 날카로운 손톱이 자신의 눈알 바로 앞까지 다가와도 눈 한 번 깜빡하지 않았다.

그리고 다음 순간—.

—개수일촉(鎧袖一觸)[#1].

극광과 폭발음. 어둠을 가르는 섬광과 충격. 자전(紫電)의 난무.

#1 개수일촉(鎧袖一觸) 갑옷 소매를 한 번 건드린다는 뜻으로 약한 상대편을 간단히 물리침을 이르는 말

알베르트를 중심으로 형성된 벼락의 폭풍, 주위에서 춤추는 수많은 구형 번개.

미처 날뛰는 뇌신의 포효가 알베르트를 포위한 망자의 무리를 인정사정없이 휩쓸어 버렸다.

오히려 그에게 덤벼든 망자들이 가엾게 느껴질 정도로 일방적인 학살극이 펼쳐졌다.

"그래요……. 알베르트 님에게는 이 마술이 있었죠……."

엘레노아는 그토록 많았던 자신의 귀여운 하인들이 어찌할 방도도 없이 쓸려나가는 모습을 악몽이라도 꾸는 심정으로 바라보았다.

"정말이지, 농담이 심한 분이시네요……."

엘레노아가 이끄는 망자들의 접근을 결코 허락하지 않는 이 무차별 광역 섬멸 주문은 B급 군용 마술인 흑마 【플라스마 필드】였다. 【라이트닝 피어스】의 상위 고등 주문이다.

일반적으로 군용 마술은 A급, B급, C급의 세 클래스로 구분된다.

A급은 전술, 전략 레벨의 대마술이다. 천지이변에 가까운 위력을 자랑하지만 애초에 단독으로 영창할 수 있는 주문이 아니었다. 여러 명의 마도사가 협력해야만 발동할 수 있는 의식 마술인 것이다.

근~원거리 마술 전투에서 주로 쓰이는 건 C급과 B급의 군용 마술이다.

보통 C급을 한 소절로 영창할 수 있다면 초일류. B급은 몇 소절에 걸치더라도 발동에 성공하기만 하면 초일류 마도사로 여겨진다.

하지만 B급 군용 마술의 일반적인 길이는 최소 일곱 소절 이상이다. 이건 대개 아군과의 연계를 염두에 둬야만 운용할 수 있는 영창 시간이었다.

B급은 C급과 비교하면 위력과 규모가 격이 다르지만 일대일 마술 전투에서는 영창 소절이 지나치게 긴 탓에 빈틈이 생겨나기 쉬우므로 도움이 되지 않는다는 게 일반적인 상식이었다.

"그걸 저 알베르트라는 분은……."

B급 군용 마술을 발동하는 데 고작 세 소절.

일대일 마술 전투에서 아슬아슬하게 쓸 수 있는 길이인 세 소절로 완성해낸 것이다.

아무리 흑마 【플라스마 필드】가 아군과 연계를 취하기 어려운 주문이라고 해도, 그 영창 속도를 세 소절까지 단축해서 단독으로 운용할 수 있다면 이야기는 완전히 달라진다.

그 결과, 엘레노아는 자신의 귀여운 하인들이 무력하게 학살당하는 광경을 이를 악물면서 지켜볼 수밖에 없었다.

"……참으로 강하신 분."

엘레노아는 진심으로 그렇게 생각했다.

"제국 궁정 마도사단 특무분실 집행자 넘버 17, 《별》의 알베르트 님…… 설마 이 정도였을 줄이야……."

알베르트는 평범한 마술사가 즐겨 쓰는 변화구…… 특수한 마술이나 상대의 허점을 찌르는 마도구, 마도기를 일절 쓰지 않았다.

끊임없는 노력으로 일궈낸 강대한 마력을 완벽하게 제어해서 빠르면서도 정밀하게 주문을 완성해내고, 신기에 가까운 상황 판단력으로 최적의 타이밍에 정확하게 운용하는 것…… 고작 그것뿐이었다.

단순하기 짝이 없지만 그만큼 빈틈을 찾아볼 수 없는 진정한 강함. 정통파 마술사의 교과서 같은 강함이었다. 엘레노아는 그에게 붙은 『제국 제일의 저격수』라는 명함이, 그 완벽하기 짝이 없는 마술 제어의 부산물에 지나지 않는다는 사실을 이 싸움을 통해 뼈저리게 실감했다.

이윽고―.

일렁이며 타오르는 나무들, 지면에 퍼지는 불꽃. 여기저기서 폭발하는 자전.

소용돌이치는 불똥과 열파의 중심에서―.

"준비한 잔재주는 이걸로 끝인가?"

지옥에서 온 전귀(戰鬼)의 행진이 이러할까.

알베르트는 솟구치는 불꽃을 배경 삼아 천천히 엘레노아에게 다가왔다.

상대를 쏴 죽일 듯한 그의 두 눈이 일렁이는 불꽃을 반사해 한층 더 날카롭게 번뜩였다.

몸에는 아무런 상처도 없었다. 피 한 방울 흐르지 않았고, 숨소리 하나 흐트러지지 않았으며, 그을음 하나 묻지 않았다.

"어차피 상대는 저격수. 근거리 마술 전투로 몰아넣으면 쉽게 이길 수 있다고…… 그렇게 생각했나? ……나도 참 만만하게 보인 모양이로군."

"……그럴 리가요. 그저……."

엘레노아는 쿡 하고 쓴웃음을 흘렸다.

얕본 건 아니었다.

결코 방심한 것도 아니었다.

그녀는 이 함정을 팔 때 반드시 알베르트를 해치울 수 있도록 방심하지 않고 치밀하게 준비했다.

초기 조건은 전부 자신에게 유리했다.

하지만 알베르트는 그 모든 것을 압도적인 실력으로 뛰어넘었다. 고작 그것뿐이었다.

"……알베르트 님께서 제 상상을 아득히 뛰어넘을 정도로 강하고, 격렬하시다 보니…… 쿡쿡…… 전 이제 몸이 달아오르고 근질거려서…… 왠지 이대로 망가져 버릴 것만 같네요……."

요사스럽게 웃은 엘레노아는 요염하게 몸을 비틀었다―.

"……네놈도 어지간한 괴물이로군."

알베르트는 위험한 색향을 발산하면서 자신의 몸을 껴안는 엘레노아를 얼음 같은 차가운 눈으로 흘겨보고 경멸하듯 내뱉었다.

"그 초회복 능력. 법의(法醫)[힐러 스펠] 주문의 조건 발동이나 자기 치유능력을 높이는 종류의 마약은 아니군. 더 역겨운 별개의—."

"……."

알베르트가 그렇게 지적한 순간—.

엘레노아가 입을 다물자 그녀의 몸을 둘러싼 어둠이 한층 더 짙어지는 느낌이 들었다.

알베르트의 말대로 폭염에 휘말려서 화상을 입었던 그녀의 몸은 이렇게 대화를 나누는 사이 단숨에 치유되었다.

이번뿐만이 아니다. 전에 페지테에서 교전했을 때도, 이번 전투에서도 일베르트의 어설트 스펠은 몇 번이나 엘레노아에게 명중했다. 몇 번이나 치명상을 입혔다.

바로 조금 전에도 일부러 근접 격투전으로 몰고 가서 직접 마력을 담은 주먹으로 머리를 날려 버리기까지 했다. 확실히 반응이 있었다. 평범한 상대였다면 이미 결판이 났으리라.

하지만 엘레노아는 아무리 심한 상처를 입어도 피를 흘리지 않고 죽지도 않았다. 시간이 지나면 상처에서 피어오르는 검은 연기와 함께 상처가 완전히 사라져 있었다.

'……이 여자의 영문을 알 수 없는 점은 그뿐만이 아니야.'

알베르트를 주위를 힐끔 훑어보았다.

그야말로 지옥도.

엘레노아가 소환한 수십을 넘는 망자 중에 어떤 자는 불덩어리가 되었고, 어떤 자는 타고 남은 재가 되었으며, 어떤 자는 몸이 산산조각나서 무력화되었다. 아직도 해방되지 않은 망자들의 영혼이 잘려나간 팔다리나 간신히 붙어 있는 팔다리를 땅바닥에서 꿈틀꿈틀 움직이고 있었다.

시체 썩은 냄새에 살이 타는 냄새가 더한 이곳은 그야말로 지옥 그 자체.

이런 현세의 지옥이 이 숲속 여기저기에 펼쳐져 있는 것이다.

엘레노아는 대체 얼마나 많은 망자를 하인으로 보유하고 있는 것일까. 게다가 왜 전부 여자일까. 애당초 그녀가 소환한 망자의 숫자는 상식적인 사령 소환술의 한계를 가볍게 뛰어넘었다. 여기에는 대체 어떤 술리(術理)가 적용된 것일까.

'저 불사성. 그리고 무한이나 다름없는 시체 소환술. 이 수수께끼를 풀어야만 해.'

물론 알베르트가 자신의 능력을 전부 다 드러낸 것은 아니었다.

하지만 그건 엘레노아 역시 마찬가지이리라.

'아무래도 저 여자는 내가 지금까지 해치워온 외도(外道)

마술사들과는 격이 다른 모양이로군.'

단순한 마술 전투 능력만 따지면 알베르트가 위였고 엘레노아보다 뛰어난 외도 마술사도 드문 건 아니었지만…… 알베르트는 그녀가 그 인식조차 뛰어넘는 무시무시한 뭔가를 감추고 있는 강적이라고 냉정하게 판단했다.

"……그럼 대접을, 계속해 볼까요……?"

엘레노아는 낮고, 음산하고, 요염하게 웃었다.

양손을 축 늘어트린 채 머리카락 틈새로 드러난 나락 같은 눈이 이쪽을 쳐다보는 모습은 마치 망가진 꼭두각시 인형 같았다.

그리고 그녀의 주위로 어디선가 나타난 망자들 — 역시 전부 여자 — 이 여왕을 섬기는 노예처럼 천천히 다가왔다.

"헛소리는 그만. 어서 네 비장의 수를 꺼내 보시지."

알베르트는 차갑게 말했다.

"네가 단순한 장난으로 하인을 소모하기만 할 여자일 리가 없지."

"어머나…… 거기까지 간파하셨나요……."

알베르트의 지적에 엘레노아는 한순간 놀란 표정을 지었지만, 곧 더더욱 요사스럽고 즐거운 얼굴로 웃었다.

"죄송하네요……. 당신 같은 멋지고 늠름한 남성분이라면 아무쪼록 진심으로 상대해드리고 싶지만…… 그럼 당신도 제게 진심을 보여주시는 게 어떤가요. ……알베르트 님? 쿡쿡쿡……."

엘레노아의 요염한 미소를 알베르트는 흔들림 없는 날카로운 태도로 흘려 넘겼다.

"……뭐가 목적이지?"

"후, 후, 우후훗…… 여자에게는 비밀이 있는 편이…… 매력적이지 않나요?"

엘레노아는 조소했다.

언제 어디서나 조소를 멈추지 않았다.

짙은 어둠이 느껴지는 고혹적이고 치명적인 미소.

'이 여자…….'

조금 전에 리엘과 접촉한 하늘의 지혜 연구회의 하수인으로 여겨지는 수수께끼의 남자.

대처하기 위해 움직이려 한 자신을 갑자기 습격한 엘레노아.

이 엘레노아라는 여자가 자신을 이 자리에 붙잡아두기 위해 나타났다는 건 명백했다.

따라서 알베르트는 속공으로 결판을 내고 싶었지만 엘레노아의 이유를 알 수 없는 불사성 때문에 귀중한 시간만 낭비하고 있었다.

"……."

알베르트는 엘레노아에게 주의를 기울이면서 생각했다.

제국 정부는 엘레노아가 하늘의 지혜 연구회의 마술사였다는 사실이 판명된 후부터 그녀가 남긴 흔적을 필사적으로 조사한 결과, 그녀가 하늘의 지혜 연구회에서도 고위로 분류되는 제2단 《지위(地位)》 클래스였다는 것을 밝혀냈다.

따라서 엘레노아는 조직의 실태와 내정에 상당히 밝을 것이라 예상되었고, 고착 상태의 항쟁에 속을 썩고 있는 제국 정부는 그 정보를 간절히 원했다.

만약 그녀를 이 자리에서 생포한다면 앞으로 제국은 조직에 한없이 유리한 고지를 점할 수 있을 것이다.

'하지만……'

알베르트의 직감이 경고했다. 이 여자는 위험하다고…….

자신들이 감당할 수 없는 뭔가를 숨기고 있을 것이라고…….

조직의 정보는 필요하지만 이 여자만은 피해야 한다고…….

그런 까닭에 그는 망설이지 않고 결단을 내렸다.

'여기서, 확실하게, 처리한다.'

그 순간, 알베르트에게서 차가운 살기가 흘러넘쳤다.

'이 여자를 인간이라고 생각하지 마라……. 괴물— 제1급 위협종이라 판단하고 대처하는 거다.'

"……윽?!"

알베르트가 왼손의 손가락으로 자신을 겨누자, 그 강렬한 살의를 피부로 느꼈는지 엘레노아의 요염한 미소에 희미한 긴장감이 드러났다.

지금까지와는 다른 주문을 영창하려 한 순간—.

"——!"

알베르트는 보았다.

발동 중인 원견(遠見) 마술이 자신의 왼쪽 눈에 투영한 영상을……

아무래도 전투 중에 한눈을 팔 수는 없어서 지금까지 의식하지 않았던 그 광경.

달아난 리엘을 감시하려고 북동쪽 해안에 있는 개발 지역 부둣가에 설치한 마술의 천리안이 비춘 그건— 리엘이 대검으로 글렌의 등을 찌른 광경이었다.

리엘의 검에 찔린 글렌은 곧 포물선을 그리며 날아갔고…… 눈 깜짝할 사이에 거친 파도 속에 삼켜졌다.

"칫…… 꼴사납군."

알베르트가 짜증을 섞어서 혀를 찬 순간, 엘레노아도 그쪽의 상황을 어떤 수단으로 파악한 것이리라.

"……후훗. 유감이네요. 시간이 다 됐군요."

지금까지의 퇴폐적이고 요염한 분위기는 어디로 갔는지 숙녀다운 정숙한 얼굴로 돌변했다.

그리고 알베르트가 보인 그 한순간의 틈을 찔러서 주문을 영창했다.

"《폭(爆)》!"

엘레노아의 주위에서 폭염이 솟구치며 주위의 시야를 차

단했다.

흑마 【퀵 이그니션】. 현재 세상에서 가장 빠르고 짧게 발동 가능한, 공격보다는 긴급 회피용으로 운용되는 C급 군용 마술이었다.

빈틈을 찔린 상황에서 이론상 최고속 주문을 펼치자, 제아무리 알베르트라도 카운터 스펠을 발동할 수 없었다.

폭염이 가라앉자 예상했던 대로 엘레노아는 이미 모습을 감추었다.

동시에 사령술도 캔슬되었는지 남겨진 망자들이 천천히 무너져 내리면서 흙으로 돌아갔다.

미련을 남기지 않는 훌륭한 도주 솜씨. 적이지만 찬사를 보낼 수밖에 없었다.

"……손바닥 위에서 놀아났다는 건가."

알베르트는 자조하며 작게 주문을 영창한 후, 왼팔을 휘둘렀다.

그러자 주위에서 타오르는 불꽃이 마치 촛불처럼 간단히 꺼졌다.

밤의 숲속에 정적과 완전한 어둠이 되살아났다.

"하지만 이대로 끝낼 수는 없지……."

가슴속에 소용돌이치는 온갖 감정을 전부 억누른 알베르트는 냉정하고 냉철하게 상황을 파악했다.

현재 글렌을 공격한 리엘은 밀회한 남자에게 무슨 소리를 들었는지 어떤 장소를 향해 맹렬한 속도로 달려가고 있었다.

그녀가 배신한 것은 글렌에게 손을 댄 시점에서 이미 확정된 사실이었다.

그렇다면 그녀가 노리는 건 당연히 루미아다. 상대와의 거리, 이동 속도를 고려하면 지금부터 달려가도 제시간에 맞출 수 없을 것이다.

루미아가 리엘의 수중에 떨어지는 건 정해진 사실이었다.

냉정하게 그런 결론을 내렸다.

그렇다면 자신이 이제부터 해야 할 일은 무엇인가.

"……."

알베르트는 전에 엘레노아가 「될 수 있으면 루미아를 살려두고 싶다」라고 말했던 것을 떠올렸다. 이런 우회적인 방법까지 쓴 것으로 미루어 보아 당장 루미아의 목숨이 위험할일은 십중팔구 없으리라.

"어쩔 수 없군……."

방침을 굳힌 알베르트는 목적을 달성하기 위해 질풍처럼질주했다.

해가 완전히 저문 관광지 여기저기에 오일식 가로등과 램프가 형형하게 불을 밝히고, 수많은 노점과 술집이 영업 중이었다. 오늘도 떠들썩한 밤을 즐기기 위해 관광객들이 모여들어서 거리는 활기로 가득했다.

낮과는 다른 얼굴을 보여주는 사이넬리아 섬, 밤의 관광지.

그런 거리의 일각을 2반 학생 몇 명이 모여서 걷고 있었다.

"……저기, 시스티나? 정말로 괜찮겠어?"

밤거리를 걷는 학생 중 한 명인 카슈가 옆에서 나란히 걷는 시스티나에게 말을 걸었다.

"우리가 이제 갈 예정인 가게…… 뭐랬더라? 남원(南原) 풍? 잘은 모르겠지만 아무튼 엄청 맛있는 어패류 요리로 유명하다던데."

"파에야라는 요리랬지. 분명."

세실이 카슈의 말을 보충했다.

"신선한 어패류와 쌀과 채소를 스프로 끓인 요리……라던가?"

"아~ 응. 그거야 그거. 쌀 요리는 참 보기 드문데 말야."

"동방과 남원에서는 주식이라지만, 북원(北原) 지방에서는 그냥 샐러드 재료일 뿐이니까요."

집이 대형 무역상을 하는 테레사는 이런 종류의 이야기에 밝은지 카슈와 세실의 대화에 자연스럽게 끼어들었다.

"뭐, 여하튼. 모처럼의 기회니까 우리랑 같이 그 가게에 가는 게 낫지 않을까? 저기…… 지금이라도 루미아를 불러서 말야."

"고마워, 카슈."

그런 카슈의 배려에 시스티나는 미소로 대답했다.

"그래도 오늘은 됐어. 루미아가 여관에서 리엘이 돌아오는 걸 기다리겠다고 했는데…… 나 혼자만 가는 건 미안하잖아. 그러니까 우리는 신경 쓰지 말고 다들 즐거운 시간 보내다 와."

그렇게 말하는 시스티나는 아까 근처에 있는 노점에서 적당히 산 간단한 요리 — 몇인 분의 로스트 비프 샌드위치를 담은 종이꾸러미 — 를 품에 안고 있었다.

"난 루미아랑 같이 여관에서 먹을 테니까."

"하긴, 네가 그렇게 대답할 줄은 알았지만……."

카슈는 어색하게 뺨을 긁었다. 시스티나와 루미아, 그리고 리엘을 두고 자신들만 식사를 즐기는 것은 왠지 마음에 걸렸기 때문이리라.

마침 그때였다.

"뭐, 어때요."

웬디가 자신의 트윈 테일을 빙글빙글 휘감으면서 새치름하게 말했다.

"남고 싶다니까 그냥 내버려 두면 되잖아요."

"너 말이다……. 아무리 배가 고파도 그렇지 그런 말투는 좀 아니잖아."

"다, 당신이랑 같은 취급하지 말아 주시겠어요?!"

어이가 없다는 듯 어깨를 으쓱거리는 카슈에게, 얼굴이 새빨개진 웬디가 「이익~!」 하고 화를 냈다.

"아, 아무튼! 남고 싶으면 맘대로 하세요! 애초에 다 같이 식사할 기회는 오늘이 마지막인 것도 아니니까요!"

"으, 응······. 그 말이 맞아······. 내일도 있고······."

카슈에게 당치도 않은 모욕을 받고 기분이 상한 웬디를 진정시키려는 듯, 린이 조심스럽게 그 말을 긍정했다.

"그 대신! 당신들, 될 수 있으면 빨리 화해하세요! 저기······ 늘 친한 듯이 딱 달라붙어 있는 삼인조가 그런 식으로 나오면······ 이쪽도 기분이 미묘해지니까요!"

"······응, 그래. ······고마워, 웬디."

"······흥!"

시스티나가 솔직한 감사의 말을 전하자 웬디는 뺨을 약간 붉게 물들이면서 팔짱을 끼고 새치름하게 고개를 돌려 버렸다.

"뭐, 그러면 우리는 이쪽이니까."

마침 일행은 십자로에 거의 다 와 있었다.

여관으로 돌아가려면 여기서 모두와 헤어져야 했다.

"그럼 시스티나, 열심히 해봐."

"응. 미안해, 애들아!"

일행과 잠시 헤어지게 된 시스티나는 그 말을 남기고 급히 여관으로 향했다.

"음~ 예상보다 시간이 오래 걸렸네······."

자신들이 묵는 여관에 도착한 시스티나는 식사가 든 종이

꾸러미를 소중히 안고 루미아가 기다리고 있을 방으로 부랴 부랴 걸어갔다.

시스티나와 루미아와 리엘의 방으로 배정된 삼인용 방은 이 융단이 깔린 복도 안쪽에 있었다.

리엘이 갑자기 화를 내며 어딘가로 뛰쳐나가자, 루미아는 글렌이 반드시 리엘을 데려 와줄 거라고 믿고 방에 남아있을 거라며 고집을 부렸다.

친우가 남겠다고 했으니 자신도 그 말을 따를 뿐…….

당연히 시스티나도 그녀와 함께 남기로 했다.

그래도 기약 없이 기다리다 보면 배가 고파지기 마련이라 루미아가 방에서 기다리는 사이에 시스티나가 저녁으로 간단히 먹을 걸 사오기로 한 것이었다.

사실은 반 친구들과 함께 외식하고 싶었지만 루미아를 남겨두고 갈 수는 없었다.

루미아 본인도 자신이 남겠다고 하면 시스티나도 남을 거라는 것을 알고 있었는지 굉장히 미안해했다.

"……정말이지, 걘 사람이 착해빠졌다니까."

시스티나는 그런 루미아를 떠올리며 쓴웃음을 흘릴 수밖에 없었다.

하지만 그런 착해빠진 루미아이기에 자신은 그녀를 좋아한 거고, 무슨 일이 있어도 반드시 지켜주고 싶다고 생각한 거지만 말이다.

"그건 그렇고…… 리엘 몫도 사 온 시점에서 나도 남 말할 처지가 아니겠지…….'"

시스티나는 그런 자신에게 기가 막힌 나머지 한숨을 내쉬며 투덜거렸다.

물론 리엘에 관해서는 시스티나도 생각하는 바가 없는 건 아니었다. 갑자기 돌변한 그녀의 태도에 화가 난 것도 부정할 수 없었다.

하지만 그게 단순히 성격 문제가 아니라 일시적인 정서 불안정에서 오는 증상…… 일이 제 뜻대로 풀리지 않아 토라진 어린애와 같은 상태라는 것 정도는 알 수 있었다.

리엘과 알게 된 지는 얼마 되지 않았지만 그녀에게는 좋건 나쁘건 알기 쉬운 구석이 있었다. 실제로 평소의 리엘은 때때로 터무니없는 짓을 저지르려 하지만 기본적으로는 솔직하고 착한 아이였다. 약간, 아니. 전혀 붙임성이 없는 게 옥에 티지만…….

"뭐랄까…… 가만히 내버려 둘 수가 없단 말이지…….'"

확실히 리엘은 글렌의 말대로 겉모습보다 훨씬 어리게 느껴지는 구석이 있었다. 조금 고집이 센 데다가 떼쟁이에 붙임성 없는 여동생 같은 느낌이라고 해야 할까.

"리엘은 돌아왔으려나?"

돌아왔다면 당연히 글렌도 있을 터—.

그렇다면 이제 괜찮다. 화해도 금방 할 수 있을 것이다.

그렇게 되면 당연히 오늘 밤은 글렌과 자신과 루미아와 리엘…… 이 네 명이 한 방에서 간단히 배를 채우게 되리라.

사실은 그 상황을 상정해서 4인분을 사 왔다.

그리고 그 식사 풍경을 상상하자…… 왠지 나쁘지 않았다. 자연스럽게 입가가 풀렸다.

게다가 시스티나 본인은 깨닫지 못했지만 그녀 품의 종이 꾸러미 안에 있는 음식은 넷이서 먹기에는 상당히 많은 양이었다. 남보다 훨씬 많이 먹는 글렌을 위해 무의식적으로 많이 사버린 것이었다.

그런 줄도 모르고 4인분치고는 좀 무겁네…… 같은 속 편한 생각을 하면서, 앞으로 시작될 즐거운 식사 모임을 상상하고 가끔은 이런 것도 나쁘지 않겠다는 생각을 했다.

시스티나가 자신들에게 배정된 방문 앞에 서서 손잡이에 손을 뻗은 순간一.

챙그랑.

문 건너편에서 뭔가가 깨지는 소리가 들린 것 같았다.

"……루미아?"

방에 있는 장식용 항아리라도 떨어트려서 깨트린 걸까? ……정말 어쩔 수 없는 애다.

시스티나는 그렇게 속 편한 생각을 하며 방 열쇠를 열쇠 구멍에 꽂았다.

열쇠를 열고 손잡이를 돌려서 안으로 들어갔다.

그러자―.

충격적인 광경이 시야에 들어왔다.

손에 든 종이꾸러미가 바닥에 힘없이 떨어지고 안에 들어 있던 로스트 비프 샌드위치가 여기저기로 쏟아졌다.

"……어?"

램프가 희미하게 불을 밝히는 실내. 비좁은 발코니로 이어지는 정면 안쪽의 문은, 밖에서 부순 건지 잔해와 파편이 바닥에 흩어져 있었다.

그리고 예상했던 대로 방 한켠에 장식되어 있던 항아리가 바닥에 떨어져 깨진 게 보였다.

그리고 예상하지 못했던 건 방 한가운데에 힘없이 쓰러져 있는 루미아의 모습이었다.

그리고 이건 정말 꿈에도 예상치 못한 일이지만 쓰러진 루미아 옆에 리엘이 우두커니 서 있었다. 뺨과 손, 옷 등이 피로 붉게 물들었고 피로 흠뻑 젖은 대검을 든 채 쓰러진 루미아를 공허한 눈으로 내려다보고 있었다.

"……어? ……어? 이……이게 무슨……?"

그 유령 같은 피투성이 리엘의 모습을 보고 시스티나는 순수하게― 겁을 먹었다.

"리엘?! 너, 너 대체 무슨?!"

"괜찮아."

유리알 같은 눈동자가 무기질적인 움직임으로 시스티나를

향했다.

"루미아는 안 죽였어. 죽일 생각도 없어. 검압으로 기절시켰을 뿐."

마치 맹독 같은 공포가 시스티나의 심장을 잠식하기 시작했다.

죽였다. 죽일 생각이 없다, 라니.

마치 자신도 모르는 사이에 이상한 세계로 날아온 기분이 들었다.

"루미아는, 이라니…… 그, 그러고 보니 너. 선생님은 어쩌고? 선생님이 널 쫓아가셨는데……!"

간신히 제정신을 차린 시스티나는 떨리는 목소리로 그렇게 질문했다. 피에 젖은 리엘의 모습에서 떠올린 최악의 예상— 부디 그것만은 아니기를 바라면서…….

"……글렌?"

하지만 리엘은 살짝 고개를 갸웃하더니 아무렇지 않게 대답했다.

"죽였어. 내가 이 검으로."

"아……."

현기증이 났다.

발밑이 무너져 내리는 듯한 감각.

세계가 평형을 잃고 이리저리 흔들리기 시작했다.

"……거, 거짓말…… 거짓말이야……. 그런……."

말로는 현실을 부정하면서도 시스티나는 내심 깨닫고 있었다.

리엘은 때때로 터무니없는 짓을 저지르는 무척 무뚝뚝한 아이지만 적어도 겉과 속이 다르지는 않았다. 거짓말이나 연기로 남을 속이는 재주가 없는 인간이다.

그러므로 그 말은 사실이리라. 무엇보다도 저 피에 물든 모습이, 진실이라는 것을 백 마디 말보다 더 확연하게 증명해주고 있었다.

머릿속이 새하얘졌다. 무릎이 떨렸다.

루미아의 궁지, 글렌의 사망. 뭘 먼저 받아들여야 할지, 자신이 무엇을 해야 할지, 어쩌면 좋을지 아무것도 알 수 없었다. 분노와 슬픔, 공포와 혼란 같은 다양한 감정이 소용돌이치며 시스티나의 세계를 아비규환의 나락으로 떨어트렸다.

"뭐야…… 대체 왜냐구……! 리엘, 네가 왜 이런 짓을!"

그러하기에 가장 중요한 사실을 깨닫지 못하고 이런 얼빠진 질문이 나온 것이리라.

답은 뻔했다.

루미아가 말려들었고 글렌이 사망했을 가능성이 있다면.

그건—.

"……사실, 난, 너희들의 적."

그렇다. 그건—.

"나는 하늘의 지혜……뭐더라? ……아무튼 너희들의 적."

─하늘의 지혜 연구회. 제국 정부와 예부터 항쟁을 벌여온 그 최악의 마술 테러리스트 결사와 얽힌 일인 게 당연했다.

"……으……아……."

시스티나는 경종을 울리며 날뛰는 심장을 부여잡고 몸을 떨었다.

만약 『그 순간』이 찾아온다면 자신이 『뭔가』를 하겠다고 굳게 다짐했었는데…….

그 다짐을 남몰래 존경하는 사람에게 말했을 때, 그 사람이 드물게 진지한 표정으로 「아주 조금이다만 네가 존경스러워졌다. ……건방진 건 변함없지만」이라고 말해줬던 것에 작은 자부심을 느꼈건만…….

지금 자신이 『무엇』을 해야 할지 전혀 떠오르지 않았다.

그 리엘이 설마 이런 짓을─ 선생님이 돌아가셨다니 거짓말! 같은 생각만 하염없이 머릿속을 맴돌았다.

여왕 폐하의 측근이었던 엘레노아조차 사실은 하늘의 지혜 연구회가 보낸 첩자였다는 설명을 들었으면서, 시스티나는 지금 이 현실을 전혀 받아들이지 못하고 있었다.

믿을 수 없었다. 믿고 싶지 않았다.

그렇게만 생각할 뿐, 자신이 지금 뭘 해야 할지 아무것도 생각나지 않았다.

몸이, 전혀 움직이지 않았다.

"……루미아는 데려갈게."

리엘이 그렇게 말하자 그제서야 자신의 어리석음을 깨닫고 떠올렸다.

자신이 뭘 해야 하는지…….

그렇다. 자신은 루미아를 지키겠다고 맹세했다. 루미아는 시스티나의 반신이나 다름없는 존재다. 지금까지 고락을 함께해온 가족이나 다를 바 없는 친우였다. 루미아의 가혹하기 그지없는 출생의 비밀, 숙명을 조금이나마 가볍게 해주고 싶었고 같이 짊어지고 싶었다.

그래서 자신은 글렌에게 싸우는 법을 배우려 했다. 강해지기 위해. 그런데도—

"……기, 기다려……!"

시스티나는 바닥에 엎드린 루미아에게 손을 내미는 리엘을 필사적인 목소리로 제지했다.

"……루……루미아한테…… 손대지…… 마……!"

"……."

리엘은 그 자세 그대로 말없이 움직임을 멈췄다.

시스티나는 그런 그녀에게 왼손바닥을 내밀고 갈라진 목소리를 쥐어짜 냈다.

"……내, 내가…… 상대해주겠어! 루, 루미아한테는…… 손가락…… 하나…… 못…… 댈 줄 알아!"

얼굴은 새하얗게 질려 있었고 호흡 과다 증상인지 숨이 길고 거칠었다. 도저히 주문을 완성해낼 수 없을 것 같은데도 시스티나는 필사적으로 리엘을 위협했다.

그러자 리엘은 무방비하게 일어나 시스티나를 지그시 쳐다보았다.

시스티나는 움찔 떨면서 한 걸음 뒤로 물러났다.

"우, 움직이지 마……! 움직이면…… 쏠 거야……!"

"……해볼래?"

리엘은 한눈에 봐도 겁에 질렸다는 게 뻔히 보이는 시스티나를 힐끗 쳐다보며 짧게 말했다.

"……어?"

시스티나의 목에서 참으로 얼빠진 목소리가 흘러나왔다.

"……정말 해볼래?"

리엘이 손에 든 대검을 고쳐 쥐자 금속이 부딪히는 소리가 울렸다.

"……아……으……."

그 행동에 상대를 위협하는 의미는 딱히 없었지만, 고작 그것만으로도 시스티나는 자신의 보잘것없는 전의가 산산이 흩어지는 것을 느꼈다.

리엘의 검이 번뜩였다. 램프의 어렴풋한 조명을 반사해서 기분 나쁠 정도로 으스스한 빛이 일렁이고 있었다.

시스티나는 그 검광에서 눈을 뗄 수 없었다. 리엘의 손과 뺨을 채색한 요사스러운 붉은 색이 신경 쓰여서 견딜 수가 없었다. 피라는 게 저토록 선명하고 눈에 띄는 색이었던가.

리엘과 싸운다는 건, 저 검끝이 자신을 향하게 된다는 것임을 뒤늦게 깨달았다.

물론 시스티나도 예전에 무시무시한 적과 대치한 적이 있었다.

하지만 그때는 글렌이 있었다. 곁에 있어 주었다. 그래서 자신도 용기를 내어 맞서 싸울 수 있었다.

—글렌이 있으면 문제없었다.

평소에는 정말로 미덥지 않게 보이지만…… 마술사로서의 실력도 보잘것없지만…… 그래도 비상시에는 곁에 있어 주는 것만으로 압도적인 안심감을 주는 인물이었다는 사실을 지금 깨달았다.

그리고…… 지금 자신은 혼자였다. 글렌은 어디에도 없었다.

애당초 혼자였을 때는 루미아의 보호를 받거나 글렌의 발목만 잡으며 아무것도 못 했던 사실을 떠올렸다. 한 번 수라장을 경험해봤다고 큰 착각을 하고 있었다. 내심 자만했던 것이다.

시스티나는 전혀 몰랐다. 설마 홀로 적과 대치하는 게 이토록 불안하고 두려운 일이었을 줄은…….

"……으으 ……아……아……!"

실전의 긴장된 분위기에 시스티나가 한층 더 크게 몸을 떨자 리엘이 갑자기 말을 꺼냈다.

"……쏴."

"……어?"

"시스티나가 쓸 수 있는 가장 강력한 마술로 날 쏴."

리엘은 무슨 영문인지 그렇게 말했다.

"난…… 아무것도 안 할 테니까."

그저 시스티나를 지그시 바라보기만 하면서—

"……시스티나의 주문이 완성될 때까지…… 난 아무것도 안 할게."

반면에 시스티나는 혼란스러운 머리로 고민했다.

이건 함정일까. 아니면 자신을 얕보고 있는 것일까.

어느 쪽이건 그녀에게는 천재일우의 기회나 다름없었다.

이 거리는 리엘이 그럴 마음만 먹으면 시스티나가 영창할 틈을 주지 않고 단숨에 베어버릴 수 있는 간격이었다. 리엘의 초월적인 신체 능력은 이미 몇 번이나 목격했으니 이 판단은 확신에 가까웠다.

의도는 모르겠지만 리엘은 기다리겠다고 말했다.

비살상용 어설트 스펠이라도 시간을 들여서 마력을 짜내고 세 소절 이상의 주문으로 영창하여 위력을 최대로 올리면, 리엘을 일격에 전투 불능 상태로 몰아넣을 수 있을지도 몰랐다.

그렇다. 이건 리엘을 제압하고 루미아를 지킬 유일무이한 기회였다.

'……하자. 해보는 거야, 시스티나.'

그러지 않으면 루미아를 지킬 수 없다.

'해! 시스티나! 네가 루미아를 지키는 거야!'

마음속으로 그렇게 자신을 타이르며 용기를 북돋웠다.

'어서!'

그러나—.

"……."

시스티나의 입술은 망설이는 것처럼 떨리기만 할 뿐 아무런 주문도 읊지 못했다.

이윽고—.

"……안 쏠 거야?"

리엘은 아주 살짝 눈살을 찡그리면서 중얼거렸다.

"……."

하지만 시스티나는 역시 말이 없었다. 그저 몸을 덜덜 떨기만 할 뿐.

"쏴."

"……."

침묵이 흘렀다. 계속해서.

마력을 짜낼 시간도, 주문을 길게 영창할 시간도 충분히 있었다.

하지만 결국 떨리는 입술이 벌어지는 일은 없었다.

"……이제 끝. 시간이 다 됐어."

리엘은 몸을 돌려서 시스티나에게 무방비한 등을 내보였다.

그런데도 시스티나는 움직이지 않았다. 움직일 수 없었다.

리엘은 그런 시스티나를 무시하고 유유히 루미아를 안아 들더니 그대로 달리기 시작했다. 그리고 발코니에서 뛰어 내린 뒤 눈 깜짝할 사이에 모습을 감추었다.

무음.

침묵.

······정적.

그대로 시간만 하염없이 흘러갔다.

대체 얼마나 많은 시간이 지났을까.

시스티나가 갑자기 혼잣말을 중얼거리기 시작했다.

"······그, 그치만 어쩔 수······ 없잖아······. 이, 이 위치에서 쏘면······ 루미아······까지······ 말려들지도······ 모르니까······."

대체 누구에게 하는 변명일까. 시스티나의 독백은 멈추지 않고 계속되었다.

"자, 자칫하면······ 리엘도······ 주, 죽었을지······ 몰라······. 맞아, 죽이는 건······ 좀······ 그렇잖아? 그러니까······ 어쩔 수 없었던 거야······. 응······ 이건, 어쩔 수 없는······ 일이었어······. 아하, 하······."

거기까지 말하고 작게 메마른 웃음을 흘린 시스티나는 그 자리에 힘없이 무릎을 꿇었다.

"······히끅."

그러자 마침내 견딜 수 없게 된 눈물이 눈가를 타고 뚝뚝 흘러내리기 시작했다.

"……거, 거짓말……. 훌쩍…… 흑…… 전부, 거짓말이면서…… 난…… 거짓말쟁이야……."

루미아가 말려들지도 모른다고?

자칫하면 리엘이 죽을지도 모른다고?

……그런 게 아니다. 아니다. 결코 아니다. 아니다. 아니야. 전부 거짓말. 그 모든 게 위선일 뿐.

"나, 난 그저…… 무서웠던 것뿐이면서……! 무섭고…… 떨려서…… 아무것도 못 한 거잖아……!"

만약 주문을 영창하기 시작했다면—.

만약 온 힘을 다해서 짜낸 주문이 리엘을 완전히 쓰러트리지 못했다면—.

저 흉악하게 빛나는 검이 자신을 가차 없이 베어버리는 게 아닐까.

시스티나는 그런 불길한 이미지를 마지막까지 떨쳐낼 수 없었다. 자신이 흘린 피 웅덩이에 쓰러지는 모습이 머릿속에 달라붙어서 떨어지지 않았다.

그래서 움직일 수 없었다. 그 천재일우의 기회를 앞에 두고서도 꼴사납게 떨고 있을 수밖에 없었다.

루미아가 말려들지도 모른다고? ……아니다.

자칫하면 리엘이 죽을지도 모른다고? ……그것도 아니다.

단지 싸울 용기가 없었을 뿐. 그저 공포에 굴복했을 뿐.

리엘이라는 현실의 적이 아닌 자신의 약한 마음을 이겨내지 못한 것이다.

"……흑…… 흑……."

시스티나는 머리를 끌어안고 그 자리에 무릎을 구부렸다.

자기혐오의 폭풍이 시스티나의 공허한 마음을 거칠게 헤집었다.

뭐가 루미아를 지킨다는 거야……. 주제도 모르고…….

결국 시스티나는 그녀보다 자신의 몸이 소중했기에 아무것도 못 한 것이다.

글렌이 이런 꼴사납고 한심스러운 모습을 보면 뭐라고 했을까. 웃을까? 기막혀할까? 실망할까? 자신은 그걸 견딜 수 있었을까?

하지만 그 사람은 더는 이 세상에 존재하지 않았다.

"……으…… 흑…… 으아아아아아앙!"

시스티나가 그 자리에 몸을 웅크린…… 그 순간—.

타앙!

누군가가 방문을 거칠게 걷어차며 여는 소리가 들렸다.

"히익?!"

설마 리엘이 돌아온 걸까? 이 상황에서도 겁을 먹는 자신에게 한층 더 혐오감을 느끼며 시스티나는 반사적으로 문

쪽을 돌아보았다.

"실례하마."

그 문 건너편에는 검은 외투를 입은 날카로운 눈초리의 남자— 알베르트가 서 있었다.

어째선지 온몸이 물로 흠뻑 젖어있었고, 시스티나의 위치에서는 그림자에 가려 잘 안 보이지만 등에 누군가를 업은 것 같았다.

"시스티나 피벨인가. 나는 제국 궁정 마도사단 소속의 알베르트 프레이저다. 전에 직접 만난 건 아니지만 내 이름과 얼굴 정도는 알고 있겠지?"

알베르트는 그녀의 대답을 기다리지 않고 방안으로 거침없이 성큼성큼 들어왔다.

"제국군법 제6장, 긴급 특례 4호 조항, 제32조에 의거해 십기장(十騎長) 권한을 발동. 너에게 협력을 요청한다."

눈앞에 선 남자의 이름과 얼굴을 기억과 일치시킬 여유가 없는 시스티나는, 그저 갑작스러운 난입자의 존재에 겁을 먹고 뒤로 주춤주춤 물러날 수밖에 없었다.

"……뭐, 뭐예요! 대체 뭐냐구요! 지, 지금 대체 무슨 소릴—."

그 순간이었다.

그늘에서 나온 알베르트의 모습을 램프의 빛이 밝히자 그가 등에 업은 인물의 정체가 드러났다.

"꺄아아아아아아아아악?! 선생님?!"

완전히 핏기를 잃고 시체처럼 축 늘어져 있는 글렌이었다. 알베르트와 마찬가지로 온몸이 물에 빠진 생쥐처럼 홀딱 젖었고 등은 소름 끼칠 정도로 붉게 물들어 있었다.

"당황하지 마. 아직 숨은 붙어 있다. ……언제 끊어질지는 모르겠지만."

알베르트는 그런 글렌을 방 한켠에 있는 침대 위에 털썩 눕혔다.

그러자 시스티나가 눈물을 글썽거리면서 달려와 글렌의 몸에 매달렸다.

"서, 선생님?! 정신 차리세요! 선생님! 무, 뭐죠? 이 심한 상처는?! 어, 얼른 치유 마술을……."

"그만둬. 소용없다. 이제 치유 마술의 효과를 받아들이지 못해. 고전 법의술적으로 말하면 『사신의 낫에 사로잡힌』 상태다."

사신의 낫에 사로잡힌 상태.

우등생인 시스티나는 당연히 그 뜻을 알고 있었다.

"그럴 수가…… 싫어……. 주, 죽지 마세요……. 죽으면 안 돼요! 선생님!"

"네 힘을 빌려다오, 피벨."

알베르트는 반쯤 광란에 빠진 시스티나에게 담담한 말투로 말했다.

"지혈은 했다. 하지만 임시방편에 불과해."

동요한 시스티나는 눈치챌 여유가 없었지만, 글렌의 상처는 세포의 동상에 의한 괴사와 가사 상태 사이를 지극히 아슬아슬한 경계로 유지하며 얼어있는 상태였다.

　"환자 본인의 자기 치유능력을 증폭시켜서 상처를 낫게 하는 힐러 스펠— 백마(白魔)【라이프 업】으로는 무리다. 현재 글렌에게는 자기 자신의 상처를 낫게 할 만한 생명력이 남아 있지 않아. 이대로 내버려 두면 이 남자는 틀림없이 죽을 거다."

　"그, 그런…… 그럴 수가……."

　죽음.

　시스티나는 등골이 서늘해졌다. 치유 마술이 통하지 않을 정도로 생명력이 쇠약해졌다는 건…… 다시 말해, 이미 늦었다는 뜻이다.

　"그러니 힘을 빌려다오, 시스티나 피벨. 이 남자를 구하려면 몇십 년에 한 명꼴로 나타나는 희귀한 잠재 마력 용량을 자랑하는 네 힘이 필요하다. 네가 아니면 불가능해."

　"뭐, 뭐예요! 그게 대체 무슨 소리냐구요! 계속 영문 모를 소리만 하고!"

　하지만 이미 공황상태 일보 직전에 몰린 시스티나는 고개를 좌우로 세차게 흔들면서 몸을 움츠렸다.

　막다른 곳에 몰린 사고가 알베르트의 말을 해석하려 들지 않았다. 인정하고 싶지 않은 현실을 직시하고 싶지 않다는 듯 생각하는 것을 포기하고 혼란과 도피 상태에 빠진 것이다.

"대체 제가 뭘 할 수 있다는 거냐구요! 무리예요! 치유 마술이 안 통한다면 이젠 방법이 없는 거잖아요!"

"진정해라, 피벨."

"뭐가요! 진짜 뭐냐구! 아까부터 계속 이런 일만! 이제 싫어! 싫어! 싫단 말야! 누가 도와줘요! 누가 좀 도와달란 말예요!"

연달아 닥쳐온 과혹한 상황과 현실에 고작 열다섯밖에 되지 않은 소녀의 마음은 이미 꺾일 대로 꺾이고 무너진 포화 상태였던 것이다.

"으흑…… 아버지…… 어머니……! 루미아…… 도와줘…… 으아아아앙!"

결국 견디다 못한 시스티나가 마침내 현실에서 완전히 도피하고 울음을 터트린 순간—

"울면서 악을 쓰는 게 지금 네가 해야 할 일인가?"

"……?!"

비난하는 것도 아니고 질책하는 것도 아닌—

흔들리지 않는 현실을 그저 차갑게 후벼 파는 알베르트의 목소리에 거의 무너졌던 시스티나의 마음이 아슬아슬한 선에서 제동을 걸었다.

"지금 현실에서 도피하면 아마 넌 평생 후회하게 될 거다. 이 남자를 죽이고 싶다면 얼마든지 울어. 난 그래도 전혀 상관없으니까. 뒷일은 장의사가 알아서 해주겠지."

"……."

그렇다. 어린애처럼 울면서 악을 쓸 때가 아니었다.

뭔가를 해야만 했다. 자신이 할 수 있는 일을…….

그렇지 않아도 자신은 아무것도 할 수 없었다. 하지 않았다.

이렇게 계속 꼴사나운 모습만 보일 것인가.

그제야 평소의 총명한 사고력이 조금씩 되돌아왔다.

"부끄러워할 필요는 없다, 피벨. 온실에서 자란 아가씨라면 이런 상황에서 꼴사나운 모습을 보이는 게 당연한 일이니까. ……아쉽게 됐군. 이 남자가 있었으면 왕녀를 좀 더 수월하게 구해낼 수 있을 거라고 판단했다만…… 뭐, 어쩔 수 없지."

알베르트는 입을 다문 시스티나는 알 바 아니라는 듯 등을 돌렸다.

글렌을 살릴 가망이 없다면 여기에 머물 필요도, 시간도, 의미도 없었다. 그렇게 냉철한 판단을 내리고 다음 행동으로 옮기기 위해 방을 나가려고 했다.

"난 이만 가겠다. 네 친구는 내가 되찾아 오마. 장의사를 부르는 건 너에게 맡기지."

"……자, 잠깐만요……."

시스티나는 눈물을 손등으로 닦으며 비음이 섞인 목소리로 드문드문 말했다.

루미아에 관한 것. 리엘에 관한 것. 생각해야 할 일은 얼마든지 있었다.

공포에 굴복해서 루미아를 지키지 못한 사실은 지금도 무겁게 마음을 짓누르고 있었다.

그래도 지금은—.

"……제, 제가…… 훌쩍…… 대체, 뭘…… 하면…… 되는 건가요……?"

자신이 할 수 있는 일을 해야 한다. 그 결의가 거짓이 되는 것만큼은 결코 간과할 수 없었다. 할 수 있을 리가 없었다.

"흥……."

알베르트는 걸음을 멈추고 등을 돌려 시스티나를 분석하기 시작했다.

그녀의 얼굴에는 아직 심리적인 동요와 충격이 짙게 남아 있었지만 눈동자에는 조금씩 힘이 돌아오고 있었다.

일단 쓸모는 있겠다고 판단을 내렸다.

"……흠, 제법 기골은 있는 모양이군. 글렌이 눈여겨볼 만해."

일베르트는 아주 살짝 입가를 끌어올렸다.

"시간이 없으니 짧게 설명한다. 일반적인 치유 마술— 백마【라이프 업】으로 이 남자를 살릴 수 없다는 건 조금 전에 말한 대로다. 가능성이 있다면 시술자의 생명력을 환자에게 증폭해서 이식하는 백마의(白魔儀)【리바이버】겠지만,

이 의식 마술을 쓰려면 대량의 마력이 필요하다. 내 마력만으로는 부족해."

알베르트는 재차 뒷말을 이었다.

"그러니 피벨, 네 마력을 쓰게 해다오. 약식 임시 서번트 계약으로 영락(靈絡)[패스]을 연결해서 마나 바이오리듬을 나에게 맞추는 거다. 나머지 자잘한 술식 설정은 내가 할 테니까."

"아, 알겠……어요."

"난 지금부터 의식 준비를 하겠다. 그사이에 너는 그 흐트러진 정신 상태와 마나 바이오리듬을 조금이라도……"

그 순간 알베르트는 뭔가를 깨달았는지 침대 위의 글렌에게 시선을 옮겼다.

"칫…… 호흡이 완전히 멎었군. 나약한 놈."

"그, 그런…… 선생님!"

알베르트의 말에 시스티나는 다시 억장이 무너지기 시작했다.

"진정해. 고작 호흡이 멎었을 뿐이다. 너도 마술사라면 영적인 시각으로 봐. 영혼은 아직 육체와 이어져 있지? 하지만 이건…… 위험하군. 의식 준비는 아직 시작도 안 했는데."

"그, 그럼…… 어떻게 해야……!"

완전히 당황한 시스티나를 무시하고 알베르트는 글렌의 목을 붙잡았다.

"희미하지만 맥은 있군. 필요한 건 호흡 보조인가…… .

피벨, 의식을 시작할 때까지 인공호흡으로 이 녀석의 목숨을 붙들어둬."

알베르트는 아무렇지 않게 그런 말을 내뱉더니 품속에서 나이프를 꺼내 들었다.

"《원초의 힘이여·내 피를 통해·길을 이루어라》."

그리고 흑마 【블러드 캐털라이즈】의 주문을 외우며 자신의 양 손목을 베고, 그 피를 사용해 바닥에 엄청난 속도로 법진을 그리기 시작했다.

"예?! 인공호흡이요……?"

"만약 맥박이 멈추면 30대 2의 비율로 심폐소생술도 추가해. 그래도 안 되겠다 싶으면 【쇼크 볼트】의 위력을 약하게 조절해서 직접 심장을 자극하고. 마술학원의 학생이라면 기초 법의술 수업에서 그 정도는 배웠겠지? 어서 해."

알베르트는 자신의 피로 법진을 그리는 작업을 한시도 소홀히 하지 않으면서 담담하게 말했다.

"그, 그래도…… 전 실제로 해본 경험은 전혀…… 만약, 잘 안 되면……."

한 사람의 목숨을 책임져야 하는 무거움과 자신감의 결여가 시스티나를 망설이게 했다.

"서둘러라! 피벨! 두려워할 여유는 없어!"

지금까지 무미건조하고 냉철한 말투였던 알베르트가 갑자기 큰 소리를 지르자 시스티나는 깜짝 놀라서 몸을 떨었다.

자세히 보니 그가 의식 법진을 구축하는 손놀림은 어마어마한 속도와 정밀도를 유지하고 있었다. 그 움직임에선 냉정한 말과 태도와는 반대로 범상치 않은 초조함과 긴박감이 느껴졌다.

'이 사람…… 사실은 선생님을 구하려고 필사적인 거였어…….'

그러기 위해서는 모든 것을 감수해야 한다. 그게 필요한 일이라면…….

'맞아. 망설일 때가 아니잖아! 지금 내가 아니면 누가 해!'

그게 필요한 일이라면…….

시스티나는 각오를 다지며 침대 위에 누워 있는 글렌에게 다가가 몸을 구부리고 그의 얼굴에 자신을 얼굴을 가까이 가져갔다.

기초 법의술 수업에서 배운 인공호흡 순서를 차례대로 떠올렸다.

먼저 턱을 들어서 기도를 확보. 시선은 환자의 가슴을 향한다.

그리고 입을 맞대고…….

……입과 입. ……입술.

"……으."

글렌에게 입을 맞추기 직전, 아주 잠깐이지만 몸이 굳었다. 이런 절박한 상황인데도 어째선지 뺨이 뜨거웠다.

시스티나는 이 영문을 알 수 없는 동요를 고개를 붕붕 휘둘러서 떨쳐냈다.

'선생님, 제발 부탁이에요! 돌아와요……!'

다시 결심을 굳히고 자신의 입과 글렌의 입을 맞댔다.

그리고 알베르트의 백마술 의식 준비가 끝날 때까지, 몇 분에 걸쳐 교과서에서 읽은 대로 글렌에게 정신없이 숨을 불어넣었다.

…….

……찰그랑.

어딘가에서 금속과 금속이 마찰하는 소리가 들렸다.

"……으음."

그 소리가 어둠의 밑바닥을 헤매고 있던 의식을 희미하게 자극한 덕분에 루미아는 천천히 정신을 차렸다.

"……으…… 여……여긴……?"

어두침침하다.

의식이 점점 명료해지는 것과 동시에 눈이 어둠에 익숙해져서 차츰 실내와 자신의 상태를 확인할 수 있었다.

여기는 어떤 시설의 큰 방인 것 같았다.

바닥에 대규모 오망성 법진이 그려져 있고 그 안에는 룬문자가 빼곡하게 새겨져 있었다.

법진은 주위에 늘어서 있는 모노리스 형태의 마도 연산기와 마력로(魔力路)로 직접 연결되어 있었다.

아무래도 무슨 의식 마술을 여는 장소인 모양이었다.

그리고—.

……찰그랑.

"……."

자신은 양손에 사슬이 달린 수갑을 찬 상태로 법진 한복판 위의 천장에 매달려 있었다.

양손은 위로 든 채 고정되었고 발은 바닥에 닿지도 않는 상태라 옴짝달싹할 수 없었다.

'……난 분명 리엘의 습격을 받고…… 정신을 잃었는데……'

그렇게 기절해 있는 사이에 이 장소로 끌려온 모양이었다.

'리엘이…… 어째서……?'

자신이 처한 상황을 파악하고 불안이 서서히 마음을 덧칠하기 시작한 순간—.

"……정신이 든 모양이네."

젊은 남자의 목소리가 들려왔다.

터벅, 터벅, 터벅 하고 누군가의 발소리가 다가왔다.

"거친 짓을 해서 미안해. 하지만 우리 남매를 위해서는…… 네가 무슨 일이 있어도 필요했어."

루미아의 눈앞에 나타난 건 로브를 입은 파란 머리카락의 청년이었다.

그리고 그 청년의 등 뒤에 몸을 감추듯이 서 있는 것은—.

"리엘!"

루미아는 자기도 모르게 그녀의 이름을 외치고 말았다.

자세히 보니 지금 리엘이 입은 건 정신을 잃기 전에 본 학원의 교복이 아니라 제국 궁정 마도사의 예복인 기장이 긴 검은 로브였다.

대 마술 방어 능력이 뛰어난 저 마도사의 예복은, 압축 마술을 발동하면 주사위 크기로 접어서 휴대할 수 있는 굉장히 편리한 물건이었다.

비상시를 대비해서 늘 가지고 다녔던 리엘은 합리적인 전술 판단으로 갈아입은 것이었지만…… 루미아에게는 그녀의 그 복장이 마치 자신들과의 결별을 의미하는 결정적인 증거처럼 느껴졌다.

"리엘…… 어째서? 왜 이런 짓을……? 넌 대체……."

"우리는 하늘의 지혜 연구회의 일원이야."

눈을 내리깔고 침묵을 고수하는 리엘 대신 파란 머리의 청년이 대답했다.

"하늘의 지혜……연구회……."

제국 유사 이래 정부와 항쟁을 거듭해온 수수께끼의 마술 결사. 마술사들에 의한 세계 지배를 노린다고 일컬어지는 최악의 테러리스트 집단.

그 조직이 자신을 노린다는 건 알고 있었다.

그렇다면…… 분명 이번에도 같은 이유이리라.

"그렇다고는 해도 우리는 말단이나 다름없거든. 조직의 상층부와 연결된 정보는 전혀 몰라. 쓰고 버리는 패…… 노예나 다름없는 셈이지."

"『우리는』이라니…… 설마…… 리엘도……?"

"맞아."

루미아와 청년은 리엘에게 시선을 돌렸다.

그녀는 한층 더 청년의 뒤로 숨으려는 듯 몸을 움츠렸다.

마치 루미아의 시선을 피하려는 것처럼…….

"그녀는 조직이 보유한 굉장한 실력의 『청소부』였어. 『암살자』라고 부르는 편이 더 이해하기 쉬우려나? 아무튼 이런저런 사정이 있어서 한동안 제국 궁정 마도사단의 보호를 받았던 모양이지만."

"……아!"

루미아는 충격적인 사실에 한순간 정신이 아찔해졌다.

하지만 곧 마음을 다잡고 청년을 책망했다.

"남매, 라고 하셨죠? 즉, 당신은 리엘의 오빠…… 그런데 왜 리엘에게 이런 일을 시키시는 거죠?"

"……어쩔 수 없어."

청년은 미안한 듯이 눈을 내리깔았다.

"조금 전에도 말했지만 우리는 조직의 말단…… 노예나 다름없어. 우린 어릴 때 조직에 거두어졌는데 나에게는 조직에 도움이 될 마술의 재능이 조금이나마 있었지만, 리엘에게는 조직에 직접 공헌할 수 있는 마술적 재능이 없었으니까……."

"그럴 수가……."

"하지만 전투에는 재능이 있었어. 그 점을 눈여겨본 조직은 내 목숨을 인질 삼아서 리엘을 『청소부』로 써먹은 거야. 난 조직의 마술 연구를. 리엘은 암살을. ……시키는 대로 따를 수밖에 없었어. 그것 말고는 우리가 살아남을 방법이 없었으니까……."

"……."

리엘의 오빠라는 청년의 고뇌로 가득한 고해에 루미아는 안쓰럽게 눈을 내리깔았다.

"내가 죽었다고 오해한 리엘은, 기적적으로 조직을 빠져나와서 지금까지 제국 궁정 마도사로 활동했던 모양이지만…… 내가 살아있다는 걸 알아서 다시 날 위해 조직으로 돌아와 싸우겠다고 결심한 것뿐이야."

루미아는 이제 아무 말도 할 수 없었다.

청년은 아무렇지 않게 말했지만 이 남매가 걸어온 길은 상상할 수조차 없는 고난의 길이었으리라.

다만, 용서할 수 없었다.

죄 없는 사람들을 우롱하며 장난감처럼 가지고 노는, 하늘의 지혜 연구회라는 조직을 진심으로 용서할 수 없었다.

루미아는 강하게 생각했다.

"너도 포기해, 루미아 틴젤. 아마 네가 의지하고 있을 『선생님』은 이미 죽었어. ⋯⋯리엘이 죽였어. ⋯⋯이번에는 아무도 구하러 오지 않을 거야."

리엘의 몸이 움찔거리며 떨렸다. 늘 졸린 듯한 무표정을 관철하는 리엘이 그 순간만큼은 혼이 난 어린애처럼 슬프게 눈을 내리깔고 몸을 움츠렸다.

"아⋯⋯."

그리고 청년의 잔혹한 말에 루미아도 지금까지 애써 생각하지 않으려던 사실을 선명하게 떠올리고 말았다.

정신을 잃기 전에 본, 리엘이 들고 있던 피로 물든 대검. 리엘이 누군가에게 해를 입혔다는 움직일 수 없는 증거. 그 상황에서 바로 떠올릴 수 있는 최악의 사실.

"거짓말⋯⋯이지?"

그 순간만큼은 다부진 그녀도 마음의 빈틈을 감출 수 없었던 것이리라.

루미아는 애원하는 듯한 목소리로 리엘에게 호소했다.

"리엘이⋯⋯ 그런 짓을 할 리가 없잖아⋯⋯? 거짓말⋯⋯이지? ⋯⋯부탁이니까⋯⋯ 거짓말이라고 해줘⋯⋯ 리엘⋯⋯."

그러나—

"⋯⋯미안, 루미아. ⋯⋯글렌은⋯⋯ 이제⋯⋯."

아무런 감정도 없이 담담하게 되돌아온 공허한 목소리.

루미아는 그런 리엘의 반응에 모든 것을 깨닫고 말았다.

리엘의 말은, 청년의 말은…… 틀림없는 사실이라고…….

글렌은…… 이제 이 세상에 존재하지 않으리라.

"……선, 생님……."

루미아의 눈가에 커다란 눈물이 맺혔다.

몸에서 힘이 빠져나갔지만 공교롭게도 양팔을 묶은 사슬이 그녀의 몸을 지탱했다.

평범한 소녀였다면 이대로 오열하며 이성을 잃어도 이상하지 않았다.

"……."

하지만 루미아는 잠시 망연자실했을 뿐. 아무 말 없이 눈물이 가득 담긴 눈으로 청년을 바라보았다.

선생님은 반드시 살아 있다. 실제로 그의 죽음을 직접 확인하지 않는 한 믿지 않으리라.

그런 완고하기까지 한 강한 의지가 느껴지는 눈이었다.

"……부럽네. 넌 강하구나."

루미아의 그런 다부진 모습에 청년은 한순간 애달프게 입가를 일그러트렸다.

"우리도 너만큼 강했다면, 어쩌면……."

그 순간—

"호오! 그 계집이 그『감응 증폭자』인가! 수고했다!"

초로의 남성이 문을 열고 거침없이 안으로 들어왔다.

루미아는 그 남자의 정체를 깨닫자마자 아연실색했다.

"버……버크스 씨?!"

백금 마도 연구소 소장, 버크스 브라우몬.

그 인자한 분위기는 어디로 갔는지, 범상치 않은 야심과 욕망으로 눈을 번들거리는 완전히 다른 사람 같은 남자가 그곳에 서 있었다.

"그럼 얼른 그 계집에게 강제적으로 이능력을 발동하는 술식을 시술해야겠군! 뭐, 나에게 맡겨라. 그쪽 방면의 노하우는 충분히 있으니까!"

"버크스 씨가 대체 왜……?"

루미아는 얼굴에 믿을 수 없다는 감정을 그대로 드러냈다.

"왜냐고? 크큭큭…… 참으로 무지몽매한 계집이로군. 역시 제국 상층부의 머리가 굳은 쓰레기들이나, 네놈들 같은 골빈 바보 꼬맹이들을 상대하는 건 무척 피곤한 일이야."

버크스의 변한 모습에 루미아는 숨을 삼키고 말을 잃었다.

"나 같은 우수한 마술사는 한층 더 위를 목표로 삼아야 하는 법. 그래서 나는 윤리니 생명의 존엄성이니 하는 하찮은 일로 시끄럽게 구는 제국을 버리고 하늘의 지혜 연구회로 적을 옮길 거다. 네놈을 이용한 어떤 마술 의식의 성공 효과를 선물로 싸 들고 말이지! 단지 그것뿐이다!"

"그럴 수가…… 버크스 씨, 하늘의 지혜 연구회로 가겠다니……. 그런 사악한 조직을 옹호하다니, 그만두세요! 당신의 우수한 재능을 그런 곳에서 써선 안 돼요!"

루미아는 필사적인 표정으로 호소했다.

그러자 버크스는 실로 유쾌한 듯 웃기 시작했다.

"……버크스, 씨?"

"큭큭큭…… 이것 참 걸작이로군. 네놈은 아무것도 몰랐던 건가……. 이렇게 우스꽝스럽고 유쾌한 일이 다 있다니! 흐하하하하하하하!"

어안이 벙벙한 루미아 앞에서 버크스는 한 차례 웃어젖힌 후 갑자기 입을 열었다.

"루미아 틴젤……이라고 했던가. 왕실의 피를 이었는데도 추방당하고 폐적당한 가엾은 이능력자 계집…… 네놈은 왜 제국 왕실에 부자연스러울 정도로 『여자』가 많은지 알고 있나?"

"……예?"

루미아는 눈을 깜빡거렸다.

확실히 왕가에는 여성이 많았다. 왕가의 피를 이은 인간 대부분이 여성인 것이다. 따라서 왕위를 잇는 것도 초대를 제외하면 대부분 여성이었기에 알자노 제국은 관례상 『여왕』이 다스리는 나라로 여겨지고 있었다.

하지만 루미아는 하필이면 왜 지금 그 이야기를 하는지 전혀 이해할 수 없었다.

버크스는 그런 그녀를 무시하고 혼자서 말을 이었다.

"네놈들 왕실의 혈족 중에 이능력을 발현한 자가…… 네놈으로 몇 명째인 것 같나. 설마 네놈 혼자라고 생각하는 건 아니겠지?"

"……예?!"

"하늘의 지혜 연구회가 사악하다고? 큭큭큭…… 내가 보기에는 네놈들 제국 왕가 쪽이 훨씬 더 더럽고 사악하거늘! 구역질이 치밀어 오른다! 지나간 일이지만 그딴 저주받은 일족에 충성을 맹세했다니, 내 몸을 스스로 갈기갈기 찢어버리고 싶을 정도다!"

루미아는 버크스가 대체 무슨 말을 하는지, 대체 뭘 알고 있는 건지 전혀 알 수 없었다.

알 수 없었지만—.

"그런 지저분한 피의 여왕이 다스리는 제국의 미래 따윈 뻔할 뻔 자지. ……이딴 나라는 당장 멸망시키고 진정으로 우수한 마술사들— 하늘의 지혜 연구회가 실권을 잡아서 우매한 민중을 관리하는 게 옳다고 생각하지 않나? 응?"

"그만하세요."

"뭐라고?!"

루미아는 강한 의지가 깃든 목소리로 조소하는 버크스에게 찬물을 끼얹었다.

"절 모욕하는 건 상관없어요. 하지만…… 이 나라를 위해, 국민을 위해 매일 분골쇄신하시는 어머니를 나쁘게 말하는 건…… 절대로 용납할 수 없어요."

그 몸에 흐르는 왕가의 피 때문일까.

이런 몰골로 묶여있지만 루미아가 자연스럽게 발산하는 품격과 기품에 한순간 압도당한 버크스는 식은땀을 흘리고 말았다.

하지만 곧 제정신을 차리고 그녀를 노려보았다.

"……마음에 들지 않는 눈이군."

이런 어린 소녀에게 한순간이나마 압도당한 사실이 견딜 수 없는 굴욕이었던 모양이다.

버크스는 음산하게 가라앉은 눈으로 움직일 수 없는 루미아에게 다가갔다.

"아무래도 네놈에게는 교육이 필요할 것 같군……."

그렇게 말하며 느닷없이 루미아의 웃옷을 움켜잡더니 단숨에 찢어버렸다.

"웃?!"

루미아는 숨을 삼켰다.

속옷에 감싸인 봉긋한 가슴과 눈처럼 새하얀 피부가 훤히 드러났다.

루미아가 수치스러워할 틈도 없이 버크스는 그녀의 가녀린 목을 한 손으로 움켜잡고 강하게 조였다.

"자, 그럼…… 네놈은 어떤 목소리로 울까? 그 건방진 여유가 언제까지 계속될 수 있을지 보자……. 응?"

"컥! ……아악! ……큭! ……으윽……."

버크스는 고통 섞인 신음을 흘리는 루미아의 얼굴을 가학적인 기쁨이 가득한 눈으로 쳐다보았다.

"······루미아!"

"안 돼, 리엘! 버크스 씨를 거스르면!"

그러자 루미아에게 달려가려는 리엘의 어깨를 파란 머리 청년이 붙잡고 막았다.

"그, 그치만…… 오빠! 루, 루미아가……!"

"······안 돼. 얌전히 있어. 내 말을 못 따르겠다는 거니?"

"······으!"

청년이 강하게 말하자 리엘은 이제 아무 말도 할 수 없었다.

주먹을 굳게 쥐고 몸을 부들부들 떨면서 루미아의 고통스러운 표정을 지켜볼 수밖에 없었다.

"장난은 그쯤 하시죠, 버크스 님."

하지만 그런 루미아를 구원한 건 실로 뜻밖의 인물이었다.

엘레노아가 어느 틈에 방 안에 들어와 있었던 것이다.

가슴 언저리에 팔짱을 낀 채 평소와 같은 맵시 있는 자세로 방 한켠에 서 있었다.

"오오, 돌아왔는가. 엘레노아 공."

갑작스러운 엘레노아의 귀환에 버크스는 무의식적으로 루미아의 목에서 손을 뗐다.

겨우 그 손에서 해방된 루미아는 산소를 탐하며 격렬하게 기침을 했다.

"예, 지금 막. 그것보다……."

엘레노아는 일동에게 다가오면서 평소와 같은 요염한 미소를 짓고 말했다.

"왕녀에게 너무 거친 짓은 삼가시길. 여성은 비단처럼 섬세하게 다뤄야 하는 법이니까요."

모처럼의 여흥에 찬물을 끼얹는 엘레노아의 말에 버크스는 불쾌한 듯 인상을 썼다.

"어수룩한 발언이로군, 엘레노아 공. 보아라, 이 계집의 밉살스러운 눈을. 이런 건방진 눈초리를 한 여자는 먼저 철저하게 공포와 고통을 줘서 굴복시켜야 하는 법. 자신이 그저 도구에 불과하다는 것을 몸으로 이해하게 해주는 거다."

"눈초리쯤이야 뭐 어떤가요. 왕녀는 현명하신 분입니다. 이 상황에서 우리를 거스르고 저항하는 어리석은 짓은 하지 않으시겠지요."

하지만 어째선지 엘레노아는 계속 루미아를 감싸는 논조를 펼쳤다.

버크스는 점점 짜증이 쌓였다.

"아하…… 그렇다는 건 네놈, 이 계집에게 정이 든 건가?"

"……그럴 리가요. 오해랍니다."

엘레노아는 태연한 표정을 무너트리지 않았다.

하지만 버크스는 호랑이의 목줄이라도 쥔 것처럼 기고만장하게 추격타를 가했다.

"흥, 숨기지 않아도 된다. 그러고 보니 네놈은 밀정으로서 오랫동안 여왕을 섬겼다지? 일시적인 주종 관계였다고는 해도 그 은혜를 받아 여왕의 친자식인 왕녀에게 정이 드는 것도 뭐, 이해하지 못할 일은 아니군. ……이거 참, 이러니까 여자라는 것들은."

"전 왕녀에게는 아무런 감정도 없습니다만."

엘레노아가 농담은 그만하라는 뉘앙스의 웃음을 자아냈다.

"제가 진심으로 충성을 맹세한 건 우리의 위대한 대도사님, 단 한 분뿐. 왕녀는 우리의 비원을 달성하기 위한 열쇠가 될 자. ……그 이상도 그 이하도 아니랍니다. 만약 대도사님께서 명령을 내리신다면 지금 당장에라도 왕녀의 목을 갈라드리지요."

"호오? 그렇다면 왜 그렇게까지 왕녀를 싸고도는 거지?"

버크스는 상대를 내려다보는 듯한, 속을 꿰뚫어 보는 듯한 희미한 미소를 지었다.

그 순간—

"아뇨. 그게, 뭐라고 말씀드려야 할지……."

어둠이—

"저열한 욕망에 몸을 맡기고 장난삼아 여성에게 난폭한 짓을 하려는 남성분을 보면 전—"

어둠이—

"—왠지 모르게 그분을 죽이고 싶어지거든요."

엘레노아가 생긋 웃었다.

어둠이— 깊은 어둠이— 심연의 어둠이—.

"그분의 팔다리를 갈기갈기 찢고 몸통을 잘게 다진 후에, 내장은 산채로 시궁쥐에게 먹이고 싶어질 정도로요."

어둠이 주변 일대를 잠식했고—.

그 자리의 모두가 기온이 어는점까지 떨어진 듯한 착각에 사로잡혔다.

"——?!"

그 순간, 리엘은 세차게 뒤로 도약해서 엘레노아와 거리를 벌렸다. 거친 숨을 내뱉으며 자세를 낮추고 공포와 흡사한 경계심을 드러낸 채 그녀를 노려보았다.

의식해서 한 행동이 아니었다. 전사로서 우수한 자질을 가진 리엘의 생존본능이 반사적으로 움직인 것이다.

그런 리엘이 생명의 위기를 느낄 정도로 엘레노아라는 심연의 어둠이 이 자리를 농후하게 지배하고 있었다.

시각적인 어둠은 아니었다. 감성과 영혼에 호소하는 환각의 어둠.

절망적인 중압감으로 짓누르는 동시에 숨이 막힐 정도로 농밀한, 압도적인 어둠.

악마적이다. 제정신을 유지한 채 광기에 빠진 모독적인 존재가 바로 눈앞에 서 있었다.

이 자리에 있는 모든 이의 영혼이, 인간이 품은 어둠이 얼마나 어둡고 무겁고 깊어질 수 있는지 실감하면서 본능적인 원초의 공포에 떨고 있었다.

"……실례했습니다. 무례를 용서해주시길."

이윽고 엘레노아는 맵시 있고 우아하게 고개를 숙였다.

그러자 이완되기 시작하는 공기.

주위를 빼곡하게 채웠던 어둠이— 산산이 흩어졌다.

"으, 음…… 엘레노아 공의 말에도 일리는…… 있겠군."

버크스가 식은땀을 닦으면서 겨우 쥐어짜 낸 말은 고작 그거였다.

"이능력은 능력자의 정신 상태에 좌우되니까 말일세. 지나치게 망가트려서…… 이제부터 할 의식에 영향이 생기면 주객전도일 테니까."

"이해해주셔서 다행이네요. 과연 버크스 님은 총명하신 분……."

쿡쿡쿡.

엘레노아의 서늘하고 메마른 웃음이 방 안에서 공허하게 울려 퍼졌다.

제7장 격투, 등을 맞댄 광대와 별

"흐하하하하하하하하하하! 크하하하하하하하하하!"

어두침침한 방에 버크스의 큰 웃음소리가 울려 퍼졌다.

"굉장해……. 정말 굉장하군……. 이건 상상했던 것 이상이다!"

간이 실험 결과의 예상치 못한 성과에 버크스는 흥분을 억누를 수 없었다.

"이거라면 가능해……! 성공할 거다! 그 『Project : Revive Life』가 다시 성공하는 거다! 이 버크스 브라우몬의 손으로!"

그리고 버크스는 광기에 휩싸여 핏발이 선 눈으로 루미아를 쳐다보았다.

"하! 네놈이 『감응 증폭자』라고?! 웃기지 마라! 네놈 같은 『감응 증폭자』가 세상천지에 있을까 보냐! 네놈이야말로 진정한 괴물이다! 흐흐, 흐하하하하하하하하하!"

"……으!"

강렬한 광기와 악의에 직면한 루미아는 자연스럽게 인상을 썼다.

쇠사슬이 철그렁거리는 소리가 들렸다.

루미아는 여전히 쇠사슬이 달린 수갑에 양손이 묶이고 발이 바닥에 닿지 않는 상태로 천장에 매달려 있었다. 조끼와 치마는 찢어져 있었고 노출된 팔다리와 배, 가슴 언저리, 뺨 등의 부드러운 피부에는 미스릴 분말을 섞은 염색약으로 다양한 룬 문자와 문양이 빼곡하게 그려져 있었다. 그나마 어깨에 걸친 옷의 잔해와 속옷이 마지막 일선— 여성의 존엄을 지켜주고 있는 상태였다.

그런 치욕스러운 상황인데도 루미아의 눈에는 두려워하는 빛이 없었다. 뭔가를 호소하듯, 저항하듯 버크스를 똑바로 노려보고 있었다.

"······칫."

버크스는 솔직히 말해 루미아의 눈이 마음에 들지 않았다.

그저 늠름할 따름인. 그 누구에게도 굴복하지 않는 강한 의지의 빛이 깃든 눈.

보잘것없는 어린 계집애 주제에, 오늘 역사에 이름을 남길 위대한 마술사인 자신에게 저런 건방지고 무례한 시선을 보내다니 참으로 오만불손하기 짝이 없다.

폭력으로 굴복시키고 싶었지만 그러다가 중요한 『Project : Revive Life』에 악영향이 생긴다면 그야말로 주객전도다. 애당초 지금 이 자리에는 묘하게 왕녀를 감싸는 엘레노아도 있었다.

자신이 진심을 발휘하면 딱히 두려워할 필요도 없는 존재였지만 지금 사이가 틀어지는 건 바람직하지 않았다.

이 소녀를 『교육』하는 건— 일이 끝난 후의 즐거움으로 남겨두도록 하자.

버크스는 루미아에게서 시선을 떼고 방 한켠에 서 있는 엘레노아에게 말을 걸었다.

"홋, 엘레노아 공. 조직의 간부들에게 전하도록. 이 버크스 브라우몬의 자리를 준비해두라고."

"알겠습니다, 버크스 님. 아무쪼록 기대하시길."

엘레노아는 우아하게 고개를 숙이면서 대답했다.

"그건 그렇고…… 조금 신경이 쓰이는군. 엘레노아 공쯤 되는 마술사와 호각으로 겨뤘다는 그 마도사…… 설마 제국 궁정 마도사단이 벌써 움직였을 줄이야."

"어머? 당신쯤 되는 분께서 설마 겁이라도 나신 건가요?"

"흥, 바보 같은 소릴."

버크스는 혐오감이 담긴 목소리로 내뱉었다.

"뭐가 『마도사』라는 거냐……. 심연의 진리에 이르는 방법인 마술을, 전쟁에서밖에 쓸 줄 모르는 천박한 쓰레기들 따위는 진정한 『마술사』인 이 몸의 적이 못 되거늘."

"과연 버크스 님. 정말 믿음직하세요."

"게다가 그 쓸모없는 개들이 아무리 냄새를 맡고 다녀봤자 이 장소는 찾지 못할 거다. 여긴 원래 그런 장소니까 말이지. 계획은 모든 게 순조로워. 크크큭…… 이 정도까지 일이 잘 풀리는 걸 보니 오히려 무서워지는군. 뭐, 사실—."

버크스는 문득 뭔가가 떠올랐는지 일단 말을 한 번 끊었다.

"—이건 전부 나 혼자만의 공적은 아니지만 말이다. ……그래, 귀공의 조력 덕분이지."

그리고 엘레노아의 뒤에 공손하게 서 있는 파란 머리의 청년에게 말을 걸었다.

"적 마도사 중 한 명을 이쪽으로 끌어들여서 저 『감응 증폭자 비슷한 계집』을 빠르게 조달한 데다가, 프로젝트에 필요한 세 가지 요소…… 『진 코드』로 합성을 끝낸 소체(素體)와 대체 영혼인 『얼터 에테르』. 그리고 가장 중요한 『아스트랄 코드』…… 이걸 전부 미리 준비해왔을 줄이야……. 귀공도 제법 우수한 편이로군. 내가 조직에 자리를 얻으면 귀공을 내 조수로 써줄 의향도 없지는 않다만?"

"……감사합니다."

백의 형태의 로브를 입은 파란 머리 청년은 황송하다는 듯 웃다.

"하지만……."

버크스는 약간 납득이 안 가는 점이 있는지 방 가장자리 쪽으로 시선을 돌렸다.

그곳에는 기둥 같은 세 개의 물체가 천으로 가려져 있었다. 그 안에는 청년이 지참해온 『Project : Revive Life』용 인공 소체 — 지금은 아직 단순한 고기 인형 — 가 수정석

기둥 안에 봉인되어 있었다.

버크스는 조금 전에 천을 들추고 내용물을 확인했었다.

"저 정도의 질 좋은 소체를 제공해준 건 고맙군. 하지만…… 대체 무슨 농담이지? 무슨 의미가 있어서 **하필이면 저런 모습을 한 거지?**"

"아하하, 딱히 의미는 없습니다. 굳이 따지자면 제 취향이겠죠."

청년은 명랑하게 웃으면서 대답했다.

"……흠? 뭐, 됐다. 난 『Project : Revive Life』만 성공한다면 문제없으니까. 자, 그럼 어서 의식을 준비하자. 너도 도와라."

"알겠습니다, 버크스 님."

버크스와 파란 머리 청년은 그 말을 남기고 루미아의 발밑에 구축된 의식 법진과 패스로 연결된 주위의 모노리스형 마도 연산기를 조작하기 시작했다. 그러자 마력이 구동하며 검게 번들거리는 모노리스 표면에 빛으로 된 문자와 술식이 빠르게 지나가기 시작했다.

그 광경을 마치 다른 세상에서 벌어지는 일처럼 바라보던 루미아는 문득 시선을 옆으로 돌렸다.

그 앞에는 리엘이 있었다.

그녀는 루미아를 에워싼 법진에서 아슬아슬한 거리를 유지한 채, 등을 돌리고 서서 미동조차 하지 않았다.

루미아는 버크스가 하늘의 지혜 연구회와 내통했다는 사실에 충격을 받았지만, 사실 그것보다는 리엘이 배신했다는 사실에 훨씬 더 충격을 받았다.

　"저기, 리엘…… 넌 정말로 우리와 적이 된 거야……?"

　슬픈 목소리로 리엘의 등에 말을 걸었다.

　리엘이 적이 됐다니…… 리엘이 글렌을 죽였다니…… 아직도 믿을 수 없었고 믿고 싶지 않았다.

　"넌 약간 특이한 애지만…… 그래도 나랑 시스티는 너와 알게 돼서 정말 기뻤어……."

　"……."

　"넌 무슨 생각을 하는지 알기 어려운 애지만…… 그래도 차츰 이해할 수 있게 됐고…… 너와 함께 보내는 매일이 무척 즐거웠는데……."

　"……."

　"너도 우리와 함께 있는 걸 즐거워하는 것 같아서 기뻤는데…… 하지만…… 전부 다 내 착각이었던 거니……?"

　잠시 리엘은 가만히 입을 다물었다.

　"……미안."

　그리고 그 짧은 한마디를 불쑥 내뱉었다.

　"……정말, 미안해."

　"……리엘?"

　"이런 생각은 없었어. 이런 짓은…… 아마도 하고 싶지 않

앗어. ……그래도 난 거부할 수 없었어……. 오빠를 위해서 살아가지 않으면……."

주저하듯. 망설이듯.

"난…… 대체 뭘 위해 사는 건지 알 수 없게 되니까……."

그 목소리는 여느 때와 같은 감정을 읽을 수 없는 담담한 목소리였지만—.

마치 길을 잃은 어린애의 칭얼거림처럼 들리기도 했다.

루미아는 그런 리엘을 앞에 두고 더는 아무 말도 할 수 없게 되었다.

…….

그게 언제였을까.

어디서 있었던 일이었던가.

3년 전의 그 날.

그곳은 아마 한적한 폐촌이었으리라.

작은 산간에 숨겨진 것처럼 존재하는 방치된 마을의 흔적.

이미 해가 저물어서 주위는 새까맣게 어두웠다.

몸을 심지까지 얼리려는 듯한 폭력적인 눈보라가 인정사정 없이 몰아쳤다.

끊임없이 고막을 자극하는 폭음에 가까운 바람 소리. 추위로 감각이 사라진 귀.

검은 외투를 걸친 글렌은 밤의 어둠에 몸을 숨기듯 조용히 그 마을을 향해 걸어갔다.

사박사박 눈을 밟으면서, 담담히……

이윽고 전방에 희미한 빛이 보였다.

이 폐촌의 유일한 술집이었던 건물…… 그 틈 사이에서 새어 나온 어스름한 빛이다.

글렌은 담담히 그곳으로 걸어가 술집의 입구였던 문 앞에 섰다.

"……"

잠시 주위의 기척을 살핀 글렌은 곧 결심한 듯 살며시 문을 열고 건물 안으로 들어갔다.

끼익…… 하고 문의 경첩과 오래된 목재가 마찰하는 소리.

등 뒤에서 불어온 풍압에 덜컹, 하고 문이 저절로 닫혔다.

당연히 술집 안에 손님은 없었다. 주인조차 없었다.

밖에서 맹위를 떨치는 눈보라의 바람 소리 말고는 아무것도 들리지 않는 적막한 공간.

체면치레 정도로 불을 밝힌 랜턴의 빛이, 안쪽의 카운터와 늘어선 테이블의 모습을 간신히 구별하게 해주었다.

그리고―.

"『광대』의 글렌 씨……군요?"

안쪽 카운터 구석에는 누군가가 글렌에게 등을 보인 채 무방비하게 앉아 있었다.

랜턴의 빛으로 간신히 그 인물의 특징을 파악했다.

타오르는 듯한 **붉은 머리카락**이 인상적인 청년이었다.

"먼 길 고생 많으셨습니다."

"……네가 시온인가."

철컥.

싸늘한 가게 안에 메아리치는 건조한 금속음.

글렌은 단숨에 퍼커션 캡 방식의 리볼버를 꺼내 그 붉은 머리 청년의 무방비한 등을 겨누었다.

"묘한 짓은 하지 마라, 시온. 밖에 있는 내 동료, 제국군 제일의 마술 저격수가 이미 널 겨냥하고 있으니까. 건물 안이건, 눈보라 속이건…… 그 녀석은 마음만 먹으면 확실하게 네 심장을 날려버릴 거다."

"……."

"매직 트랩 같은 것도 소용없을 거라고 경고해두지. …… 이유는 말하지 않겠다만."

그렇게 말하는 글렌의 왼손에는 리볼버와 마찬가지로 어느새 광대의 아르카나가 들려 있었다.

"……."

"……."

침묵.

굉음을 울리며 휘몰아치는 바깥의 폭풍은 마치 다른 세상에서 벌어지는 일처럼 현실감이 없었다.

이윽고—.

"……전 딱히 저항할 생각은 없고 당신을 함정에 빠트릴 의도도 없습니다."

무방비하게 등을 내민 청년에게서 쓴웃음을 흘리는 듯한 분위기가 전해졌다.

"애당초 전 전투에 특화된 마술사도 아니고…… 당신에게 보여드릴 것도 있고요."

"……음?"

"이 왼손을…… 당신 앞에 들어도 될까요?"

"……좋다. 그 대신 천천히. ……천천히 들도록."

글렌은 권총의 가늠자 너머로 청년을 주시하면서 조금도 경계를 소홀히 하지 않고 딱딱하게 말했다.

그리고 글렌의 말을 따라 청년— 시온은 천천히 왼손을 들었다.

"……!"

그 손등에는 하나의 룬 문자가 새겨져 있었다.

마술 봉인 인챈트, 흑마 【스펠 씰】이다.

이미 효과가 발동 중이었다.

청년은 적의가 없다는 것을 증명하기 위해 사전에 자신의 마술을 봉인한 모양이었다.

"……이걸로 조금은 절 신용해주실 수 있겠습니까?"

"일단은."

글렌은 시온의 등을 겨냥한 총구를 내렸다.

"하하하, 다행이네요. 이래 보여도 고생이 많았거든요. ……조직의 눈을 속이면서 당신과 접촉하는 건 말이죠. 그런데도 아무런 성과도 없이 죽었다면 편히 눈을 못 감았을 겁니다."

터벅, 터벅. 터벅.

글렌은 싸늘한 발소리를 울리며 안쪽의 카운터로 다가가 시온의 옆에 앉았다.

카운터 테이블 위의 알코올 스토브에는 당장에라도 꺼질 듯한 작은 불씨가 붙어 있었고, 그 위에 있는 금속 주전자에 든 뭔가를 중탕으로 끓이는 모양이었다.

아마 브랜디이리라. 열을 가하면 그윽한 향기를 풍기는 브랜디의 향기가 주위에 감돌고 있었으니까.

"밖은 춥죠? 브랜디를 데웠는데 한 잔 어떠신가요?"

시온은 냅킨을 대며 주전자의 손잡이를 잡고 자신이 지참해온 도자기 텀블러 두 개에 브랜디를 따랐다.

텀블러를 향해 가는 선을 그리며 흘러내리는 호박색 액체.

하얀 수증기가 살짝 피어올랐다.

"……어느 쪽으로 드실 건가요?"

"오른쪽으로."

"그럼 전 이쪽으로 하죠."

시온은 왼쪽 텀블러를 들더니 망설임 없이 글렌보다 먼저 입을 대고 크게 들이켰다.

"후우…… 몸이 따뜻해지네요. 추울 때는 이게 최고죠."

"……."

글렌은 자신의 눈앞에 있는 텀블러를 날카롭게 응시했다. 물론 독이나 특수한 약물이 들어있을 가능성은 아직 남아 있었다. 시온이 먼저 입을 댔어도 방심할 수는 없었다. 이런 절차를 거쳐도 몰래 독을 탈 방법은 얼마든지 있었으니까.

하지만 이 만남의 목적은 『거래』였다.

시온이 제시한 『거래』가 성사된다면 제국이 얻는 이익은 이루어 헤아릴 수 없을 정도다.

『거래』에는 무엇보다도 신뢰가 중요하다.

시온은 글렌이 먼저 잔을 고르게 하고 입을 댔다. 그도 나름대로 이쪽의 신뢰를 얻기 위해 필사적인 것이다. 그리고 반대로 과연 이쪽을 신뢰해도 좋을지, 신뢰할 만한 가치가 있을지 값을 매기고 있으리라.

위험을 감수하지 않고는 이익을 얻을 수 없다.

잔 가장자리에 약물을 바른 흔적은 없는지 확인을 마친 후, 글렌도 신뢰의 증거로서 텀블러를 들고 가볍게 브랜디를 마셨다.

불덩이 같은 열기가 식도를 타고 위 안에서 기분 좋게 퍼져나가는 감각.

그와 동시에 코를 찌르는 브랜디의 향기. 코가 저릿해지는 깊은 맛. 희미한 단맛을 포함한 알코올이 뇌를 시원하게 자극했다.

바깥의 추위로 얼어붙은 몸이, 마비된 말단 감각이 서서히 되살아나는 기분이었다.

……맛있었다.

가령 이 술이 아무리 싸구려건 독이건 상관없이 지금 이 순간, 이 한 모금만큼은 그야말로 세계 최고의 미주나 다름없었다.

"……이야기를 들어볼까."

글렌은 텀블러를 카운터에 올려놓고 입을 열었다.

"전에 말씀드린 대로입니다. 제가 아는 조직의 모든 정보를 대가로 제국에 망명하는 것. 제가 원하는 건 그것뿐입니다."

"……어렵겠군. 나 혼자만의 판단으로 어떻게 할 수 있는 일이 아니야."

"물론 지금 당장 결론을 내달라는 건 아닙니다. 제가 망명하게 된다면 저나 당신들도 나름대로 준비와 협의가 필요할 테니까요. 오늘 이렇게 자리를 마련한 건 앞으로의 연락 방법과 서로의 얼굴을 확인하는 작업인 셈이겠지요."

"먼저 말해두겠다만…… 제국으로 망명해도 네 장래는 결코 밝지 않을 거다."

글렌은 굳이 찬물을 끼얹는 발언을 했다.

"조직의 명령으로 어쩔 수 없이 한 일이라고는 해도…… 넌 지나치게 많은 죄를 범했어. 『Project : Revive Life』…….

제국 마술계의 가장 어두운 부분에 다시 손을 댄 너를 제국 정부는 틀림없이 용서하지 않을 거다."

"……."

"뭔가 이유를 붙여도 무기한 봉인형은 피할 수 없겠지. ……그런데도 넌 제국으로 망명하겠다는 건가?"

"벌을 받는 건 이미 각오한 바입니다."

시원스럽게 대답한 시온의 옆얼굴은— 도저히 그 최악의 조직에 속한 구성원이라는 생각이 들지 않는…… 마치 순교를 각오한 성자 같은 표정이었다.

"예, 저도 알고 있습니다. 죄를 지었으면 벌을 받아야죠. 이제 와서 생각을 바꾸는 일은 없을 겁니다."

"그럼 어째서?"

"저 대신 구해주고 싶은 두 사람이 있으니까요. 그 두 사람은 저와 마찬가지로 조직이 거두어들인 말단 구성원입니다."

"……."

"저에게 그들은 어릴 때부터 고락을 함께해온 소중한 가족입니다. 하지만 이대로 계속 조직에 속해있으면…… 그 말로는 역시 비참할 따름이겠지요."

"……."

"그 두 사람이…… 저 대신 자유롭게, 행복하게 살아주길 바랍니다. 물론 그들에게도 죄는 있겠지요. 하지만 죄를 범하지 않으면 조직 안에서 살아갈 수 없는 것 또한 사실……

그러니 제가 그들 대신 죄를 전부 짊어지겠습니다. 아무쪼록…… 자비를."

그렇게 말한 시온은 글렌의 옆얼굴을 진지한 표정으로 바라보았다.

"이건…… 그런 『거래』입니다."

"……가족을 위해선가."

그 순간―.

지금까지 줄곧 미간에 주름을 짓고 있던 글렌의 표정이 조금이나마 풀렸다.

"……일단 이름을 들어보지. ……그 두 사람의 이름을."

그러자 시온은 희미한 미소를 지으며 대답했다.

"그들의 이름은―."

…….

…….

……눈을, 뜬다.

"……으."

온몸을 잠식하는 노곤함, 무거움, 숨조차 쉬기 벅찬 감각.

그래도 뭔가를 해야 한다. 자신에게는 해야만 하는 일이 있었다.

그런 초조함과 사명감이 글렌의 눈을 뜨게 했다.

"……꿈……인가."

흐릿한 시야에 들어온 광경은 학생용 숙소의 천장. 자신은 아무래도 침대 위에 누워 있었던 모양이다.

"……여기……는? 으윽……?!"

진흙처럼 온몸에 들러붙은 권태감에서 벗어나려고 억지로 상체를 일으키자, 뭔가가 잡아당기는 듯한 격통이 가슴에서 등 쪽을 향해 내달렸다.

"큭…… 아야야……!"

자세히 보니 자신은 위에 아무것도 입지 않은 채 가슴에 붕대를 감고 있었다.

"……흥. 살아났나."

갑자기 짜증이 섞인 지긋지긋하다는 뉘앙스의 목소리가 옆에서 날아들었다.

"변함없이 밉살맞을 정도로 끈질기군, 너란 녀석은."

글렌이 목소리가 들린 쪽으로 시선을 돌리자 팔짱을 끼고 벽에 등을 기댄 알베르트의 모습이 보였다. 그는 미간을 찌푸린 채 불쾌한 감정을 감추려 들지도 않았다.

"뭐야 그게…… 왠지 암암리에 죽으라는 것처럼 들리는데."

"나로선 그쪽이 더 속 시원할 것 같다만."

알베르트의 이런 쌀쌀맞은 말투는 여느 때와 다름없었다. 글렌은 궁정 마도사단에 있었던 시절을 떠올리며 이런 상황에서도 왠지 모를 그리움을 느꼈다.

하지만 그런 감회에 젖을 때가 아니었다. 바로 사고를 전환했다.

"난…… 바보 리엘의 검에 찔려서…… 그런가. 네가 날 구해준 건가……."

이번에는 정말로 죽음을 각오했다. 치명상을 입고 바다에 빠진 데다가 그 절망적인 상황을 타개할 수 있는 유일무이한 수단인 마술을 자신의 오리지널로 봉인했기 때문이다.

정말 얼빠진 것도 정도가 있지. 완전히 예상이 틀어졌다.

이렇게 살아있는 건 전적으로 자신의 악운 덕분이리라.

"고맙다는 말은 거기 있는 피벨에게 해라."

알베르트는 살짝 고개를 젖히며 담담하게 말했다.

그쪽으로 시선을 돌리자 시스티나가 피로에 절어서 글렌의 침대에 기댄 채 조용히 잠들어 있는 모습이 보였다.

"그 소녀가 없었다면 내 백마의 【리바이버】는 성공하지 못했겠지."

"뭐?! 【리바이버】라고?! 아무리 너라도 【리바이버】 같은 대규모 마술 의식을 성공시키려면 절대적으로 마력이 부족…… 아, 그런가. 그래서 이 녀석인가."

글렌은 한순간 납득한 듯 시스티나의 잠든 얼굴을 내려다보았다.

"……아니, 잠깐 기다려. 알베르트. 그래도 이상하잖아. 하얀 고양이의 마력이 있었다고는 해도 언 발에 오줌 누기 정도 아냐? 원래는 몇 사람이 힘을 합쳐서 펼치는 의식인데……."

"몰랐던 건가? 확실히 그 소녀가 현재 쓸 수 있는 캐퍼시티의 총량은 고만고만한 모양이지만…… 잠재 캐퍼시티는 아마도 날 뛰어넘을 거다."

"뭐, 뭐라고?! 널 뛰어넘는다고?!"

"마력을 제어하는 센스도 굉장히 우수하더군. ……아마 타고난 거겠지. 발전 중이지만 이 정도의 인재는 현재의 제국 궁정 마도사단에도 존재하지 않아."

"지……진짜냐……."

알베르트는 시시한 농담이나 입바른 소리를 하는 남자가 아니다.

그가 그렇게 말했다면 틀림없는 사실일 것이다.

"아니, 뭐. 어렴풋이 굉장한 녀석이라는 생각은 했는데…… 하얀 고양이…… 너, 진짜 굉장한 녀석이었구나. …… 건방지지만."

"네가 특별히 눈여겨 볼만 하더군. 하긴, 확실히 그 소녀는 단련하면 몰라보게 변할 수 있을 거다. ……왕녀를 지키는『전력』으로서 기대할 수 있을지도 모르겠군."

알베르트는 아마 글렌이 비밀리에 시스티나를 훈련시키는 일을 언급한 것이리라.

"바보 자식…… 이 녀석은 그런 게 아니라고……."

하지만 글렌은 잠시 복잡한 시선으로 시스티나의 잠든 얼굴을 내려다보았다.

초일류 마도사로서 온갖 수라장을 헤쳐 온 알베르트의『전력』이라는 평가가 한없이 무겁게 글렌의 마음을 짓눌렀다.

글렌은 침대에서 내려와 시스티나를 옆으로 안아 들고 침대 위에 살며시 눕혀 주었다.

그리고 잠시 입을 다문 후—.

"상황을…… 설명해줄 수 있겠어?"

일단 기분을 정리했는지 고개를 들고 알베르트를 응시했다.

"그래."

슬슬 이야기를 본제로 전환했다.

"사실 상황은 그리 복잡하지 않다. 리엘이 제국 궁정 마도사단을 배신하고 너에게 위해를 가했다. 그리고 내가 하늘의 지혜 연구회에 소속된 외도 마술사 엘레노아 샤레트의 움직임을 막고 있는 사이에 루미아를 유괴해 모습을 감추었지. 그것뿐이다."

대충 예상했던 대로였다. 그 조직이 뒤에서 손을 쓴 데다가 이 방에 루미아가 없는 것을 보면 쉽게 상상할 수 있는 사태였다.

그건 그렇고 엘레노아…… 얼마 전에 벌어진 사건의 흑막이었다고 전해 들은 여왕의 전 측근. 설마 이번에도 그 여자의 이름이 언급될 줄은…… 묘하게 가슴이 술렁거렸다.

"……바보 리엘은 루미아를 어디로 데려간 거지?"

"유감스럽지만 종적을 놓쳤다."

알베르트는 담담하고 사무적인 목소리로 대답했다.

"너도 알다시피 원견 마술— 흑마 【어큐레이트 스코프】는 지정한 좌표의 관측 지점에서 발하는 빛을 굴절하여 술자의 시각에 전달하는 마술이다. 대상 지정 마술이 아니라 좌표 지정 마술인 만큼 한 번이라도 관측 대상을 놓친다면 다시 포착하는 건 몹시 어려운 일이지."

"뭐, 까놓고 말하면 망원경을 들여다보는 거나 다름없으니까⋯⋯. 망원경은 사각에 숨어 있는 것까지는 관측할 수 없겠지만."

"게다가 관측 지점의 빛을 아무리 굴절해도 결코 닿지 않는 상황⋯⋯ 예를 들면 빛이 전혀 닿지 않는 어둠 속이나 완전히 빛을 차단하는 건물 안에는 통하지 않아. 이 마술을 막을 수 있는 마술도 허다하지. 아무튼 원견 마술로 리엘을 다시 포착하는 건 거의 불가능하다고 생각해라. ⋯⋯나도 한 가지 물어보고 싶은 게 있다."

"⋯⋯뭔데?"

"리엘 말이다. 그 녀석이 왜 배신한 거지?"

"⋯⋯『오빠』야."

글렌은 그렇게 중얼거렸다.

"『그 녀석의 오빠가 나타났다』⋯⋯라고 말하면 넌 이해하겠지?"

"그렇군. 예상했던 대로 네가 질질 끌어왔던 일이 최악의 사태로 되돌아온 건가."

자신을 규탄하는 듯한 알베르트의 말투에 글렌은 거북한 듯 시선을 피했다.

"그래서 나는 그 여자…… 리엘을 조심하라고 경고했다. 언젠가 이런 일이 벌어질지도 모른다는 위험성은 네가 2년 전에 그 여자를 데려왔던 시점부터 알고 있었을 텐데."

"제길! 변명할 말이 전혀 없다만…… 잠깐 기다려 봐. 너, 그렇게 말하는 걸 듣자 하니…… 놈들이 이번 『원정 수학』에서 일을 벌일지도 모른다는 가능성을 처음부터 알고 있었다는 거야?!"

"……."

알베르트는 잠시 입을 다물더니 곧 담담히 입을 열기 시작했다.

"제국 보안국 정보조사실에서 보낸 극비 내정 조사에 따르면 백금 마도 연구소의 자금 운용에 미묘한 위화감이 있었다. ……상대도 나름대로 장부를 능숙하게 조작해둔 모양이었다만. 그래서 그 미묘한 흔적을 따라 주변을 철저하게 조사한 결과로 떠오른 것이 백금 마도 연구소 소장인 버크스 브라우몬이 그 조직…… 하늘의 지혜 연구회와 밀약하고 있을지도 모른다는 가능성이었다. 당초에는 한없이 제로에 가까운 가능성이었다만…… 이럴 때만큼은 불길한 예감이 빗나가는 일이 없더군."

"버크스 브라우몬이?! 진짜?!"

충격이었다. 그 인자해 보이는 인상의 남자가 설마 뒤에서 그런 짓을 하고 있었을 줄이야.

"······야, 너 인마······ 그럼 왜 시호크에서 나랑 접촉했을 때······ 버크스가 조직과 내통했을 가능성을 말해주지 않은 거야!"

그리고 글렌은 분노가 깃든 눈으로 알베르트를 노려보았다.

"만약 버크스의 이적이 확정된 사항이라면······ 놈들은 이번 『원정 수학』에서 루미아를 미끼로 삼고 버크스를 꼬드긴 뒤 뭔가 일을 벌일 거다. 그리고 루미아의 곁에 있는 리엘을 반드시 이용할 거다. ······그래서 조심하라고 경고했던 거야?"

"그래."

"이번 사태는······ 군 녀석들이 요행으로 뭔가 낚이기를 기대하고 한 『낚시』가 아니라······ 상당한 확신을 두고 벌인 『낚시』였다는 거야?!"

"그 말대로다. ······하지만 과거에 네가 진실을 의도적으로 은폐해서 보고한 탓에, 아무것도 모르는 군 상층부는 리엘의 배신까진 예측하지 못했겠지."

책망하는 듯한 알베르트의 말에 글렌은 씁쓸하게 이를 악물었다.

루미아를 미끼로 삼아서 부주의하게 본색을 드러낸 버크스를 알베르트와 리엘이 체포.

⋯⋯군이 상정한 건 그런 작전이었으리라.

하지만 군 상층부는 몰랐다. ⋯⋯리엘이 언제 터질지 모르는 폭탄이라는 것을. 과거에는 조직에 사로잡힌 마술사였지만, 지금은 제국 궁정 마도사단의 보호를 받아 완전히 이쪽으로 돌아선 장기 말 정도로 인식하고 있었으리라. 리엘의 배신을 예상하기에는 지금까지 그녀가 거둔 성과⋯⋯ 그 조직에 입혀온 피해가 너무나도 화려했다.

"큭⋯⋯ 왜 막지 않은 거냐, 알베르트!"

글렌은 책임 전가라는 것을 알면서도 그렇게 묻지 않을 수 없었다.

"그러지 않아도 난 이번 작전 참가 인원의 변경 요청을 몇 번이나 위에 보냈다. 하지만 그 군 상층부가 한번 결정한 일을 간단히 뒤집을 거라고 생각하나?"

"⋯⋯그건!"

"게다가 나와 너밖에 모르는 리엘의 진실을 위에 폭로하면⋯⋯ 리엘은 무기한 봉인형에 처하거나 마술 실험용 모르모트가 되겠지. 넌 그래도 상관없었던 거냐?"

"⋯⋯그런 건!"

글렌은 머리를 손으로 누르고 눈을 질끈 감으며 고뇌할 수밖에 없었다.

"⋯⋯마지막으로 한 가지만 물어보자."

"뭐지?"

"……이 확신범에 가까운『낚시』, 여왕 폐하의 지시일 리가 없겠지? 군의 독단이야?"

"잘 아는군."

"웃기지 마!"

격정을 견디다 못한 글렌은 자기도 모르게 알베르트의 멱살을 붙잡고 고함을 질러댔다.

"너희 사정에 이 녀석들을 말려들게 하지 마! 제로에 한없이 가까워도 가능성이 있다면, 그 정보를 조금이라도 이쪽에 흘려줬다면 적어도 이런 사태는 벌어지지 않았을 거라고!"

"닥쳐. 나라고 좋아서 이런 방식을 취했을 것 같나?"

알베르트가 무시무시한 표정을 짓자 글렌은 자연스럽게 위축되었다.

"이딴 명령을 내리는 군 상층부 놈들도 쓰레기. 그 명령을 잠자코 따른 나도 쓰레기다. 부정은 하지 않으마."

그것은 밖으로 표출하는 분노가 아니었다.

안으로 향하는 분노. 한심스러운 자신에 대한 격렬한 분노를 억누른 표정이었다.

"하지만 해마다 그 조직의 세력이 늘어나는 것도 사실. 정부 측에서 손 쓸 도리가 없는 것도 사실이다. 그 사악하기 짝이 없는 조직만큼은 어떤 희생을 치르더라도 반드시 뭉개버려야만 해. 제국을 위해. 제국에서 살아가는 사람들의 미래를 위해서라도. 가령 후세에 이 행위가 악이라 매도당할

지라도 난 결코 타협하지 않을 거다."

글렌은 자기도 모르게 혀를 찼다.

그렇다. 이 알베르트라는 남자는 보답 받지 못할 정의와 신념을 그 누구보다도 격렬하게 관철하는 남자인 것이다.

자신의 영혼이 지옥에 떨어질 것을 알면서도 그 걸음을 멈추지 않고 가시밭길을 걷는 성자.

아홉을 구하기 위해서라면 하나를 잘라낸다. 군에 있었던 시절의 글렌이 마지막까지 타협하지 못한 그 방식을, 옳은 일이라고 정당화하는 위선자 같은 짓은 결코 하지 않는다. 필요악의 정의를 관철하면서도 자신의 손으로 쌓아온 희생의 중압과 죄책감을 견뎌낸 위악자였다. 그 자세를 늘 완고할 정도로 일관하는, 냉혹한 현실을 견디지 못하고 등을 돌린 자신 같은 나약한 인간과는 근본적으로 격이 다른 남자였다.

애당초 동료를 버리고 달아난 자신이 지금도 도망치지 않고 싸우는 알베르트를 책망할 자격은 없었다. 그를 책망할 수 있는 건…… 그와 함께 어깨를 나란히 하고 최전선에서 싸웠던 시절의 자신과 동료들뿐이리라.

"……빌어먹을!"

그래서 글렌은 알베르트를 떠밀듯이 멱살을 놓으며 욕설을 내뱉었다.

"자, 그럼 이야기를 계속하지."

알베르트는 아무렇지 않은 표정으로 흐트러진 앞섶을 정돈하면서 담담하게 말했다.

"사실 놈들의 잠복 위치로 점찍어둔 곳이 있다. 아마 놈들은 찾아낼 수 있을 리가 없다며 우쭐대고 있겠지."

"……칫. 변함없이 빈틈이 없구만. ……아니꼬운 자식."

"난 지금부터 왕녀를 탈환하러 갈 예정이다만…… 틀림없이 리엘과 적대하겠지."

리엘이라는 단어에 글렌의 눈썹이 꿈틀거렸다.

"일이 이렇게 된 이상 난 봐주지 않을 거다. 리엘이 내 앞길을 막아선다면 나는 힘으로 녀석을 배제…… 아니, 이 표현은 미적지근하군. 죽이겠다."

"……잠깐."

글렌은 불길이 일렁이는 듯한 눈으로 알베르트를 노려보면서 딱딱하게 내뱉었다.

"뭐지?"

반면에 알베르트는 당연히 그렇게 나올 줄 알았다는 태도로 대답했다.

"나도 데려가. 일단 그 녀석과 대화하게 해줘."

"……."

"그 녀석은 『착각』하고 있어. 그래서 이런 못된 짓을 저지른 거지. 그 착각을 바로잡아주고 다시 이쪽으로 데려올 거다. ……그게 2년 전에 그 녀석을 거둬온 내 책임이겠지. 안 그래?"

"흥. 『오빠』가 나타났다면서? 그런데 그 여자가 이제 와서 네 말을 들을 거라고 생각하나?"

"듣게 할 거다! 듣게 해주고말고! 아주 혼꾸멍을 내서라도 강제로 듣게 할 거다! 이대로는…… **그 녀석**이 너무 가엾잖 아……!"

목구멍에서 쥐어짜 낸 글렌의 말에 알베르트는 코웃음을 쳤다.

"넌 아직도 **그 두 사람**의 편을 드는 거냐. 언제까지 그 『정 의의 마법사』 놀이를 계속할 거지?"

"……웃?!"

"네가 제국 궁정 마도사단을 떠난 이유…… 대충 짐작은 간다. 넌 현실을 이해하는 동시에 이상도 버리지 못한 채, 때로는 적에게까지 손을 내민 타고난 어리광쟁이다. 그 세계 에서는 언젠가 파탄이 나는 게 불 보듯 뻔한 일이었지."

"그, 그건…… 미안하게…… 생각한다만……."

"착각하지 마라. 난 딱히 그런 너를 부정하는 건 아니니 까. 누구나가 마술의 현실에 체념하고 마음이 마모되어가는 세계다. 너 같은 『체념할 줄 모르는 마술사』가 한 명쯤 있는 것도 나쁘진 않겠지. 오히려 일찍이 타협해 버린 나에게 너 의 그 밑바닥 근성은 지긋지긋하기도 했지만 때로는 눈부시 게 느껴지기도 했다. 그러나……."

알베르트는 숨을 한 번 멈추고 맹금류 같은 날카로운 눈으로 글렌을 꿰뚫듯이 노려보았다.

"넌 도망쳤다."

"······!"

"너 자신의 개인적인 사정으로 함께 등을 맞대고 싸워온 전우들을 버리고 도망쳤다. 더구나 아무런 말 한마디도 남기지 않고. 이번에 리엘이 배신한 건 네가 군에서 도망친 게 간접적인 원인이다. 더 깊이 파고들자면 과거의 네가 자기만족을 위해 정보를 은닉한 게 원인인 셈이지. 내 말이 틀렸나?"

"그, 그건······."

"그런 너에게 내 전투 방침을 불리한 방향으로 변경할 권리가 있나? 이제 와서 리엘을 구할 자격이 있는 건가? 대답해라, 글렌 레이더스."

"없어. 권리나 자격 같은 건."

적반하장에 가까운 글렌의 즉답에 알베르트의 눈가가 살짝 위로 치솟았다.

"그래, 맞아. 네 말대로야. 변명할 말이 없는 정론이라고, 빌어먹을! 그러니까 이건 완벽하게 내 개인적인 고집이다. 맘에 들지 않는다면 날 패든 죽이든 맘대로 해. 하지만······ 그래도 난 리엘을 버리지 않을 거야!"

"······말이 안 통하는군. 네가 무슨 어린애냐."

"어린애가 뭐 어때서! 그 녀석은······ 리엘은 아직 이쪽으로 돌아올 수 있어! 난 아직 가능성이 있는데도 그 가능성을 잘라버리는 영리한 어른 같은 건 평생 될 수 없다고! 게다가……."

글렌의 머릿속에 문득 어떤 광경이 주마등처럼 떠올랐다.

리엘이 온 후로 매일 떠들썩했던 교실 풍경.

무더운 모래사장에서 그 붙임성 없는 리엘이 반 애들과 함께 공놀이를 즐기는 광경.

달빛이 비치는 해변에서 손가락으로 만든 창문을 통해 본 리엘과 루미아와 시스티나…… 세 명의 소녀가 천진난만하게 뛰놀던 광경.

"리엘은 이미 떼어낼 수 없는 존재야."

"……."

"너희들이 시시한 계획으로 섣불리 리엘을 그 녀석들 사이에 섞어놓은 탓에…… 리엘은 그 녀석들에게 필요한 존재가 되고 말았어. ……그걸 이제 와서 빼앗겠다고? 그런 잔혹한 현실을 그 녀석들에게 받아들이라고? 웃기지 말라 그래!"

글렌은 다시 알베르트의 멱살을 잡을 듯한 기세로 악을 썼다.

"그 녀석들을 울리는 짓만큼은 절대로 용서 못 해. 제국의 미래? 임무? 하! ……그래서 뭐 어쩌라고, 이 바보 자식! 권리나 자격 따윈 내 알 바 아니야! 이건 내 고집이다!『정의의 마법사』 같은 시시한 꿈은 이미 옛날에 박살났지만……

그걸 감안해도 양보할 수 없는 게 있어!"

"흥. 네가 대체 뭐라고 그런 소리를 하는 거지?"

"난— 그 녀석들의 선생이야!"

한층 더 강한 어조로 외친 글렌의 말에 알베르트는 입을 다물었다.

"리엘도…… 지금은 내 학생이라고……! 그러니까……!"

잠시 무거운 정적이 방 안을 지배했다.

하지만 글렌의 물어뜯을 듯한 시선을 아무렇지 않게 흘려 넘긴 알베르트는 냉담하게 말을 내뱉었다.

"그렇군. 넌 여전해. 마음이 꺾여서 조금은 현실을 보게 된 게 아닐까 기대했다만 본질적인 부분은 변함이 없어. 정말 지긋지긋하군."

그리고—.

"하긴, 그래서…… **난 너에게 기대하는 걸지도 모르겠다만.**"

알베르트는 갑자기 용수철 같은 움직임으로 글렌의 뺨에 세차게 주먹을 날렸다.

폭풍 같은 기세로 인정사정없이 뻗은 알베르트의 주먹.

퍼억.

살을 치는 둔탁한 소리가 실내에 메아리쳤다.

"크억!"

글렌은 그 기세를 이기지 못하고 벽에 등을 부딪치며 그대로 주저앉았다.

"나에게 아무 말도 없이 제국 궁정 마도사단을 떠난 빚은 이걸로 청산해주마."

그 후 알베르트는 냉철하고 박정한 눈으로 바닥에 쓰러지는 글렌을 내려다보며 품에서 뭔가를 꺼내 그대로 던졌다.

바닥에 소리를 내며 구르는 그것은 검게 번들거리는 한 자루의 총이었다. 고풍스러운 장식이 되어 있는 퍼커션 캡 방식의 리볼버.

"이 총은…… 《페네트레이터》?!"

너무나도 낯이 익은 그 총은 글렌이 마도사였을 때 애용하던 마총(魔銃)이었다.

어째서 이게 여기에?

"두 가지 조건을 제시하마."

글렌이 알베르트의 의도를 파악하지 못하고 멍하니 총을 바라보고 있자 그는 지극히 사무적인 말투로 담담하게 말을 꺼냈다.

"첫 번째로 난 어디까지나 왕녀의 구출을 가장 우선시하겠다. 배신자를 임무보다 우선할 정도로 난 물러터지지 않았어. 두 번째로 리엘을 배제해야만 하는 상황일 경우, 난 용서 없이 리엘을 죽일 거다. 그때 가서 불평하지 말도록."

"……알베르트?"

"이 두 가지 조건을 지키겠다면 리엘은 너에게 맡기겠다."

일방적으로 그렇게 내뱉은 알베르트는 글렌에게 등을 돌

렸다.

"……."

잠시 두 사람 사이에 침묵이 감돌았다.

알베르트의 말. 그건 언뜻 듣기에는 임무만을 우선시하는 냉담하고 박정한 말처럼 들렸다.

"……하하."

하지만 글렌은 입가에 흐르는 피를 닦으면서 갑자기 웃음을 흘렸다.

글렌은 알고 있었다. 알베르트의 저 태도는—

"하하, 하하하! 그러고 보니 넌 그런 녀석이었지……."

총을 주워든 글렌은 의기양양한 미소를 지으면서 비틀비틀 일어섰다.

"요컨대 너도 이래저래 리엘이 걱정된다는 소리지? 하긴, 그야 그렇겠지. 넌 적에게는 일말의 용서도 자비도 없지만 한 번 동료라고 인정한 녀석에게는 꽤 의리가 깊은 녀석이니까……."

"……."

"날 시험하듯이 떠보거나 이러쿵저러쿵해도 결국 리엘의 진실을 위에 알리지 않았다는 건…… 임무 바보인 네가 이렇게까지 했다는 건 결국 그런 뜻이겠지. ……나 원 참, 너도 좀 솔직해져 보라고. 맨날 임무, 임무, 임무, 임무. 숨이 막히지도 않아?"

"닥쳐. 문제아라고는 해도 이대로 리엘이라는 『전력』을 눈

뻔히 뜨고 잃는 건 제국군의 손실이라고 판단한 것뿐이다. ……다른 의도는 없어."

차갑게 말을 남긴 알베르트는 글렌을 내버려 두고 밖으로 나갔다.

"예이예이~ 그러십니까. 그런 걸로 해둡죠. 하아~ 진짜 성가신 녀석이라니까……."

글렌은 투덜대면서 침대 옆에 있는 의자에 걸쳐둔 셔츠를 입고 넥타이를 맨 후, 로브를 어깨에 걸쳤다. 총 상태를 간단하게 점검하고 그대로 벨트에 꽂으며 광대의 아르카나를 확인했다.

움직일 때마다 가슴의 상처가 땅기는 것처럼 욱신거렸지만 행동에 지장이 생길 정도는 아니었다. 알베르트의 마술 실력과 대량으로 마력을 공급해준 시스티나 덕분이리라.

"또 네 도움을 받았구나. ……고맙다, **시스티나.**"

글렌은 잠든 시스티나의 머리를 거칠게 쓰다듬으며 다정한 눈으로 지그시 쳐다보았다.

그러자 무의식적으로 그 시선과 감촉을 느낀 걸까.

잠이 얕았던 걸까.

아니면 우연이었을까.

"……선……생님……."

시스티나가 살짝 몸을 뒤척였다.

"……루……미아를…… 구해……주세……요……."

그리고 그런 잠꼬대를 중얼거렸다.

시스티나의 눈가에서 빛나는 눈물을 본 글렌은 그에게 어울리지 않은 진지한 표정으로 변모했다.

"……맡겨줘."

그리고 강하게 그 한 마디를 남긴 후, 등을 돌리며 굳은 결의가 느껴지는 걸음걸이로 방을 나섰다.

홀로 나와서 여관 본관의 정문을 통해 밖으로 나왔다.

싸늘한 공기가 글렌을 맞이했다.

"오래 기다렸지? 준비 다 됐어."

그리고 앞마당 한구석에 팔짱을 끼고 서 있는 알베르트에게 말을 걸었다.

"뭔가 말해주지 않아도 괜찮은 건가?"

그러자 알베르트는 가볍게 턱짓으로 어딘가를 가리켰다.

그 방향을 따라 약간 떨어진 곳에는―.

"……."

글렌의 학생 중 몇 명이 모여서 불안한 눈으로 이쪽을 쳐다보고 있었다.

"……너희들."

글렌은 자기도 모르게 말문이 막혀서 학생들에게 다가갔다.

"……나 원 참, 이런 밤늦게까지 뭐 하는 거야? 얼른 방에 돌아가서 잠이나 자."

하지만 그런 말로는 얼버무릴 수 없었다.

"저, 저기…… 선생님. ……어디 가시는 거죠? 지금 대체 무슨 일이 일어난 건가요?"

학생 중 가장 앞에 서 있던 카슈가 딱딱한 목소리로 질문했다.

"리엘은 안 돌아왔고…… 루미아도 사라졌고…… 걔네 방도 뭔가 엉망이 됐고…… 선생님도 조금 전까지는 반송장 같은 모습이셨는데……."

민감한 나이에 이런 불온한 분위기를 느끼지 못했을 리가 없었다.

"저 장발의 무서운 사람은…… 선생님의 친구분이시죠? 저 사람이 관여하지 말라고 해서…… 사정은 전혀 모르겠지만…… 그래도 뭔가 큰일이 벌어진 거죠?"

학생들은 불안하게 시선을 내리깔았다.

그런 학생들의 모습에 글렌은 가볍게 웃어주었다.

"훗. 야, 너희들. 리엘을 어떻게 생각하냐?"

"……예?"

심각한 분위기에 젖어있는 자신들과는 달리 글렌의 태도는 평소와 다름없었다.

학생들은 당황했는지 서로 얼굴을 마주 보았다.

"……어떠냐고…… 물어보셔도……."

"너희랑 리엘은 아직 알게 된 지 얼마 안 됐지만, 그 짧은 기간 동안 같이 지내면서…… 어떤 인상을 받았지?"

"그건……."

학생들은 한순간 말문이 막힌 듯했지만 각각 자기 생각을 조금씩 털어놓기 시작했다.

"처음에는…… 그냥 이상한 애구나 싶었는데요……."

"저……저는…… 좀…… 무서웠던 것…… 같아요……."

"첫날 그거 말이지? 그건 나도 기겁했지 뭐야.『우와, 위험한 녀석이 왔네』라는 생각이 절로 들더라."

"……그래도 뭐, 실제로는 그렇게까지 나쁜 애는 아니었지만요……."

"조금……이랄까, 아니. 꽤 무뚝뚝한 애지만……."

그러자 다들 평소에 리엘이 벌인 기행을 서서히 떠올리면서 점점 말이 많아졌다.

"그래도 말을 걸면 제대로 대답해주던데."

"응, 이라든가. 그래, 라든가. ……죄다 단답형이지만!"

"늘 졸린 듯한 무표정을 하고 있지만 익숙해지니까 의외로 표정이 풍부해 보이는 거 있지."

"카드 게임을 가르쳐드렸더니 무표정은 여전했지만 꽤 열중하셨죠……."

"응, 왠지…… 기분 탓일지도 모르겠는데 눈이 반짝거리는 거 같았어……. 졸려 보였지만……."

"그러고 보니 비치발리볼을 할 때도 평소의 리엘이랑 비교

해보면 꽤 의욕이 넘쳤던 것 같지 않아?"

"아하하……. 그래도 그 살인 스파이크는 좀 자제해줬으면 좋겠는데……."

어제 일을 떠올렸는지 학생들이 쿡쿡 웃기 시작했다.

그리고 글렌은 힐끔 시선을 돌렸다.

"……."

그 시선 앞에는 학생들과 약간 떨어져 있는 위치에 기블이 서 있었다.

결코 반 애들과는 섞이려 하지 않았지만…… 말없이 팔짱을 끼고 나무에 등을 기댄 채, 미간에 주름을 지으며 뭔가 말하고 싶은 표정으로 이쪽을 지그시 노려보고 있었다.

"……좋아, 충분해."

그러자 글렌은 무슨 생각을 한 건지 갑자기 그런 말을 꺼냈다.

"예?"

"목숨을 걸기에는 충분하다고."

"……예? 선생님, 지금, 뭐라고……."

"아차, 아무것도 아냐. 애들은 얼른 잠이나 자라."

글렌은 학생들에게 등을 돌렸다.

"안심해. 내일이면 전부 원래대로 돌아갈 테니까. ……날 믿어."

그리고 어리둥절한 표정의 학생들을 남겨둔 채 다시 알베르트가 있는 곳으로 다가갔다.

"이제 됐어."

"흥······."

두 사람은 나란히 서서 걷기 시작했다.

"······의외로 제대로 교사 노릇을 하고 있는 모양이군."

"그건 또 무슨 뜻이야."

"······너에게 배우는 젊은이들의 장래가 불안해서 견딜 수 없다는 뜻이다."

"······야, 말이 좀 심한 거 아냐? ······딱히 부정은 못 하겠다만."

완전히 어둠에 잠겨서 인기척이 사라진 바깥을 걷는 두 사람은 서로에게 사양하지 않으며 말을 주고받았다.

마치 글렌이 마도사였던 시절처럼······.

"······뭐, 그건 그렇고······ 너랑 이렇게 팀을 짜는 것도 진짜 오랜만이네."

"흥. 난 너와 팀을 짜는 건 이제 사양하고 싶었다만. 늘 골치 아픈 일에 휘말리게 되니 진저리가 난다."

그러는 사이에 두 사람은 마을 밖으로 나왔다.

눈앞에는 울창하게 우거진 숲이 펼쳐져 있었다.

이제부터는 관광용으로 정비된 길이 아니다. 인간의 손길이 닿지 않은 영역이었다.

"······가볼까. 믿는다, 파트너."

"헛소리하지 마. 누가 파트너냐. 잠꼬대는 자면서 해."

알베르트는 글렌을 내버려 두고 바람처럼 달려갔다.

글렌도 대지를 박차며 그 뒤를 쫓았다.

북동쪽 연안에 있는 마을을 떠난 글렌은 알베르트의 뒤를 따라 사이넬리아 섬 중앙부를 향해 울창하게 우거진 숲속을 질주했다.

"왜 그러지? 벌써 숨이 찬 것 같은데, 글렌."

"시끄러! 난 골골대다가 방금 일어난 참이잖아, 멍청아!"

양쪽을 비교하면 글렌이 약간 느린 데다가 숨이 가쁜 기색이었지만, 두 사람은 옆에서 보면 넋을 잃을 만한 몸놀림으로 기복이 심한 숲속의 나무 사이를 가볍게 주파했다.

그 모습은 마치 나무 사이를 스쳐 지나가는 한 줄기 바람 같았다.

"그런데 알베르트. 목적지는 어디지?"

글렌은 달리면서 앞서가는 알베르트의 등에 질문을 던졌다.

"버크스가 흑막이라면서. 그럼 백금 마도 연구소로 쳐들어가면 되는 거 아냐?"

그리고 주위를 힐끔 훑어보았다.

울창하게 우거진 나무들이 한없이 이어져 있었고 그 틈 사이에는 심연으로 이어진 듯한 어둠이 충만했다. 약간 안개가 낀 건지 공기는 무겁고 축축하다. 아릿한 풀냄새는 안으로 들어갈수록 점점 진하고 강해졌다.

"이쪽은 미묘하게 방향이 어긋난 것 같은데…… 그리고 일부러 이런 길로 가지 않아도……."

"네놈은 바보냐. 백금 마도 연구소는 어디까지나 제국의 공공기관이다. 유괴한 왕녀를 거기로 데려가 봐라. 바로 들통 날 게 뻔하지."

"윽……. 그, 그건 나도 알아! 그냥 말해본 것뿐이라고!"

"과연 그럴까."

글렌은 혀를 차면서 질문을 계속했다.

"애초에 너, 루미아가 있는 곳을 알았다고 했지? 대체 어떻게 안 거야?"

"간단해. 난 비상시에 왕녀가 있는 곳을 탐지해낼 수 있도록 마력 신호를 보내는 마술을 미리 인챈트해뒀다. 강력한 마력 은폐성을 지닌 술식을 조합해서."

"어, 어느 틈에…… 아, 그때인가."

글렌은 알베르트가 도시의 헌팅남 흉내를 내며 루미아 일행과 접촉했던 일을 떠올렸다.

"옳거니. 그럼 루미아가 보내는 마력 신호를 따라가면……."

"멍청한 놈. 그딴 건 이미 적이 눈치채고 디스펠했을 거다."

"뭐? 야! 그럼 망한 거잖아!"

글렌은 그 자리에 자빠질 뻔했다.

"당연한 소릴. 유괴 대상이 마력 탐지에 걸리지 않도록 주의를 기울이는 건 유괴범의 기본 소양이니까. 그건 미끼다."

"……미끼?"

영문을 알 수 없는 알베르트의 말에 글렌은 앵무새처럼 되물었다.

"진짜는 엘레노아 샤레트에게 걸었다."

"……엘레노아? 그 녀석은 요전의 마술 경기제 소동에서…… 그리고 아까 널 방해했다는 녀석 말야?"

"그래, 그 말대로다. 그 자리에서 처리할 심산이었다만 그 여자도 꽤 하더군. 제대로 한 방 먹고 말았다."

알베르트는 지긋지긋하다는 듯 인상을 찌푸렸다.

"하지만 그대로 보낼 수는 없었지. 그 교전을 틈타서 왕녀에게 인챈트한 것보다 더 강력한 마력 은폐성을 지닌 마술을 인챈트해뒀다."

"우와…… 진짜 빈틈이 없네."

유괴한 쪽은 몹시 간파하기 어려운 루미아의 마력 발신 인챈트를 찾아낸 시점에서 의기양양했으리라. 일단 한 번 안심한 인간은 심리적으로 경계심이 풀어지기 마련이다.

"마력 신호를 엘레노아에게만 인챈트했거나, 혹은 엘레노아가 잠복한 장소가 조직의 지배하에 있는 곳이었다면 이런 방법은 통하지 않았겠지. 하지만 그 녀석이 현재 잠복한 장소는 적지다. 완벽히 경계하는 건 무리겠지. ……나에게 제대로 한 방 먹이는 데 성공했다고 여기게 만든 것도 한몫했을 거다."

"너, 처음부터 이렇게 될 거라고 예상했던 거야?"

"그럴 리가. 다만, 난 온갖 사태를 상정해서 늘 몇 개의 포석을 두고 행동해. ……그중 하나가 우연히 걸린 것뿐이다."

"……하지만 결국 대부분 네 계획대로 흘러간 거잖아? 죽일 작정으로 엘레노아라는 녀석과 싸우는 동시에 이중, 삼중으로 예방책을 준비해뒀던 거냐……. 으헥…… 너만은 절대 적으로 돌리면 안 되겠군……."

글렌은 감탄한 듯한, 기가 막힌 듯한 표정으로 뺨을 움찔거렸다.

"즉, 네가 가는 방향에 루미아가 있다는 거지? 대체 어떤 장소야?"

"그건 백금 마도 연구소에서 운용한 자금의 흐름을 쫓다 보니 대충 예상이 가더군. 녀석은 아무래도 극비리에 비밀 지하 연구소를 만들었던 모양이다. 엘레노아의 마력 신호도 확실히 지하로 향하고 있군."

"지하라고?! 그럼 장소를 알아도 진입하는 게 문제잖아! 설마 이 숲속에서 출입구를 찾으려고?! 말도 안 돼!"

글렌은 기겁해서 비명을 질렀다.

"넌 정말로 궁지에 빠지지 않으면 머리가 안 돌아가는 녀석이군."

기가 막힌 건지 알베르트의 눈썹이 살짝 위로 올라갔다.

"조금은 머리를 써. 버크스의 연구 분야에 특수한 환경이 필요하다는 건 알고 있겠지?"

"그, 그야 뭐……. 다른 연구소처럼 토지에 영맥(靈脈)이^{레이라인} 통해야 하는 건 당연하겠지만 백금술은 특히 물이 많이 필요하니까 연구소 안에도 여기저기에 수로가…… 아!"

"이해했나. 연구 분야의 성질상 버크스의 극비 연구소에는 반드시 지하수로가 필요할 거다. 딱히 숲속 어딘가에 엄중히 숨겨져 있을 출입구로 진입할 필요는 없어. 지하로 통하는 수로로 진입하면 되는 거다. 대략적인 장소는 판명됐고 대규모 수로를 마련할 수 있는 장소, 토지의 고저 차, 그리고 레이라인의 조건. 정보가 이 정도나 갖춰지면 자연스럽게 진입로를 한정할 수 있지."

그 순간—

두 사람의 앞길을 가로막았던 숲이 사라지고 단숨에 시야가 넓게 트였다.

눈 앞에 펼쳐진 건 짙고 푸르른 나무들과 산악으로 둘러싸인 광대한 호수였다. 투명하고 차가운 물이 가득 담겨져 있는 그곳은, 거울처럼 투명한 수면에 은색으로 빛나는 달이 어렴풋이 비쳤다. 해가 뜨면 낚싯대와 도시락을 지참해서 이 호숫가로 오고 싶어지는 절경이었지만 지금은 그런 생각을 할 때가 아니었다.

두 사람은 일단 이 근처에서 이동을 멈추었다.

"이 호수의 남서쪽 방면에 버크스의 비밀 연구소로 이어지는 지하수로가 있을 터. 부자연스러운 물의 흐름을 따라가면 쉽게 찾을 수 있겠지."

"예이, 그러시겠죠. 그럼 사내자식 둘이서 밋밋한 해수욕이라도 즐겨볼까. ……여긴 호수지만."

두 사람은 흑마【에어 스크린】을 영창했다.

그러자 두 사람의 몸 주위에 공기가 압축된 막이 구 형태로 형성되었다. 곧장 호수 안으로 발을 들여 넣자 구체가 물을 차단했다.

그리고 두 사람은 공기로 된 막의 보호를 받으며 호수 속으로 모습을 감추었다.

잠시 말없이 호수 밑바닥을 탐색하던 글렌과 알베르트는 부자연스러운 물의 흐름이 느껴지는 옆으로 뚫린 구멍을 발견했다.

두 사람은 확신하고 그 바위에 뚫린 구멍으로 진입했다.

손끝에 깃든 마술의 불빛을 의지하며 새까만 어둠 속을 나아갔다.

……얼마나 걸었을까.

이윽고 두 사람은 물속에 부자연스럽게 형성된 공간에 도착했다. 사방은 명백히 사람의 손으로 돌담을 쌓아서 만든 벽. 고개를 들자 일렁이는 수면 위에서 어렴풋한 빛이 새어

들어오는 게 보였다.

　두 사람은 【에어 스크린】을 조절해서 위로 떠올랐다.

　"웃차."

　그리고 수면 위로 나와 근처에 있는 통로 형태의 발판으로 뛰어올랐다.

　주위를 둘러보니 마치 저수조 같은 장소였다. 글렌 일행이 막 나온 한층 더 커다란 수조를 중심으로, 수로와 수로를 사이에 둔 통로가 크고 작은 수조에 연결되어서 미로처럼 복잡하게 얽혀 있었다. 곳곳에 수생 식물이 자라 있고 여기저기 빛나는 이끼가 군생하고 있는 그 모습은 백금 마도 연구소의 내부와 무척 비슷했다.

　"……빙고군."

　"그래."

　자, 그럼 이제부터 어떻게 해야 좋을까.

　"《나의 초청에 응하라·날카로운 시선과·용맹한 날개의 맹우여》."

　알베르트에게 상담하려 하자 그는 소환(召喚) 【콜 패밀리어】를 영창했다.

　그러자 허공에 열린 문에서 한 마리의 매가 날개를 펼치며 날아와 알베르트의 어깨 위에 앉았다.

　"이 녀석을 『눈』으로 삼아서 먼저 보내—."

　그 순간, 알베르트가 갑자기 입을 다물었다.

"어, 뭐야? 왜 그래?"

글렌이 의아하게 여기자.

"……온다."

"뭐?"

갑자기 눈앞의 수로에서 대량의 물이 천장까지 솟구치며 성대한 물기둥을 만들어냈다.

"뜨아아아아아아아?! 뭐야 저게?!"

글렌은 황급히 전투태세를 취했고 알베르트는 재빨리 뒤로 물러났다.

물기둥 안에서 모습을 드러낸 거대하고 단단한 그림자가 글렌의 앞을 가로막았다.

그 실루엣은 한 마디로 표현하면 게였다.

키가 인간의 두 배는 될 법한 엄청나게 거대한 게.

강변이나 해안가에서 보이는 평범한 게와 결정적으로 다른 점은 매우 흉악해 보이는 집게발이 세 쌍이나 달린 점이었다.

"뭐야, 이 생물의 진화 과정을 완전히 무시한 크리처는?!"

게는 그 거대함과 어울리지 않는 민첩한 움직임으로 집게발을 일제히 아래로 휘둘렀다.

"우와아아아아아아아아악?! 위험해?!"

글렌은 좁은 통로를 옆으로 구르며 도약했다. 주위에 얼마 없는 바닥을 재빠르고 정확하게 뛰어다니며 연속으로 휘두르는 집게발을 연달아 피했다.

"치잇!"

좁은 통로를 박차며 게와 거리를 둔 글렌은 착지하는 것과 동시에 허리춤에 있는 총을 뽑았다.

손이 보이지 않을 정도로 신속한 속사. 선풍처럼 선회하는 총구.

그 순간 포효를 내지른 총성은 단 한 발뿐.

날카로운 총격이 게의 관절 부위를 노리고 정확하게 쇄도했다.

캉!

하지만 되돌아온 건 금속을 두드리는 듯한 맥 빠진 소리뿐이었다.

"하긴 그러시겠죠~. 이건 평범한 총알인걸."

아무런 상처도 없는 게의 모습에, 글렌은 한숨을 섞어가며 연기를 피우는 총으로 시선을 돌렸다.

마총 《페네트레이터》를 가져와 준 건 고마웠지만 이왕 가져올 거면 이브 카이즐의 탄약도 챙겨왔으면 좋았을 텐데. 그 전용 마술 화약이 없으면 이 총은 이름만 거창할 뿐, 재장전이 번거로운 골동품에 지나지 않았다.

"물러나! 글렌!"

"오케이!"

알베르트가 일갈하자 글렌은 미안하다는 듯이 그 자리에

서 뒤로 도약해 물러났다.

조금 전까지 글렌이 서 있던 장소를 향해 떨어진 집게발은 돌로 된 통로를 찍으며 파괴했다.

《울부짖어라 불꽃의 사자여》!"

알베르트는 흑마 【블레이즈 버스트】를 한 소절 룬으로 영창했다.

그의 왼손에서 방출된 화염구가 게에게 명중.

소용돌이치는 화염이 게를 집어삼켰고 업화의 불기둥이 천장을 불태웠다.

이윽고 불길이 가라앉자 그 자리에는 게 통구이가 완성되어 있었다.

"오오~ 이 가까운 거리에서 날 말려들게 하지 않다니…… 변함없이 굉장한 마술 제어 정밀도구만."

"흥. 그렇게 말하는 너도 사격 실력이 녹슬지 않은 것 같아 다행이군."

"하! 농담하지 마.《은둔자》영감탱이가 봤으면 총구에 파리가 앉는 줄 알았다고 한소리 했을 걸."

"글쎄다. ……하지만 기습에 반응하는 속도는 확실히 느려졌더군. 저런 잔챙이가 아니었다면 두 번쯤 죽었겠지. 벌써 평화 불감증에 걸린 건가."

"……냅 둬. 난 너 같은 타고난 직업 군인이랑 다르다고."

알베르트와 글렌은 서로에게 가벼운 악담을 내뱉었다.

하지만 이 두 사람은 눈치채지 못했다.

글렌이 전위를 담당하고 알베르트가 후위를 담당. 글렌이 적의 주의를 끌면 알베르트가 강력한 주문으로 적을 처리한다.

마도사 시절, 둘이서 팀을 짤 때 자주 쓰던 연계 동작이었다.

1년의 공백이 있었는데도 아무런 의견 교환도 없이 자연스럽게 그 연계를 성공시켰다는 사실을 두 사람은 전혀 눈치채지 못했다.

"뭐, 그건 제쳐놓고……."

글렌은 벨트 뒤쪽에 총을 꽂아 넣으면서 거대한 게의 잔해를 바라보았다.

"이 녀석은 대체 뭐지? 마수……치고는 생물의 구조를 지나치게 무시한 거 같은데. 그렇다면 역시……."

"과거에 군사용으로 연구한 합성 마수겠지. 키메라의 병기 이용에 관한 연구는 현재 동결, 금지됐지만…… 옛 연구 성과가 남아있었던 건가. 아니면 버크스 브라우몬이 금지된 키메라 병기의 연구를 계속했던 걸지도 모르겠군."

알베르트는 아무런 감회도 느껴지지 않는 얼음 같은 눈으로 게의 잔해를 힐끗 흘겨보았다.

"아무튼 이 구획은 쓸모없어진 키메라를 폐기하는 장소인 모양이다."

"그렇다는 건…… 버크스 자식. 아무래도 예상했던 것보다 훨씬 더 수상쩍은 녀석이었나 본데."

그 순간—

두 사람이 있는 구획 여기저기에 물기둥이 솟구쳤다.

게뿐만이 아니었다. 거대한 오징어. 반어인 같은 괴물. 젤리 덩어리 같은 부정형 생물…… 다종다양한 괴물이 잇따라 모습을 드러내기 시작했다. 하나같이 정상적인 모습을 갖추지 못한 실패작들이었다.

"으엑…… 아주 단체로 납셨구만……."

글렌은 진저리를 치면서 자신에게 다가오는 괴물들을 쳐다보았다.

아무래도 저 녀석들은 자신들을 완전히 먹이로 인식한 모양이었다.

"돌파한다."

"나 원 참, 어쩔 수 없군!"

두 사람은 빠르게 주문을 영창하면서 통로를 질주했다.

"……으…… 아…… 아아아아아?!"

루미아의 열기를 띤 고통스러운 목소리가 연구실에 울려 퍼졌다.

그녀의 몸에 그려진 룬 술식을 따라 막대한 마력이 흘러들어왔기 때문이다. 그 마력은 격렬한 고통으로 변해서 루미아를 괴롭혔다.

그녀는 현재『Project : Revive Life』의식의 일부가 되어서 자신의 의사와는 관계없이 강제로 능력을 행사하는 중이었다.

"흐하, 흐하하하하! 좋구나, 아주 좋아!"

하지만 버크스는 그런 루미아의 고통은 전혀 개의치 않고 모노리스 형 마도 연산기에 패스를 통해서 전송되는 대량의 데이터를 해석하느라 여념이 없었다.

"성공해! 이건 성공할 거다!『Project : Revive Life』는 오늘 이 자리에서 성공하는 거다! 히 버크스 브라우몬의 손으로 말이지! ……흐하하하하하하하!"

루미아의 발밑에 전개된 법진과 직결되어 있는 다른 거대한 법진.

그 한가운데에는 수정석 기둥 안에 봉인된 세 개의 소체가 정삼각형의 꼭짓점 형태로 배치되어 있었다. 현재는 그 수정석 기둥의 표면 위를 수많은 룬 문자가 질주하느라 안이 잘 보이지 않는 상태였지만…… 간신히 보이는 형태로 미루어 보건대 아무래도 봉인된 소체는 소녀의 모습을 하고 있는 것 같았다.

소체와『얼터 에테르』와『아스트랄 코드』.

이론상 합성이 불가능했던 세 개의 요소가 현재 통합을 완료했으며 남은 건 사소한 조정과 소체의 의식이 각성하는 순간을 기다리는 것뿐이었다.

"과연 버크스 씨. 훌륭한 솜씨네요."

파란 머리의 청년은 겉으로 버크스에게 찬사를 보내는 한편, 속으로는 혀를 찼다.

'흥. 내가 예전에 만든 술식을 통째로 넘겨줬으니 이 정도는 당연한 건데, 저 남자는 왜 저렇게 잘난 척을 하는 거지?'

청년은 주위의 설비를 훑어보면서 한층 더 생각에 잠겼다.

'뭐, 아무렴 어때. ……『Project : Revive Life』를 실행하기 위한 의식 설비는 확실히 저 남자의 소유니까. 실컷 이용해주마. ……어차피 저 남자는 내 발판에 불과해. 지금 당장은 승리의 기쁨에 취해 있으라지.'

그리고 청년은 리엘에게 시선을 돌렸다.

그녀는 방의 한켠에 서서 루미아에게 등을 돌리고 있었다. 굳게 쥔 작은 손과 어깨가 부들부들 떨리는 게 보였다. 루미아가 고통스럽게 비명을 지를 때마다 가녀린 등이 움찔 떨렸다. 의식의 진행 상황은 쳐다보려고도 하지 않았다.

"리엘…… 괜찮아?"

청년은 리엘을 배려하듯 말했다.

"……."

하지만 그녀는 청년의 말에 대답하지 않았다.

'하아, 나 원 참……. 차라리 지금은 이렇게 조용히 있는 편이 낫기는 한데…… 이 상태로는 앞으로 얼마나 써먹을 수 있을지 모르겠네. ……내『동생』이지만 참 한심하군.'

청년은 살짝 탄식하면서 다시 의식 쪽으로 시선을 돌렸다.

눈앞에 있는 것은 조금 전에 의식을 완료한 수정석 기둥 안의 소체였다.

그 세 개의 소체를 청년은 사랑스러운 눈길로 바라보았다.

'하지만 그 문제도 이제 곧 해결돼. 조금만 더 있으면 나만의 『힘』이 손에 들어오는 거야. ……버크스 따위에게 그 공적을 넘길 수는 없지!'

청년이 입가에 일그러진 미소를 희미하게 띤…… 순간—.

갑자기 멀리서 땅 울림 같은 소리가 들렸다.

"무슨 일이냐!"

버크스는 작업을 중단하고 고함을 질렀다.

그러자 방의 출입구에 엘레노아가 모습을 드러냈다.

"방금 원견 마술로 확인했습니다. ……침입자네요."

"뭐라고?! 말도 안 돼! 어떻게 여길 알아낸 거지?! 그럴 리는……."

"……글쎄요?"

하지만 곧 뭔가 짐작 가는 게 있는지 엘레노아는 자신의 몸 여기저기를 손가락으로 더듬기 시작했다.

그리고 손가락이 뺨에 닿자 그대로 움직임을 멈추었다.

"어머나, 어머나…… 근접 전투전에서 얻어맞은 그때였나요. ……저도 참 방심했네요."

엘레노아는 쿡, 하고 요염한 미소를 지었다.

"과연 제국 궁정 마도사단 특무분실 《별》의 알베르트 님…… 한 방 먹여드린 줄 알았는데 아무래도 한 방 먹은 건 제 쪽이었던 모양이네요. 훌륭해요."

엘레노아는 씁쓸하지만 어딘지 모르게 기쁨이 섞인 표정으로 그렇게 중얼거렸다.

"그, 그게 대체 무슨 뜻인가! 엘레노아 공!"

"글쎄요. 과연 무슨 뜻일까요? 아무튼 적의 전력은 두 명. 제국 궁정 마도사단 특무분실의 에이스인 알베르트 님과 제국 마술학원의 마술강사인 글렌 님이에요."

"……아?!"

"……선, 생님……?"

"글렌……이라고? 설마 살아있었던 건가……?"

글렌이라는 이름에 리엘과 루미아, 그리고 파란 머리의 청년이 반응했다.

"……선생님……! 다행이다. 역시……."

어딘지 모르게 무겁고 어두운 그림자가 드리워졌던 루미아의 표정이 단숨에 밝아졌다. 희망을 품고 밝게 빛났다. 아직 절체절명의 위기에서 벗어나지 못했는데도 이미 모든 게 해결된 듯한 만족스러운 얼굴이었다.

한편 엘레노아와 버크스의 표정은 그런 루미아와는 대조적으로 한없이 씁쓸했다.

"의식을 완전히 끝내려면 아직 시간이 필요해요. 그 전에

이 방에 적이 도달하면 의식이 물거품으로 돌아갈 우려가 있습니다. 어떻게 대처할까요?"

"크윽…… 네 이놈들, 정부의 개 주제에!"

몸을 부들부들 떤 버크스는 옆에 있는 모노리스 형 마도 연산기에 매달리더니 주문을 영창하면서 손가락을 놀려 설비를 조작했다.

그러자 석판 형태의 모노리스 표면에 잇따라 룬 문자가 스쳐 지나갔다.

"좋다! 정보에 의하면 놈들이 있는 곳은 아직 이 중앙 제어실에서 먼 제4 구획. ……그곳이라면 대처하기는 쉽지! 내 작품으로 처리해주마!"

버크스는 재빠른 손놀림으로 모노리스 표면에 룬을 그렸다.

빛의 문자가 된 룬이 새겨지자 다종다양한 룬이 단숨에 모노리스 표면을 위에서 아래로, 왼쪽에서 오른쪽으로 바쁘게 흘러 지나갔다.

"작품이요?"

"후후후. 그 구획에는 내가 만든 수많은 키메라가 봉인되어 있지. 그 키메라들의 봉인을 풀어서 놈들을 공격하게 하는 거다."

일그러진 얼굴로 비웃음을 흘린 버크스는 마지막 조작을 끝냈다.

"이걸로 끝……. 자, 가라. 내 최고 걸작들이여……!"

자신의 승리를 눈곱만큼도 의심하지 않는 버크스의 태도에는 제아무리 엘레노아라도 탄식할 수밖에 없었다.

　"주제넘지만 그딴 것들로 저 두 분…… 특히 알베르트 님을 막을 수 있을 거라는 생각은 전혀 안 듭니다만."

　"그딴 것들이라고……?"

　그 말을 듣자마자 버크스의 얼굴이 분노로 물들었다.

　"엘레노아 공…… 네놈은 내 키메라 제작 실력을 의심하고 있는 건가?"

　"아뇨. 그런 건 아닙니다만…… 알베르트 님은 제국 궁정 마도사단의 에이스. 제국군 최고 클래스의 마도사입니다. 그리고 글렌 님도 전 마도사……."

　"흥. 뭐가 마도사냐. 마도사 따윈 마술을 고작 전투에서밖에 쓰지 못하는 저능한 놈들이거늘. 진정한 현자인 마술사의 적은 못 돼."

　"……."

　"뭐, 거기서 지켜보기나 해라."

　"예에…… 그럼 느긋하게 감상하도록 하지요."

　엘레노아는 마치 재미있는 광경을 구경하는 것처럼 천진 난만하게 웃었다.

　온다.

　달려온다.

"커허어어어어어어어어어엉!"

전방으로 한없이 이어진 폭이 넓고 천장이 높은 통로.

그 앞에서 박쥐 날개를 가진 거대한 사자가 야생의 살기를 양껏 드러내며 엄청난 기세로 글렌과 알베르트를 향해 달려왔다.

막대한 힘이 응축된 탄력 있는 근육. 생물로서 신체 능력도, 동체 시력도, 반사 속도도 근본적으로 인간을 뛰어넘은 규격 외의 존재를 앞에 두고서도 글렌과 알베르트는 맹렬하게 달리는 속도를 늦추지 않았다.

서로가 서로를 향해 질주했고 피아의 거리는 한없이 제로에 가까워졌다.

앞으로 몇 초 안에 접촉하리라.

그 순간, 알베르트가 주문을 영창했다.

"《뇌창(雷槍)이여》!"

번개로 이루어진 섬광의 창— 흑마 【라이트닝 피어스】.

더블 캐스트로 발동한 두 줄기의 번개가 공기를 가르며 괴물 사자를 향해 날아갔다.

하지만 적도 만만치 않았다.

괴물 사자는 발밑을 노린 첫 번째 번개를 도약하면서 피했고, 그 도약 지점을 노린 두 번째 번개를 벽을 차서 피하는 것과 동시에 공중에서 알베르트를 향해 날아들었다.

그래도 질주를 멈추지 않는 그에게 날카로운 발톱과 송곳

니가 육박했지만―.

"《사나운 뇌제여·극광의 섬창으로·꿰뚫어라》!"

세 소절 영창인 탓에 늦게 완성된 글렌의 【라이트닝 피어스】.

글렌의 손끝에서 날아간 번개가 공중에 있는 괴물의 미간을 정확하게 관통했다.

"커어엉."

쿠웅!

엄청난 질량이 느껴지는 소리와 함께 괴물이 바닥에 떨어지더니 반동으로 튀어 올랐다.

글렌과 알베르트는 성대하게 바닥을 구르는 괴물의 몸을 가볍게 뛰어서 피하며 그대로 계속 달려갔다.

그 속도는 전혀 줄어들지 않았다. 뒤를 돌아보지도 않았다.

"그런데 아까부터 진짜 징글징글하게 튀어나오네……. 대체 몇 마리를 해치워야 하는 거지."

"쓸데없는 소리 하지 마. 거리는 전방 30, 후방 30. 숫자는 각각 넷. 온다."

알베르트가 날카롭게 경고한 순간―.

통로를 달리는 두 사람의 전방과 후방에 있는 벽 일부가 문처럼 열리더니 누군가가 줄줄이 나왔다.

인간의 형태를 본뜬 풀과 덩굴― 식물형 괴물이었다.

사전에 경고했던 대로 숫자는 전방에 넷. 후방에도 넷. 협

공당하는 형태다.

"……."

알베르트는 말없이 후방으로 몸을 돌렸다.

"그럼 가보실까."

글렌은 그런 알베르트를 내버려두고 전방을 향해 주문을 영창했다.

《나·시간의 속박에서·해방되리라》"

흑마【타임 엑셀러레이트】.

자신에게 흐르는 시간을 가속해서 행동 속도를 폭발적으로 향상시키는 순간 부여 마술이다.

글렌의 기량으로는 고작 2, 3초밖에 지속할 수 없지만, 한순간 적들이 그의 모습을 놓칠 정도로 갑작스럽게 가속했다.

그리고 단숨에 괴물들이 모여 있는 한복판으로 이동했다.

괴물들은 황급히 촉수를 뻗어서 그를 붙잡으려 했지만—.

"늦어!"

글렌에게는 사방팔방에서 뻗어오는 채찍 같은 촉수가 하품이 날 정도로 느려 보였다.

인챈트 효과의 부작용으로 모든 것이 색깔을 잃고 흑백으로 보이는 세계에서, 그는 자신을 향해 굼뜨게 다가오는 촉수를 몸을 비틀고 도약하여 전부 피해냈다.

"우오오오오오오오오오오오오!"

정면에 있는 괴물을 레프트 잽에서 이어지는 라이트 스트레이트로 날려버리고, 오른쪽에서 덤벼드는 괴물은 왼쪽 다리로 상단 뒤돌려 차기를 날려서 요격. 왼쪽에서 자신을 붙잡으려고 촉수를 날리는 괴물을, 오히려 손으로 붙잡고 다리를 걸어서 안쪽에 있는 괴물을 향해 던져 버렸다.

하지만 그 모든 공격이 결정타는 되지 못했다.

괴물들은 바로 태세를 재정비하며 글렌에게 다가왔다.

"큭……."

그 타이밍에 시간제한이 끝나고 인챈트 효과가 사라졌다.

그러자 괴물들에게 맞서는 글렌의 속도가 원래대로 되돌아—오기는커녕 급격하게 느려졌다.

흑마 【타임 액셀러레이트】는 세계의 시간과 글렌의 시간 사이에 모순을 발생시키는 마술이다. 그러므로 마도 제2법칙에 따라 가속한 시간만큼 이번에는 글렌의 속도가 느려진 것이다.

당연히 이건 치명적인 빈틈이 되었다.

"샤아아아아아아아아아아아!"

이번에는 괴물들이 글렌의 눈으로 따라잡을 수 없는 속도로 달려들기 시작했다.

글렌의 마나 바이오리듬은 방금 쓴 마술의 영향으로 카오스 쪽으로 기울었으니 이제 대처할 방법은—.

콰앙!

그 순간, 압도적인 열량을 가진 불꽃의 벽이 글렌을 지키려는 것처럼 무시무시한 속도로 바닥을 타고 달려왔다.

천장까지 태우려는 듯한 맹렬한 기세.

단숨에 전개된 불꽃 벽과 부딪힌 괴물들은 눈 깜짝할 사이에 불타서 재가 되고 말았다.

흑마 【플레어 클리프】.

자유자재로 조종할 수 있는 불꽃 벽을 전개하는 군용 공격형 방어 주문.

당연히 알베르트가 쓴 마술이었다.

"가자."

뒤에서 달려온 알베르트가 글렌을 추월하며 말했다.

그의 십몇 미트라 후방에는 아주 당연한 듯이 네 개의 잿더미가 쌓여 있었다.

마침 정상적인 시간의 흐름을 되찾은 글렌은 알베르트의 뒤를 따라 달리기 시작했다.

"야, 이 바보 자식아! 지원이 늦었잖아! 날 죽일 작정이야?!"

앞서 달려가는 알베르트를 따라잡은 글렌이 가장 먼저 한 말은 그거였다.

"너야말로 지나치게 앞으로 나서지 마라. 죽고 싶으면 혼자 죽든지 해."

하지만 알베르트의 대응은 냉담하기 짝이 없었다.

통로가 끝나고 두 갈래 길이 보이기 시작했다.

알베르트는 망설임 없이 오른쪽 길로 향했고 글렌은 아무 말 없이 그 뒤를 따랐다.

"애초에【타임 액셀러레이트】같은 자살용 마술을 즐겨 쓰는 바보는 제국군을 통틀어도 너밖에 없을 거다. 그런 녀석과 같이 싸워야 하는 내 입장이 돼서 생각해 봐."

"뭐 어때서 그래. 쓸 타이밍만 잘 고르면 꽤 편리하고 강한 마술이구만."

"흥…… 넌 왜 그런 쓸데없이 취향을 타는 마술하고만 상성이 좋은 건지 도저히 모르겠군."

"그, 그게 뭐."

"군용 어설트 스펠은 기본 삼속성만 제대로 쓰는 주제에 말이지. 정말 이해할 수가 없어."

알베르트는 험악한 표정을 풀지 않고 어이가 없다는 듯 탄식했다.

아마 옛날 일이라도 떠올렸나 보다.

"그걸 내가 어떻게 알아! 나도 이런 변칙적인 주문이 아니라 좀 더 쓰기 쉽고 제대로 된 주문을 습득하고 싶었다고!"

그렇게 말다툼을 벌이는 사이, 이번에는 통로를 가득 메울 정도로 거대한 부정형 생물이 자신의 몸으로 벽을 만들며 두 사람에게 다가왔다.

그 반투명한 몸 안에는 아마도 희생자, 혹은 먹이였을지도 모를 인간의 **뼈**가 몇 인 분이나 떠다니고 있었다.

"네가 그런 이단아라서 내가 늘 고생하는 거다."

알베르트는 글렌을 매도하면서 사전에 스톡해둔 흑마【아이스 블리자드】를 발동했다.

그러자 통로를 따라서 거칠게 휘몰아친 차가운 눈보라가 삽시간에 부정형 생물을 얼려 버렸다.

"아, 그러셔? 그거 참 미안하게 됐수다."

그리고 동시에 글렌이 투덜대면서 태연하게 총을 **뽑**아 겨누고 방아쇠를 당겼다.

총성과 함께 직선을 그리는 연기.

얼어붙은 부정형 생물의 몸을 파고드는 총알.

곧이어 부정형 생물은 마치 유리처럼 산산이 깨지며 흩어졌다.

글렌과 알베르트는 이번에도 부정형 생물의 파편 위를 뛰어넘으며 질주했다.

그런 두 사람을 향해 새로운 마수들이 기척을 드러냈다.

그러나―.

"……멈추지 않네요."

자신을 조롱하는 듯한 엘레노아의 말에 버크스는 주먹을 부들부들 떨었다.

"제길…… 저 녀석들이!"

모노리스 형 마도 연산기가 끊임없이 보내는 자랑스러운 키메라들의 참담한 전투 결과.

그것을 확인한 버크스는 증오를 담아 모노리스를 주먹으로 두들겼다.

"조, 좋다……. 지금까지는 사전 연습에 불과했던 거다. 고작 저 정도로 죽으면 이쪽도 재미가 없지! 아무래도 내 최고 걸작을 내보내야겠군!"

버크스는 핏발 선 눈으로 마도 연산기를 조작했다.

"흐, 흐하하하하! 이번 건 아주 굉장할 거다! 긁어모은 마광석(魔鑛石)으로 만들어낸 보석수(寶石獸)니까! 삼속성 어설트 스펠은 통하지 않고 그 어떤 무기로도 상처 입히지 못해! 미스릴이나 오리할콘으로 만든 무기가 아닌 한! 흐하하하하하하!"

엘레노아는 그런 버크스의 모습을 실로 즐거운 듯 지켜보았다.

"……이, 이건 좀 위험하지 않으려나?"

글렌은 자기도 모르게 뺨을 실룩 거리면서 그렇게 중얼거렸다.

통로를 돌파하고 큰 방으로 진입한 그들을 기다리고 있었던 것은—.

"우오오오오오오오오오오오오오……."

고개를 치켜들어야 겨우 그 전모를 파악할 수 있는 거대한 거북이 모습의 괴물이었다.

　신체 대부분이 투명한 보석 같은 물체로 이루어져 있었다.

　"보석수인가. 과거에 제국이 극비리에 진행한 키메라 연구의 최고 걸작으로서 이론상의 설계도만 존재한다고 들었다만……."

　"저 녀석의 특징은?"

　"어설트 스펠은 거의 통하지 않아. 그리고 무시무시할 정도로 단단하지."

　"……성가시기 짝이 없는 상대라는 뜻이군."

　그 순간.

　"우오오오오오오오오오오오오……."

　거대 거북이가 뒷발로 일어서더니 글렌과 알베르트를 향해 쓰러지는 움직임으로 거대한 앞발을 휘둘렀다.

　"뜨아아아아아아?!"

　"……칫."

　글렌과 알베르트는 양쪽으로 흩어졌다.

　바로 조금 전까지 두 사람이 서 있던 장소를 거대 거북이 내리치자 시설 전체가 뒤흔들렸다.

　"우오오오오오오오오오오오오!"

　그리고 거대 거북이가 소리를 지르자, 그 몸에 박혀 있는 보석들이 격렬하게 방전했다.

바로 눈앞에서 스파크를 일으키는 거대 거북이의 모습에 글렌의 얼굴이 새파랗게 질렸다.

"이, 이런—."

그리고 황급히 알베르트 쪽으로 달려갔다.

"《빛의 장벽이여》."

알베르트는 차분한 목소리로 흑마 【포스 실드】를 영창했다.

그러자 그의 눈앞에 빛으로 이루어진 육각형 마력 장벽이 전개되었다.

다음 순간—.

뇌성이 울려 퍼지더니 엄청난 광량의 벼락이 방 안 여기저기로 뻗어나가면서 시야를 가득 메웠다.

하지만 알베르트의 【포스 실드】는 어려움 없이 그 벼락을 막아냈다.

"으아아아아아아아! 으헉! 아, 아슬아슬했네."

아슬아슬하게 알베르트의 뒤로 슬라이딩을 감행한 글렌은 이마에 맺힌 식은땀을 닦아냈다.

"우오오오오오오오오오오오오오!"

거대 거북이가 다시 벼락을 떨어트렸다.

"칫."

알베르트는 살짝 혀를 차면서 그대로 장벽을 유지해 벼락을 막아냈다.

"우오오오오오오오오오오오오오오오오오오오오!"

폭발하는 극광. 작렬하는 극광. 미쳐 날뛰는 극광.

또다시 거대 거북이가 벼락을 떨어트렸다. 또 한 번 더. 집요하게 계속 벼락을 떨어트렸다.

알베르트는 한층 더 마력을 해방해서 장벽을 강화했다.

"어, 어이…… 야, 괜찮겠어?"

"예상보다 강하군. 계속 막는 건 무리겠어.【포스 실드】는 마력을 계속 소모하는 마술이니 이대로 있다간 곧 뚫릴 거다. 그렇다고 해서【트라이 레지스트】로 견디는 것도 무리겠군. ……그렇다면."

언뜻 보기에는 수세에 몰린 절체절명의 위기였지만 알베르트의 목소리는 차분했다. 마치 언제든지 이길 수 있는 체스를 두는 듯한 분위기였다.

"써라, 글렌."

"아니…… 나도 알고는 있는데……."

글렌은 씁쓸한 얼굴로 대답했다.

"하지만 그걸 쓰면 그다음부터 난……."

"걱정할 필요 없다. 써."

알베르트는 담담하게 재촉했다.

"……라져."

글렌은 어리둥절했지만 곧 씨익 웃으면서 대답했다.

알베르트가 무슨 생각인지는 모르겠다.

하지만 저렇게까지 단언한 이상 자신이 뒷일을 걱정할 필요는 없으리라.

'아니꼬운 녀석이지만 옛날부터 저 녀석이 한 말은 틀린 적이 없었으니까……'

글렌은 각오를 다지며 품속에서 어떤 물건을 꺼냈다.

한편 실내의 수정 벽에 영상으로 출력된 그들의 전투를 지켜본 버크스의 기쁨은 최고조에 도달했다.

"흐하하하하하하! 봐라! 저 수세에 몰린 꼴사나운 모습을!"

버크스의 말대로 마수의 존재감은 압도적이었다.

제어할 필요가 전혀 없다는 듯 마구잡이로 날리는 번개의 폭풍― 글렌과 알베르트를 태워 죽이는 건 이미 시간문제 인 것 같았다.

"서, 선생님……."

"글렌…….

루미아와 리엘은 그런 글렌과 알베르트의 모습을 뚫어지 게 쳐다보았다.

"보았느냐! 엘레노아! 이게 바로 내 마술의 힘이다!"

버크스는 자랑스러운 듯이 엘레노아를 돌아보았다.

하지만 그녀는 그저 천진난만하게 웃기만 할 따름이었다.

"《나는 신을 베어 죽인 자·》……."

글렌은 위로 튕겨 올린 작은 결정을 왼손으로 낚아채고, 오른쪽 손바닥을 왼쪽 주먹에 큰 소리가 나도록 가져다 댔다.

"《나는 근원의 시작과 끝을 아는 자·》……."

그리고 천천히. 한층 더 천천히.

글렌은 마력을 끌어올리면서 의식을 집중해 또박또박 주문을 자아냈다.

그 주문에 응해 글렌의 왼 주먹을 중심으로 고리 형태의 세 마법진이 가로, 세로, 수평으로 맞물리듯 형성되더니 각각 서서히 속도를 올리며 회전하기 시작했다.

"《그대는 섭리의 원환으로 귀환하라·》……."

그 순간―.

"우오오오오오오……."

거대한 보석수는 본능적으로 생명의 위기를 느꼈는지 지금까지 마구잡이로 날리던 벼락을 멈추고 땅을 쿵쿵 울리며 글렌에게 다가왔다.

"《날카롭게·울부짖어라 불꽃 사자여》. ―《울부짖어라》, 《울부짖어라》!"

그 타이밍에 이루어진 즉흥 주문 개변.

알베르트가 폭발 방향에 지향성을 부여한 흑마【블레이즈 버스트】를 연속으로 영창했다.

거대한 거북이의 발밑을 노리고 작렬한 세 개의 화염구.

피해는 거의 없었지만 폭발 방향을 한 곳으로 집중한 물리적 충격에, 엄청난 질량을 보유한 거북이가 서서히 뒤로 밀려났다.

"물러나라, 괴물. 네놈은 거기서 얌전히 성구라도 읊어."

"우오오오오오오오오오오오오오오오오오오!"

방해를 받아서 화가 났는지 거북이는 다시 소리를 지르면서 벼락을 떨어트렸다.

"흥. 바보는 한 가지 행동밖에 못 한다더니 딱 그 짝이로군. 어차피 짐승에 불과한가. ……《빛의 장벽이여》."

알베르트는 바로 팔을 휘둘러서 다시 장벽을 펼쳤다.

장벽 위에서 폭발하는 전격과 충격.

강렬한 빛에 시야가 새하얗게 명멸했다.

"《오대원소는 오대원소로· 상과 섭리를 잇는 인연은 괴리할지니·》……."

그러는 사이에도 글렌은 계속해서 주문을 영창했다.

"《이제 삼라만상은 마땅히 이곳에서 사라질 지어다·》……."

그리고—.

"《아득한 허무의 끝으로》!"

마침내 주문이 완성되었다.

그 순간, 글렌이 앞으로 내민 왼 손바닥을 중심으로 고속 회전하고 있던 고리 형태의 세 마법진이 전방을 향해 넓게 펼쳐지면서 전개되었다.

동시에—.

"……흥."

어느 틈에 도약한 알베르트가 글렌의 뒤에 착지했다.

"우오오오오오오오오오오오오오오오오오!"

거북이 보석수는 글렌을 향해 돌진하면서 벼락을 떨어트리려고 몸에서 한층 더 격렬한 전기를 뿜어냈지만—.

"사라져라. 떨거지."

다음 순간, 나란히 선 세 고리의 중심을 관통하듯 거대한 빛의 충격파가 방출되었다.

빛의 충격파는 목표를 놓치지 않고 집어삼켰고— 압도적인 빛의 흐름 속에서 서서히 형태를 잃은 보석수의 몸은 마치 강물에 휩쓸린 모래 더미처럼 뒤로 무너져 내렸다.

섬멸. 정적.

이윽고 시야를 새하얗게 불태운 눈부신 빛이 가라앉자 보석수였던 물체는 육체 대부분이 손실된 상태로 활동을 정지했다.

"……돌파당한 모양이네요."

엘레노아는 아연실색한 버크스에게 살포시 웃어 보였다.

"……마……말도 안 돼!"

버크스는 눈앞에서 벌어진 믿을 수 없는 광경에 얼굴을 새빨갛게 물들이며 몸을 떨었다.

"흑마 개량형【익스팅션 레이】라고?! 그건 세리카 아르포네아라는 걸레가 과거에 만들어낸 한없이 오리지널에 가까

운 마술! 그 여자 말고도 쓸 수 있는 인간이 있다는 건 금시
초문이다! 저놈은 대체 정체가 뭐냐!"

"진정하세요, 버크스 님. 상대가 예상하지도 못할 비장의
수를 숨겨두는 건 마술사로서 지극히 당연한 일. 오히려 글
렌 님의 저 무시무시한 마술을 이 타이밍에 쓰게 했으니 이
젠 우리의 승리라고 봐도 무방하겠지요."

엘레노아는 어딘지 모르게 즐거운 목소리로 차분하게 말
했다.

"그보다 버크스 님, 어떻게 할까요? 저 구획을 돌파당했으
니 이 중앙 제어실까지는 이미 지척— 서둘러 대응할 필요
가 있을 것 같습니다만."

"그런 건 나도 알아!"

버크스는 짜증을 부리며 파란 머리의 청년을 돌아보았다.

"어이, 거기 너!"

"……예, 저에게 무슨 용건이라도?"

"의식의 남은 사소한 조정은 네놈에게 맡기겠다! 그 정도
는 할 수 있겠지?"

"그야 가능합니다만…… 버크스 님은?"

"흥! 난 직접 저 정부의 투견들을 처분하고 오겠다. 마술
을 전쟁에서밖에 쓰지 못하는 무능한 놈들에게 진정한 마
술사의 힘을 가르쳐주겠다! 엘레노아, 네놈도 따라 와라!"

"알겠습니다, 버크스 님."

그리고 버크스는 엘레노아를 대동한 채 어깨를 들썩이면서 방을 나갔다.

이제 방 안에 남은 건 파란 머리 청년과 리엘과 루미아뿐이었다.

"흠…… 일이 이렇게 됐으니 어디 한 번 기합을 넣어볼까……."

그렇게 말한 청년의 입가에는 오싹한 미소가 떠올라 있었다.

…….

"제길, 정부의 개들이 내 성에 흙발로 들어오다니…… 에잇! 징글징글하군!"

버크스는 어두침침한 통로를 불쾌감을 드러낸 얼굴로 거침없이 나아갔다.

'……자, 그럼 어떻게 할까요.'

그 뒤를 따르는 엘레노아는 얼음 같은 미소를 짓는 한편, 속으로는 조용히 생각에 잠겼다.

이대로 가면 자신은 알베르트와 글렌이라는 두 마도사를 상대해야만 한다.

제국 궁정 마도사단의 에이스, 《별》의 알베르트.

그리고 전 제국 궁정 마도사, 《광대》의 글렌.

……솔직히 말하면 피하고 싶은 조합이었다.

개개인의 역량도 물론이거니와 저 두 사람의 연계는 그야말로 완벽에 가까웠다.

'반면에 이쪽의 전력은 저와······.'

엘레노아는 앞을 힐끔 흘겨보았다.

"애초에 저 글렌 레이더스라는 놈은 대체 뭐야! 고작해야 제3계제[트레데]에 불과한 삼류 마술사 주제에! 숭고한 현자인 마술사가 총 같은 어리석기 짝이 없는 천박한 장난감을 쓰다니! 마술사의 체면을 더럽히는 놈 같으니······ 절대로 살려둘 수 없다! 뭐가 【광대의 세계】냐! 뭐가 【익스팅션 레이】라는 거냐! 그런 쓰레기 같은 술식으로 기고만장하게 굴기는!"

'후우······ 솔직히 언급할 가치도 없네요······.'

이젠 쓴웃음밖에 나오지 않았다.

알베르트는 강하다.

하지만 엘레노아는 그보다도 글렌이 더 골치 아픈 상대라고 직감했다.

'전에 제가 여왕에게 건 함정······ 그걸 무효화한 오리지널······ 【광대의 세계】······. 그 마술의 성질을 아직 완전히 파악하지는 못했지만······.'

아마 자신과 글렌의 상성은 최악에 가까우리라.

마술사로서는 자신이 훨씬 더 격이 높을 테지만— 만에 하나의 사태가 벌어질 가능성은 확실히 존재했다.

'······곤란하네요. 그 만에 하나라는 게.'

조직을 위해······ 그리고 대도사를 위해서라면 전혀 아깝지 않은 이 목숨. 대도사가 죽으라는 명령을 내린다면 기꺼이 죽으리라. 그것이야말로 엘레노아의 긍지.

'……쿡쿡. 하긴 **전 이미 그때 죽은 몸이니까요**…….'

하지만 엘레노아는 아직 이곳에서의 목적을 달성하지 못했다.

그러므로 잠시 이 연구소 안에 머물 필요가 있었다.

지금은 그 만에 하나라도 죽을지 모르는 가능성을 감수할 수 없었다.

……경애하는 대도사님을 위하여.

그렇다면 어떻게 하는 게 최선일까.

'어쩔 수 없네요. 약간 시기상조일지도 모르겠지만…….'

엘레노아는 앞서 걷는 버크스의 등을 손가락으로 살며시 가리키더니— 작은 목소리로 주문을 읊었다.

…….

"하아…… 하아…… 하아……."

글렌은 대마술이 동반하는 지독한 탈력감과 피로를 애써 견디면서 거친 숨을 내뱉었다.

"큭……."

손끝이 떨렸다. 온몸이 얼어붙는 것처럼 추웠다. 식은땀이 폭포처럼 흘러내렸다.

이건 마력의 과잉 소비로 인한 마나 결핍증이다.

글렌은 흑마 개량형【익스팅션 레이】를 완벽하게 제어하고 있는 게 아니었다. 그저 세리카에게 배운 잔재주를 응용해서 그 편린— 칼집에 꽂힌 검에서 희미하게 새어 나온 검광을 억지로 끄집어내어 빌려 쓴 것에 불과했다.

"수고했다, 글렌."

알베르트가 주문을 쓴 후에 찾아오는, 영혼이 빠져나가는 듯한 허탈감을 필사적으로 견디고 있는 글렌에게 퉁명스럽게 뭔가를 던졌다.

"……이건."

글렌은 알베르트가 건넨 물건을 가만히 쳐다보다가 곧 눈을 부릅떴다.

마정석(魔晶石)— 예비용 마력이 담긴 보석이었다.

"써라. 내 마력은 너와 상성이 좋지 않지만…… 잠시 쉬면 괜찮아질 거다."

전장에서 살아가는 마도사에게 자신의 예비용 마력이 담긴 마정석은 생명선이나 다를 바 없는 귀중한 물건이었다. 애당초 마정석에 마력을 담는 행위는 일류 마술사라도 막대한 시간과 수고가 필요한 일이었다.

그걸 아무렇지 않게 자신에게 던진 알베르트에게 글렌은 놀라움을—.

'—감추고 자시고 할 것도 없겠지. 그러고 보니 이 녀석은 옛날부터 그런 녀석이었어.'

글렌은 손아귀에 든 마정석을 강하게 쥐었다.

'효율과 숫자를 신봉하는 냉혈한 같으면서도…… 어딘지 모르게 의리가 깊은…… 이상한 녀석…….'

마정석에 담긴 마력이 체내로 흘러들어오자 마나 결핍증의 고통이 서서히 가라앉았다.

"……고맙게 쓰마."

"그게 쓰고 나서 할 말이냐."

변함없이 거친 말을 주고받으면서 글렌은 비틀비틀 일어섰다.

"……하아…… 하아…… 일단 적은 이걸로 끝인가?"

"그런 모양이군."

알베르트는 방심하지 않고 주위를 살피며 글렌의 호흡이 가라앉는 것을 잠시 기다렸다.

그리고—.

"……서두르자."

"그래."

두 사람은 안쪽에 있는 문으로 나와 어둡고 좁은 통로를 나아갔다.

잠시 그렇게 걷자 갑자기 넓게 트인 장소가 나왔다.

"여긴……?"

뭔가를 보관하는 창고인 모양이다.

넓은 방 안은 어두침침했다. 바닥과 벽, 높은 천장 여기저기에 설치된 결정형 광원— 마술 조명장치에서 새어 나오는 빛이 워낙 약하다 보니 발밑도 잘 분간이 되지 않았다. 그리고 주위에는 정체를 알 수 없는 액체가 가득 채워진 수많은 유리 원통이 규칙적으로 늘어서 있었다.

유리 원통들은 방 여기저기에 설치된 잡동사니 같은 마도 장치에 코드로 연결되어 있었으며, 그 장치들은 낮은 소리를 내면서 현재 진행형으로 가동 중이었다.

"……이게 뭐지?"

문득 글렌은 원통 안에 공 같은 물체가 들어있다는 것을 깨달았다.

주위가 워낙 어둡다 보니 잘 보이지 않았다.

그래서 아무 생각 없이 원통으로 다가가 그 안을 들여다 본 순간, 차라리 보지 말 걸 그랬다고 후회했다.

"이건……?!"

반사적으로 구역질이 치미는 바람에 입가를 황급히 손으로 막았다.

엄청난 오한이 등골을 스쳐 지나가는 것과 동시에 온몸의 털이 곤두섰고 기분 나쁜 식은땀도 흘러나왔다.

"……큭!"

알베르트도 평소보다 훨씬 더 딱딱하고 험악한 표정을 지었다.

유리 원통에 담긴 정체불명의 액체 안에 떠 있는 것

은…… 인간의 두뇌였다.

"대, 대, 대체 뭐냐고! 이게!"

자세히 보니 옆에 있는 원통도 마찬가지였다. 그 옆도. 또 그 옆에도…….

적출된 인간의 뇌가 표본처럼 쭉 늘어서 있었다.

—아니, 실제로 이건 표본이리라.

인간 표본. 언급하는 것조차 역겨운 비도덕적이고 모독적인 행위.

"……『감응 증폭자』…… 『생체 발전 능력자』…… 『발화 능력자』……."

알베르트는 그 처참한 광경에 경악하는 글렌을 내버려 두고, 발소리를 낮게 울리면서 유리 원통들 옆을 지나쳐 가며 표면에 붙은 라벨의 글자를 담담하게 읽었다.

"……모든 원통에 이능력명이 라벨로 붙어 있군. 나머지는 피험체 넘버와 각종 초기 능력치 데이터가 약간…… 즉, 이건 『이능력자』들의 말로라는 건가."

그렇게 말한 알베르트는 걸음을 멈추고 유리 원통들을 날카로운 눈초리로 응시했다.

"아무래도 이곳에서 상상을 초월하는 역겨운 실험을 자행해왔던 모양이군."

"이런 미친— 버크스 자식, 변명할 여지가 없는 완벽한 악당이잖아! 이게 인간이 할 짓이야?!"

속이 뒤집히는 듯한 분노에 글렌은 피가 흐를 정도로 쥔 주먹을 덜덜 떨었다.

"아마도 녀석은 이능력자를 인간이라 여기지 않는 거겠지."

"뭐라고?!"

냉정하고 냉담한 알베르트의 발언에 글렌은 경악한 표정으로 고개를 돌렸다.

"공적인 자리에서는 그런 기색을 눈곱만큼도 드러내지 않은 모양이다만······ 내정 조사에 따르면 버크스 브라우몬은 상당한 『이능력 혐오자』······ 전형적인 차별주의자였을 터."

이능력.

지극히 드문 확률로 인간이 선천적으로 타고나는 특수한 초능력을 가리키는 말이다.

기본적으로 배우기만 하면 누구나 쓸 수 있는 마술과 달리 이능력은 이능력자로 태어나지 않는 한 쓸 수 없었고, 현대 마술로는 재현 불가능한 효과를 가진 강력한 이능력도 많았다.

자신이 결코 손에 넣을 수 없는 탁월한 그 힘에 대한 선망, 혹은 질투 때문인지 이능력을 혐오하는 마술사는 결코 적지 않았다. 자신의 무지함으로 이유 없이 이능력을 기피하는 자도 많았다.

"웃기지 마······! 마술과 이능력은 별다를 게 없는데!"

"새삼스럽게 짖지 마라. 이 나라에서 마술은 전통적인 『두

려움』의 대상이지만, 이능력은 『혐오』의 대상이다. 그 이유
는 모르겠지만 말이지. 이 두 가지 개념은 비슷한 것 같으면
서도 다가오는 의미가 전혀 달라. 전자는 확고한 사회적 지
위를 확립하는 뒷배로 자리 잡았지만 후자는 늘 차별과 박
해의 대상이 되었지."

글렌은 문득 루미아를 떠올렸다.

그녀는 『감응 증폭자』라고 불리는 이능력자다. 고작 그것
뿐인데도 왕실은 편집증적일 정도로 그녀의 존재를 지우려
했다.

"여왕 폐하의 의식 개선 정책으로 최근 젊은이들 사이에
서는 그런 의식이 바뀌고 있지만…… 그건 제국민들 사이에
넓게 뿌리내린 공통 인식이다. 그렇다고는 해도 몹시 뒤틀리
고 부자연스러운― 불쾌하기 짝이 없는 사실이다만."

늘 얼음처럼 냉정한 알베르트가 웬일로 불쾌한 듯 계속
말을 자아냈다.

"네 말처럼 마술과 이능력은 겉으로 보기에는 별 차이가
없어. 일반인은 구별조차 못 해. 하지만 어째선지 이 나라에
서는 그렇게 통하고 있는 거다. 지방의 정령 신앙이나 토착
종교에서는 가끔 『이능력자』를 신앙의 대상으로 삼기조차
하는데 말이지. 뭔가 이유가 있거나― 혹은, **누군가가 그렇
게 주도한 걸지도 모르겠군.**"

"칫…… 그딴 건 아무래도 상관없어!"

글렌은 주위를 둘러보았다. 뭔가에 매달리는 듯한, 신에게 기도하는 듯한 표정으로……

그리고 글렌은 『그것』의 존재를 눈치챘다.

늘어선 유리 원통의 가장 안쪽에 있는 『그것』.

액체로 가득 찬 원통 안에 매달려 있는 『그것』에는 아직 인간의 형태가 남아있었다.

글렌은 충동적으로 『그것』을 향해 달려갔다.

"봐! 알베르트! 이 녀석, 아직 살아있어! 어서 도와—"

하지만 글렌은 갑자기 다리를 멈추고 도중에 말을 삼켰다.

유리 원통 안에 떠 있는 『그것』의 정체는 아직 어린 소녀였다. 나이는 글렌의 제자들과 비슷하리라.

하지만 그 소녀는 팔다리를 제거하고 온몸에 수많은 튜브를 연결해서 마술적으로 『숨만 붙여 놓은』 상태였다. 이미 하나의 생명으로 독립해서 생존하는 기능을 완전히 빼앗긴 상태였다. 이 장치에서 해방된다면 몇 분도 채 버티지 못하리라.

이 소녀는 이미 여러 가지 의미로 끝장이 난 상태였다. 생물로서의 기능을 잃었다. 육체에 희미하게 생명 반응이 남아 있을 뿐…… 이미 사망한 것이나 다름없는 상태였다.

'……지독해. 어떻게…… 어떻게 이런 짓을……!'

참을 수 없는 슬픔과 분노가 치밀어 오르자 글렌은 뼈가 부러질 정도로 강하게 주먹을 쥐었다.

그는 방심하고 있었다. 마술학원에서 학생들과 보내는 일상이 너무나도 눈부셨기에 어느새 완전히 망각하고 있었다.

그렇다. 마술은 때로는 이런 잔혹하고 잔인한 짓을 아무렇지 않게 저지른다. 그래서 자신은 마술에 실망했고—.

"……."

이런 상태인데도 약간 의식이 남았는지 소녀가 몸을 움직였다.

공허한 눈이 망연자실한 글렌의 눈과 마주치자 소녀의 입이 미약하게 열렸다.

죽, 여, 줘.

독순술에는 그다지 자신이 없었지만…… 글렌은 이 소녀가 무슨 말을 하는지 확실히 알아들었다.

그때였다.

『명심하라. 나는 위대한 주님의 뜻을 대변하는 자.』

알베르트가 낭랑한 목소리로 정적을 깨트렸다.

『그대는 내 말을 빌려 주님의 뜻을 헤아리고 그 영혼을 주님에게 맡길지어다. 그러면 그대는 유구한 안식을 얻을지니…….』

천천히 다가온 알베르트가 눈앞에서 성호를 그으며 성구를 읊었다.

"어, 어이…… 알베르트……?"

『죽음을 두려워 말라. 죽음은 종언이 아닌 새로운 탄생을 고하는 산성(産聲)일지니. 현세의 원환에 일렁이는 한때의 꿈일지니. 오직 주님의 이름을 세 번 부르라. 그러면 그대는 무거운 짐의 족쇄에서 해방되어 그 삶이 쌓아온 죄는 주님의 이름 아래에 용서받고 사해질지어다.』

소녀의 앞에 선 알베르트는 그녀에게 왼손의 손가락을 내밀었다.

『지금 그 영혼은 자유의 날개를 얻어 윤회의 여로에 발을 들여놓노라. 영원의 안식으로 이어지는 문은 그 마음 앞에 동등하게 문을 열리라. —그대의 영혼에 축복이 있기를.』

이유는 모르겠지만 알베르트는 마도사인 동시에 사제 자격도 가지고 있는 남자였다.

글렌은 그가 뭘 하려는지 알았다.

하지만 막지 않았다. 막을 수가 없었다.

막아봤자 자신이 대체 뭘 할 수 있을까. 저 소녀에게 자신이 어떤 구원을 내려줄 수 있을까.

아무리 노력하고 마술을 연마해도, 아무리 필사적으로 손을 뻗어도…… 그 손가락 사이로 흘러내리는 구원하지 못한 자들.

……어쩔 수 없었다. 이건 어쩔 수 없는 일이었다.

『진실로 그렇게 되기를 바라노라.』

마지막 성구를 읊는 것과 동시에 알베르트는 스톡해둔 【라이트닝 피어스】를 발동했다.

어둠을 가로지르는 번개가 유리 원통 너머에 있는 심장을 정확하게 꿰뚫자 가엾은 소녀는 고통을 느낄 새도 없이 그 짧은 생명을 다했다.

"……흥, 웃기지도 않는 목사로군."

알베르트는 자조적으로 독백했다.

"……날 경멸하나?"

구멍으로 액체가 새어 나오는 원통 앞에서 조용히 묵념하던 알베르트는 변함없는 냉정한 목소리로 글렌에게 물었다.

"……사람 깔보지 마. 오히려 싫은 역할을 떠넘겨서 미안할 정도야. ……그게…… 나라면 절대로 무리였을 테니까……."

"……."

두 사람이 씁쓸한 감상에 잠긴…… 그때였다.

"네놈들! 내 귀중한 실험 재료에 이게 무슨 짓이냐!"

나설 자리를 잘못 찾은 엉뚱한 고함이 방 안에 울려 퍼졌다.

"버크스 브라우몬!"

시선을 돌리자 원통들 너머에 있는 출입구에서 버크스가 모습을 드러내고 있었다.

"네 이놈! 지금 네놈들이 망가트린 샘플이 얼마나 마술적으로 귀중한지, 그것조차 이해하지 못하는 거냐?! 이 어리석고 쓸모없는 개들! 절대로 용서 못 한다!"

"야, 너……."

글렌은 유령 같은 표정으로 버크스를 쳐다보았다.

"질문해봤자 시간 낭비겠지만…… 네가 해체해서 표본으로 만든 사람들을…… 뭐라고 생각하는 거지? 죄책감은 조금도 없는 거냐?"

"뭐? 죄책감? 무슨 헛소리를."

버크스는 완전히 바보를 보는 눈으로 글렌을 흘겨보았다.

"위대한 마술사인 날 위해 몸을 바칠 수 있었으니 오히려 감사히 여겨야지. 애당초 이놈이고 저놈이고 전혀 쓸모가 없었다……다만!"

버크스는 뻔뻔하게 그런 말을 지껄이더니 이번에는 분노에 사무친 듯 몸을 부들부들 떨기 시작했다.

"우연히 조금은 도움이 될 법한 실험 재료를 찾았나 싶었는데 방금 네놈들이 물거품으로 만들어 버렸다. ……작작 좀 해! 마술의 숭고함을 눈곱만큼도 이해하지 못하는 어리석은 놈들! 지옥에나 떨어져라!"

"아~ 응. 이젠 뭐랄까, 그거네. 넌 진짜야."

글렌은 냉정하게 광분했다. 이런 녀석을 잠시라도 인격자라고 평가한 과거의 자신을 백만 번쯤 두들겨 패고 싶었다.

"진짜, 쓰레기다."

글렌은 충동적으로 허리춤에 꽂은 총으로 손을 뻗었다.

"기다려, 글렌. 저 남자는 내가 상대하마."

하지만 알베르트가 글렌의 어깨를 붙잡고 그 움직임을 제지했다. 여느 때와 다름없이 얼음처럼 차분했지만…… 어깨를 잡은 손에는 묘하게 힘이 실려 있었다.

"……알베르트?"

시선을 돌리자 알베르트가 버크스를 노려보는 눈은 평소보다 몇 단계는 더 날카로웠다. 그와 오래 알고 지낸 글렌조차 오한이 들 정도로…….

"넌 리엘을 설득하겠다고 했지? 그렇다면 앞으로 무슨 일이 있을지 몰라. 넌 총과 오리지널을 온존한 상태로 먼저 가라."

"너답지 않게 그게 무슨 소리야. 될 수 있는 한 마술 전투에서 일대일이 되는 상황은 피해라. 늘 적보다 많은 수를 확보해라. ……이건 전부 네가 입에 달고 살았던 말이잖아?"

"그 말대로다. 하지만 상황이 변했다."

알베르트의 목소리는 평소처럼 담담했다.

"적 쪽에 엘레노아 샤레트가 있으니 네 오리지널의 존재는 이미 들통났을 터. 게다가 이렇게 혼자서 우리 앞에 나타난 걸 보아하니 제 딴에는 이길 수 있다는 확신이 있는 거겠지. 버크스와의 전투가 길어지는 건 필연적인 사실이다."

"그렇다면 더―."

"시간이 아깝다. 확률은 낮겠지만 지금 이러는 사이에도 왕녀가 저런 꼴을 당하고 있을 가능성은 부정할 수 없어."

"윽!"

표본이 된 이능력자들의 무참한 모습이 글렌의 머릿속을

스쳐 지나갔다.

"우리의 목숨보다 우선시해야 할 건 왕녀의 목숨이다. 그리고 아마 너라면 엘레노아를 상대로 유리하게 싸울 수 있겠지. 이 자리에 리엘이 모습을 드러내지 않은 이상, 이 역할 분담이 최선이다. 이의는 받아들이지 않겠다."

"엄호를 부탁하마."

글렌은 알베르트의 말에 대답하자마자 달리기 시작했다.

목표는 버크스 뒤에 있는 출입구.

아무런 망설임 없이 똑바로 달려나갔다.

"바보 같은 놈! 스스로 표적이 되려고 나서다니! 《사나운 뇌제—."

"《긍지 높게·울부짖어라 불꽃의 사자여》!"

글렌을 향해 주문을 영창하기 시작한 버크스보다 먼저 알베르트가 흑마 【블레이즈 버스트】를 두 소절의 룬으로 발동했다.

"헉?! 바보 같은! 그 위치에서 【블레이즈 버스트】라고?! 네 놈, 동료를 말려들게 할 셈이냐!"

버크스는 자신에게 날아오는 화염구를 보고 거품을 물면서 흑마 【포스 실드】를 영창했다.

화염구는 바닥에 떨어져서 작렬했다.

그리고 폭염이 폭풍처럼 휘몰아치며 버크스와 글렌을 집어삼켰다.

"우오오오오오오?!"

아니다. 넓게 퍼진 폭염이 집어삼킨 건 버크스뿐이었다.

사납게 휘몰아치는 불꽃 폭풍은 어째선지 마치 계산한 것처럼 글렌만 피해 가면서 거칠게 날뛰었다.

글렌은 마력 장벽 너머에서 옴짝달싹 못 하는 버크스를 무시하고 유유히 출입구 앞에 도착한 뒤, 눈 깜짝할 사이에 밖으로 나갔다.

이윽고 천장을 태울 듯이 솟구쳤던 불꽃 기둥은 마치 거짓말처럼 말끔히 사라졌다.

"호오…… 설마 무차별 파괴 주문에 고작 한 소절을 추가한 것만으로 즉흥 개변해서 완벽하게 제어해낼 줄이야…….들개치고는 제법 고상한 짓을 하는구만 그래."

흑마 【포스 실드】를 해제한 버크스는 의기양양하게 입가를 끌어올렸다.

전황은 버크스와 알베르트가 일대일로 대치하는 국면이 되었다.

"네놈은 자신의 힘을 꽤 과대평가하겠지만…… 어차피 투견의 알량한 지혜. 진정한 마술사가 행사하는 진정한 신비 앞에서는 소꿉장난이나 다를 바 없지."

"—《뇌창이여》."

알베르트는 말을 나눌 필요도 없다는 듯 버크스를 가리키며 흑마 【라이트닝 피어스】를 영창했다.

"흥, 시시하군……. 《흩어져라》!"

버크스도 바로 흑마 【트라이 배니시】를 영창했다.

고속으로 날아오는 한 줄기 섬광이 허공에서 사라지며 마력의 잔재가 산산이 흩어졌다.

그와 동시에—.

버크스는 어느 틈에 꺼낸 금속제 주사기를 자신의 목덜미에 찔렀다. 그리고 멈출 새도 없이 내용물을 체내에 주입했다.

"……음?"

그 묘한 행동을 경계하는 알베르트에게 버크스가 먼저 말을 걸었다.

"신경 쓰이나? 훗, 이건 말이다…… 마술을 파괴에만 쓰는 하찮은 개에 불과한 네놈들은 상상도 할 수 없는 신비의 산물이다."

그 순간, 버크스의 몸에 이변이 일어났다.

갑자기 온몸의 근육이 솟아오르기 시작한 것이다. 초로의 나이치고는 체격이 좋은 버크스의 몸이 부자연스러울 정도로 부풀어 오르고, 눈으로 봐도 알 수 있을 정도로 압도적인 힘이 흘러넘쳤다.

"……큭!"

살짝 눈을 부릅뜨고 굳은 알베르트의 모습이 흥에 겨웠는지 버크스가 크게 웃었다.

"흐하하하! 네가 이것의 굉장함을 알겠느냐?! 지금 나에게 무슨 일이 일어난 건지 이해할 수 있겠느냐? 이 발견을 마술학회에 보고하면—."

"시끄럽다. 닥쳐."

알베르트는 스톡해둔 【라이트닝 피어스】를 더블 캐스트로 발동했다.

어둠을 가르는 두 줄기의 번갯불.

정확하게 버크스의 정수리와 심장에 명중했다.

"안 통해. 통할 리가 없지⋯⋯."

하지만 버크스는 몸을 약간 뒤로 젖히기만 했을 뿐이었다.

구멍이 뚫린 정수리와 가슴은 우둑우둑 소리를 내며 재생되었다.

"《울부짖어라 불꽃의 사자여》!"

그 광경을 본 알베르트는 뒤로 도약하면서 다시 주문을 영창했다.

솟구치는 폭염. 소용돌이치는 폭풍. 거칠게 휘몰아치는 열파.

이번에는 버크스의 왼팔이 날아갔다.

"흠⋯⋯. 뭔가 했나⋯⋯?"

하지만 또 믿을 수 없는 속도로 뼈가 자라나고 살이 생겨나더니 눈 깜짝할 사이에 팔이 재생되었다.

그리고 주문을 영창하지도 않고 「흡!」하고 기합을 넣자—.

"⋯⋯!"

버크스의 왼팔이 격렬한 기세로 타오르기 시작했다.

'스톡해둔 염열 계통 어설트 스펠인가?'

하지만 저 주문 발동에는 아무런 사전 준비도 없었다.

알베르트는 바로 소멸시키려고 흑마 【트라이 배니시】를 영창하다가 갑자기 입을 다물었다.

'아니, 그게 아니군. 이 열량은—.'

그 순간, 버크스의 팔에서 불꽃의 띠가 일렁이며 알베르트를 향해 날아들었다.

'예창 주문을 작성할 수 있는 C급을 아득히 뛰어넘었어. 이건 아마도 B급 주문 클래스.'

알베르트는 혀를 차면서 흑마 【트라이 배니시】를 캔슬했다.

그의 예측이 정확하다면 저 불꽃은 소멸시킬 수 없다.

'제시간에 맞출 수 있을까.'

알베르트가 재빨리 주문을 영창하는 것과 동시에 거친 불꽃이 그를 집어삼켰다.

솟구치는 불기둥. 주위의 유리 원통이 녹아내릴 정도로 폭력적인 열량의 포효.

버크스가 날린 초고열의 불꽃은 주변 일대를 눈 깜짝할 사이에 불바다로 바꾸어버렸다.

"호오? 견뎌냈나?"

격렬하게 타오르는 작열 지옥 안에서 그의 모습을 발견한 버크스는 불쾌한 듯이 코웃음을 쳤다.

"이거 참…… 네놈들, 투견들은 건방진 잔재주만큼은 제법 하는군……."

"……."

빛의 육각형이 반 구체 상태로 늘어선 마력 장벽 너머에는 알베르트가 서 있었다.

흑마【포스 실드】. 이 마력 장벽은 외부의 온갖 공격을 차단한다.

"하지만 이런 건 어떠냐."

버크스는 알베르트를 노려보면서 손을 들었다.

그러자 알베르트의 주위에서 격렬하게 타오르던 불꽃이 단숨에 사라졌고…… 그 광경을 본 알베르트는 순간적으로 주문을 외쳤다.

"《거친 바람이여》!"

한곳으로 모은 돌풍을 날리는 주문, 흑마【게일 블로】를 바닥에 터트렸다.

그 거친 폭풍의 위력에 알베르트의 몸이 뒤로 날아갔다.

다음 순간—.

조금 전까지 그가 서 있었던 공간이 마치 유리가 깨지는 듯한 소리를 내며 단숨에 어는점 이하까지 떨어졌다.

서리가 낀 바닥. 완전히 얼어붙은 녹다 만 유리 원통.

주위에는 불꽃이 연옥처럼 타오르고 있는데도 그 공간만은 마치 빙결 지옥처럼 얼어붙어 있었다. 알베르트가 그대로 마력 장벽 안쪽에 있었다면 온몸의 피가 차갑게 얼었으리라.

"칫."

스스로 공중으로 날아간 알베르트는 자신의 몸을 비틀어 착지하더니 기세를 이기지 못하고 몇 미트라 정도 뒤로 미끄러지면서 버크스를 노려보았다.

"『재생 능력』, 『발화 능력』. 그리고 『냉동 능력』…… 네놈은 설마……"

"호오. 과연 우둔한 마도사라도 눈치챘나 보군."

버크스는 의기양양하게 말했다.

"난 말이다. ……생명의 신비를 해명하기 위해 수많은 이능력자를 조사, 연구하는 과정에서…… 그 이능력을 추출해 자신의 능력으로 쓸 수 있는 마약을 합성하는 데 성공한 거다. 흐하하하하하하하하!"

"……큭!"

알베르트의 눈초리가 한층 더 날카로워졌다.

"어차피 이능력이라고 해봤자 고작 이 정도다! 선천적으로 타고 나는 힘이라 마술사는 쓸 수 없다고? 이능력은 마술을 뛰어넘는 신비? 웃기지 마라! 역시 이능력 따위는 진정한 마술사의 도구 중 하나에 불과해! 그리고 보았느냐! 이 엄청난 위력을! 네놈들 투견이 좀스럽게 단련한 능력을 간단히 능가하는 완벽한 최강의 힘! 이게 바로 마술사다! 마술사의 진정한 힘이다!"

"⋯⋯."

"지금은 쓸 수 있는 종류가 적지만, 연구를 진행하면 언젠가는 모든 이능력이 내 것이 되겠지! 이 힘만 있으면 나는 당장에라도 제3단 《천위(天位)》에 오를 수 있으리라! 으하하 하하하하! 난 굉장해!"

헤븐스 오더

흥분의 절정에 잠긴 버크스와는 달리 알베르트는 말이 없었다. 침묵을 관철했다.

가연성 용액이었는지 파괴된 유리 원통들이 주위에서 타오르고 있었다.

알베르트는 그 원통 하나하나를 공허한 눈으로 쳐다보았다.

그 안에는 조금 전까지 소녀였던 존재의 모습도 있었다.

"왜 그러지? 투견. 겁이라도 먹었느냐? 큭큭큭, 슬슬 이 잡동사니들도 처분하려던 참이었다. 하는 김에 네놈도 같이 처분해주마."

그 순간이었다.

"쓰레기가."

알베르트가 갑자기 침이라도 뱉는 것처럼 날카롭고 차가운 목소리를 버크스에게 던졌다.

"⋯⋯뭐?"

"쓰레기인 데다 보잘것없는 송사리였나. 도저히 구제할 도리가 없군. 엘레노아 샤레트의 불사성이나, 진정한 이능력

자들에 비하면 네놈의 그건 어린애 소꿉장난과 다를 바 없거늘."

"뭐라고……?! 소, 송사리……?! 어린애 소꿉장난……이라고……?!"

"그런 시시한 눈속임 때문에 살해당하다니, 이능력자들도 딱하게 됐군."

"시, 시시한…… 눈속임이라고……?!"

알베르트의 인정사정없는 말이 버크스의 역린을 건드린 모양이었다.

"나, 나, 나의 이, 이, 이 힘이! 누, 누, 눈속임이라고오오오?!"

삽시간에 얼굴을 새빨갛게 물들인 버크스에게 알베르트는 차갑게 내뱉었다.

"좋다. 덤벼 봐라, 외도. ―전투가 어떤 건지 가르쳐주마."

알베르트는 그저 칼날처럼 날카로운 눈으로 버크스를 노려보면서 왼손의 손가락을 겨누었다.

제8장 Project : Revive Life

밤이 저물어간다.

마술학원의 학생들이 묵는 여관에서 손님을 위해 개방된 응접실.

"……………."

"……………."

소파와 의자와 책상이 늘어서 있고 촛대와 고풍스러운 그림과 샹들리에로 장식된 호화스러운 분위기의 그곳에서는, 현재 잠들지 못하는 학생들이 가까이 모여서 마치 장례식 같은 분위기로 무겁게 입을 다물고 있었다.

"저기…… 세실. 다들…… 괜찮겠지?"

카슈가 불쑥 말을 꺼냈다.

"루미아랑 리엘은…… 확실히 돌아올 수 있을까?

"모르겠어……. 애당초 우리는 지금 대체 어떤 일이 일어난 건지도 모르는 상황이니까…….."

대답하는 세실도 불안한 듯 작은 목소리로 말했다.

뭔가 큰일이 벌어졌다는 건 이해했다. 그 사태를 해결하기 위해 지금 글렌이 정체불명의 친구인 알베르트와 함께 행동하고 있다는 사실도…….

하지만 구체적으로는 아는 게 전혀 없었다. 자신들은 완전히 외부인이나 다를 바 없었다.

그게 무척 답답했다.

"저기…… 웬디. 나…… 불안해. 안 좋은 예감이 들어……."

카슈와 세실의 대화를 계기로 린도 가슴 속에 쌓인 불안을 털어놓기 시작했다.

"글렌 선생님은…… 내일이면 전부 원래대로 돌아올 거라고 하셨지만…… 그래도…… 어쩌면…… 루미아도…… 리엘도…… 그리고…… 선생님도…… 혹시 이대로…… 안 돌아오는 게 아닐까…… 해서……."

"그, 그럴 리가 없어요!"

린이 누구나가 마음속 어딘가에서 예상한 사실을 울먹이며 이야기하자 웬디가 막무가내로 부정했다.

"그분은 확실히 신사답지 못한 글러 먹은 인간이지만! 그래도 우리와 약속한 일은 어긴 적은 한 번도…… 으음…… 제, 제법 많았지만, 비상시에는 의지가 되는 분인걸요!"

"웬디가 말한 대로예요. 지금은 일단 기다리죠."

테레사는 웬디의 말에 긍정했다.

"평소에는 바보 같지만 비상시에는 믿음직한 사람이라는 건…… 나도 알아……. 그치만…… 이번에도 무사히 수습될 거라는 보장은 없잖아?"

"……그건."

카슈의 의문에 대답할 수 있는 사람은 아무도 없었다.

분위기가 더더욱 무거워진 순간—

"흥. 정말 호들갑스러운 녀석들이군."

짜증이 섞인 목소리가 실내에 차갑게 울려 퍼졌다.

방 한켠에서 마술 교과서를 펼친 채, 소파에 앉아 테이블 위에 다리를 올려놓은 기블이 갑자기 대화에 끼어든 것이다.

"선생님이 아무런 설명도 없이 괜찮다고 했으니 그냥 내버려 두면 되잖아. 그보다 우린 아직 원정 수학 도중이야. 나처럼 공부할 생각이 아니라면 내일을 대비해서 얼른 자기나 해. 까놓고 말해 시간 낭비니까."

"너, 말이 너무 심한 거 아니야?!"

그 말을 듣다 못 한 카슈가 고함을 지르며 일어났다.

"넌 선생님이랑 걔네가 걱정도 안 돼?!"

"걱정? 흥, 바보 같기는. 어차피 그 묘한 전학생이 결국 돌이킬 수 없는 잘못이라도 저지른 거겠지. 감독 불이행이니까 자업자득이잖아. 언젠가 이렇게 될 줄 알았지만…… 솔직히 말해 민폐야."

"너, 너어…… 그게 할 소리야?!"

카슈가 어깨를 들썩이며 태연한 얼굴의 기블에게 다가가려는…… 순간—

"시스티?!"

린의 외침에 응접실에 모인 학생들의 시선이 일제히 문 쪽으로 집중되었다.

"……."

그곳에는 시스티나가 서 있었다.

표정에는 피로가 짙게 남아있었지만 시선은 또렷했다.

아무래도 잠이 깨서 여기로 온 모양이었다.

"시스티, 괜찮아? 안색이 너무 안 좋아서 진짜 걱정했어."

린은 시스티나에게 달려갔다.

"걱정 끼쳐서 미안. 난 괜찮아. 그것보다……."

시스티나는 변함없이 자기는 관계없다는 듯 책으로 시선을 내리는 기블과, 그런 그에게 다가가는 카슈에게 어이가 없는 시선을 보냈다.

"애도 아닌데 둘 다 이런 상황에서 뭐하는 짓이니? 그리고 기블, 아무리 걱정이 된다고 해도 남들 신경을 건드리는 말은 자제해."

"무슨 소린지 난 전혀 모르겠는데. 내가 그 인간들을 걱정할 리가……."

"흐응…… 그래? 그런데 기블. 너 공부할 때는 책을 거꾸로 들고 읽나 보네? 재주도 좋아."

"어?! ……칫!"

시스티나의 지적에 기블은 짜증스럽게 혀를 차며 교과서를 제대로 고쳐 들었다.

카슈는 그런 기블의 모습에 독기가 빠졌는지 어깨를 으쓱거렸다.

"저기, 시스티나. 루미아와 리엘은 대체 어떻게 된 건가요? 선생님은 왜 죽을 뻔하신 거죠? 선생님과 그 친구분은 대체 어디로 가신 거구요. 당신은 뭔가 아는 게 있죠?"

웬디는 모두가 궁금하게 여긴 질문을 대변했다.

그리고 시스티나는 그 의문에 대한 답을 대부분 알고 있었다. 글렌과 알베르트가 향한 장소까지는 모르겠지만, 백마의 【리바이버】를 쓸 때 들은 말로 예상하건대 모두의 앞에서 모습을 감춘 두 사람이 뭘 하려는 건지는…… 쉽게 상상이 갔다.

하지만―.

"그건…… 미안. 말 못 해."

시스티나는 미안한 목소리로 그렇게 중얼거렸다.

"……어째서죠?"

"너희들에게 거짓말은 하고 싶지 않아. ……그렇다고 사실을 말해서 지금까지 있었던 일을 전부 없었던 일로 만들고 싶지도 않아. 그러니까……."

시스티나는 자신의 입에서 나온 말에 놀랐다.

리엘에게 그런 무서운 꼴을 당했는데도, 비참한 꼴을 당했는데도…… 자신은 아직 마음속 어딘가에서 그녀를 믿고 있었던 모양이다. 믿고 싶은 모양이었다.

그렇게 자신의 솔직한 마음을 재확인한 시스티나는 새삼스럽게 각오를 굳혔다.

기다리는 것밖에 할 수 없는 자신은— 적어도 그들이 돌아올 장소를 지켜야만 한다.

그래서 시스티나는 반 친구들의 비난을 들을 각오로 이렇게 말했다.

"안심해, 얘들아. 선생님이 반드시 어떻게든 해주실 거야. 선생님이라면 틀림없이 루미아와 리엘을 데리고 와주실 거야. 이번 일도 나중에 그런 일도 있었다고 웃어넘길 수 있게 해주실 거야. ······난 그렇게 믿어!"

그리고—.

시스티나는 반 일동 앞에서 고개를 숙였다.

"그러니까 다들 선생님을 믿어줘······. 이렇게 부탁할게!"

잠시 학생들 사이에 무거운 침묵이 흘렀다.

이윽고—.

"······정말이지. 어서 고개를 드세요. 꼴사납게 그게 무슨 짓이에요."

웬디가 기가 막힌다는 목소리로 말했다.

그리고 조심스럽게 고개를 드는 시스티나에게 이어서 말을 건넸다.

"알겠어요, 시스티나. 당신이 그렇게까지 말한다면······지금은 아무것도 묻지 않겠어요. 선생님을 믿고 기다리도록 하죠."

"맞아……. 뭐, 우리가 사정을 안다고 해서 뭔가 할 수 있는 것도 아닐 테니까."

카슈도 어깨를 으쓱이며 그렇게 동의했다.

"흥…… 어차피 별것 아닌 일이겠지? 싸우다 사이가 틀어졌다든가. 정말이지, 소란을 피우는 것도 작작 좀 해."

"만약 우리가 상상도 할 수 없는 큰일이 벌어졌다고 해도…… 선생님은 테러리스트를 상대로 맹활약하며 우리 모두를 구해주신 굉장한 분이니까. ……응, 분명 괜찮을 거야."

기블과 세실도 제각기 그렇게 말했다.

주위를 둘러보자 이 자리에 모인 학생들은 전부 뭔가 듣고, 말하고 싶은 게 잔뜩 있는 표정이었다. 그건 시스티나가 고개 숙여 부탁한 후에도 변함이 없었다.

하지만 조금 전까지의 장례식 같은 분위기는 이미 어디론가 사라져 있었다.

"애들아…… 고마워……."

시스티나가 안도의 숨을 내쉰 순간―.

"……정말…… 고마, 워……."

"……시스티나?"

웬디가 그 사실을 눈치챘다.

"당신…… 왜 울고 계시는 거죠?"

"……어? 으응…… 아무것도 아니야. ……아무것도 아니니까."

시스티나는 어느새 흘러내린 눈물로 젖은 눈가를 닦으면서 대답했다.

아무것도 아닐 리가 없었다.

지금 이 순간 그녀의 마음을 지배한 감정은―『분함』이었다.

사실은―.

이런 식으로 글렌의 보호만 받아야 하는 입장이 싫었다.

외부인으로 남겨져서 소중한 사람들이 무사히 돌아오기를 믿고, 기도하면서 기다려야만 하는 처지가 진심으로 싫었다.

그 누구와도 바꿀 수 없는 친구를 자신의 손으로 지켜주고 싶었다.

글렌과 어깨를 나란히 하고 싸우는 것은 아니라도…… 하다못해 늘 루미아를 위해 목숨을 걸고 싸우는 그의 등 정도는 지켜주고 싶었다.

소중한 사람들에게 의지하기만 하는 게 아니라…… 기도하기만 하는 게 아니라…… 소중한 사람들의 버팀목이 되어주고 싶었다.

그래서 지금까지 노력을 아끼지 않았고, 자신의 재능이라면 간단히 이룰 수 있을 거라고…… 진심으로 그렇게 믿고 있었다. 자신감도 있었다.

하지만 현실은 잔혹했다.

아마도 이것이야말로 거짓 없는, 자신이 현재 가진 역량의

『한계』이리라.

　무력하다.

　마술학원에서는 다들 우등생이라고 치켜세워줬고 글렌에게 전투 훈련까지 받아서 약간 우쭐했었지만…… 현재의 자신은 『현실』을 앞에 두고서 한없이 『무력』했다.

　아직 열다섯밖에 되지 않은 소녀라든가, 온실에서 자란 아가씨라든가, 그런 건 관계없었다.

　자신은— 무력했다. 어찌할 수 없을 정도로— 무력했다.

　그 사실이 한심스럽고 분해서…….

　"……선, 생님…… 전…….""

　—강해지고 싶었다.

　당황하는 반 친구들의 시선이 모이는 가운데, 시스티나는 마음속으로 그렇게 생각하며 조용히 계속 눈물을 흘렸다.

　…….

　……달린다.

　……계속해서 달린다.

　끝이 없을 거라고 여겨졌던 통로도 이윽고 끝이 보이기 시작했다.

　점점 마지막 문이 눈앞으로 다가왔다.

　"으라차!"

　글렌은 지하 연구소 최심부에 있는 방문을 난폭하게 걷어

차면서 열었다.

"야, 거기 있지? 슬슬 이 바보 같은 소동을 끝내자."

"글렌?"

"서, 선생님?!"

"뭐?!"

글렌이 등장하자 방 안에 있던 인물들의 시선이 일제히 그에게 모였다.

리엘, 루미아. 그리고— 리엘의 『오빠』를 자칭한 파란 머리의 청년.

"글렌 선생님……."

루미아는 눈을 적시며 글렌을 쳐다보고 그의 이름을 중얼거렸다.

"……미안하다, 루미아. 또 지각한 모양이네. 하얀 고양이한테는 비밀이다?"

그녀의 시선을 느낀 글렌은 평소와 다름없이 가벼운 농담을 입에 담았다.

"……흑…… 훌쩍…… 선생님…… 다행이에요……. 정말…… 무사하셔서……."

글렌이 살아있다는 건 들었지만 그래도 본인의 무사한 모습을 직접 확인하자, 제아무리 마음이 굳센 루미아라도 안도의 눈물이 나오는 것을 참을 수 없었다.

"……자, 그럼."

한편 글렌은 정면 안쪽에 사로잡혀 있는 루미아의 모습을 재차 확인했다. 쇠사슬로 묶이고 옷이 찢긴, 사춘기 소녀에게 강요하기에는 너무나도 잔혹한 낯 뜨거운 모습.

유리 원통 속의 소녀…… 최악의 예상과 비교하면 훨씬 나은 모습이었지만…….

"야, 거기 너…… 내 귀여운 학생에게 아주 유쾌하고 페티시즘이 넘치는 코디네이트를 해준 모양인데…… 아앙?!"

그래도 루미아가 받은 취급은 글렌의 분노에 불을 붙이기엔 충분했다.

"저 의상은 그거냐? 요즘 유행하는 전위 예술이라는 거? 제국에 이름을 떨친 패션디자인 계의 거장들도 아주 놀라 자빠지시겠군 그래!"

"으……아아……."

청년은 무시무시한 표정으로 자신을 노려보는 글렌의 모습에 명백히 겁을 먹었다.

"그 참신하고 도전적인 시도에 경의를 표해서 내가 직접 채점해주마. 이, 주, 먹, 으, 로! 대체 얼마나 후한 거냐는 생각이 들 정도로 넉넉하게 채점해주지. 완전히 한계 점수를 돌파한 최고 득점이다. 사양할 필요는 없어."

그리고 글렌은 리엘을 향해 고함을 질렀다.

"리엘! 너도 거기서 멀뚱히 있지 마! 루미아가 저런 꼴을 당했는데 넌 아무렇지도 않아?! ……그게 뭐시냐. 저도 모르게 감상하고 싶은 기분이 드는 건 이해한다만……."

글렌은 일단 고개를 돌리고 있었지만 쇠사슬에 묶인 루미아의 낯 뜨거운 모습을 힐끔힐끔 곁눈질하면서 주먹을 강하게 쥐고 뭔가 갈등하는 표정이었다.

"큭, 큰일이네. 뭔가에 눈 뜰 것 같아……. 이건 혹시 마술적인 정신 공격인가?"

"선생님도 참!"

하지만 (아마도) 평소처럼 행동해서 자신을 안심시켜주려는 글렌의 의도를 깨달은 루미아는 지금까지의 불안이 눈 녹듯 사라지는 것을 느꼈다.

"아, 아무튼! 네 그 정신 나간 센스에는 이 마음씨 고운 글렌 선생님도 인내심의 한계를 느꼈다! 부러……운 게 아니라 용서 못 해! 철권제재다! 각오해라!"

주먹에서 소리를 내며 다가오는 글렌의 모습에 파란 머리의 청년은 얼굴이 새파랗게 질려서 한 걸음씩 뒤로 물러났다.

"말도 안 돼……. 어떻게 당신이 여기에…… 버크스와 엘레노아는 어디로 간 거지?! 설마 벌써 당한 거야?!"

"……엘레노아?"

갑작스럽게 나온 그 이름에 글렌은 의아한 듯 눈살을 찌푸리며 경계했다.

'알베르트가 말한 외도 마술사 엘레노아 샤레트……. 습격해 올 거라 예상하고 경계했는데…… 여기 올 때까지 결국 모습을 드러내지 않았어. 이 녀석의 말로 예상해보자면……
버크스와 같이 행동하고 있었던 건가?'

방 안에 엘레노아로 추정되는 인물이 없는 것을 확인하고
자문했다.

'대체 엘레노아라는 여자는 어디로 간 거지? 무슨 꿍꿍이
가 있는 건가?'

하지만 지금은 아무래도 상관없었다. 엘레노아가 어디로
사라졌는지 신경은 쓰였지만 지금 우선해야 할 일은 따로
있었다.

일단 리엘의 『오빠』를 때려눕힌다.

그렇게 생각하며 한 걸음 내디딘 순간—

"글렌…… 더는 오빠한테 접근하지 마."

리엘이 연성이 끝난 대검을 겨누며 글렌의 앞을 가로막았다.

"리엘?! 여, 역시 내 동생이다!"

그녀가 글렌을 막아서는 모습을 본 『오빠』는 여유를 되찾
았다.

"소체의 조정이 끝나려면 시간이 좀 더 필요해! 그때까지
녀석을 막아!"

"……응."

『오빠』는 황급히 안쪽에 있는 의식 법진으로 달려가 다시
작업을 개시했다.

"……야, 리엘. 진짜로 나랑 해볼 생각이야? 장난치고는

좀 지나치다?"

글렌은 혀를 차면서 리엘을 노려보았다.

당장 저 『오빠』의 뒤를 쫓고 싶었지만 이렇게 리엘이 언제
든지 공격에 나설 수 있는 간격에서는 섣불리 움직일 수가
없었다.

"맘대로 말해. 난 오빠를 위해 싸울 거야. 그게 내 존재
이유니까."

리엘은 글렌을 공허한 눈으로 쳐다보며 검과 함께 자세를
깊숙하게 숙였다.

"이 바보야! 오빠라니, 넌 완전히 속아 넘어간 거라고!"

너무나도 한결같고 맹목적인 리엘에게 화가 난 글렌이 고
함을 질렀다.

"저 녀석은 네 오빠가 아니야!"

"뭐?"

리엘이 한순간 굳어 버리자 글렌은 계속 말을 쏘아붙였다.

"네 오빠는 2년 전에 죽었잖아! 그 현실을 무시하는 거야?!"

"……그치만 지금은 살아 있어. 겉모습도……."

"겉모습이 똑같으면 본인이라는 거야?! 애당초 정말로 저
녀석이 네 기억 속에 있는 오빠랑 똑같아? 제대로 생각나지
도 않는 주제에!"

"의! 그건……."

아픈 부분을 지적당했는지 리엘은 한순간 말문이 막혔다.

"한 번 더 말할게! 죽은 사람이 살아 돌아올 리 없어! 현실을 좀 보라고, 이 바보 자식아!"

"시끄러! 시끄러! 시끄러! 글렌이 그걸 어떻게 아는 거야? 왜 오빠가 죽었다고 단언할 수 있는 건데!"

"나니까 단언할 수 있는 거지! 말하면 길어지겠지만—"

"시끄러워! 나한테는 오빠뿐이야! 오빠를 방해할 거라면 — 베겠어!"

'이건 글렀군.'

글렌은 그렇게 생각했다.

현재 리엘은 말귀를 알아들을 수 있는 상태가 아니다.

글렌은 이 상황을 타개할 수 있는 그녀에 관한 어떤 진실을 알고 있었지만…… 그건 리엘이 글렌의 말을 받아들여서 자신의 머리로 생각해야 하는 게 대전제였다.

그러니 일단 그녀를 때려눕혀서 얌전히 만든 후에 들려주는 수밖에 없었다.

'……그런데 가능할까? 상대는 그 리엘이라고?'

리엘의 격투전 능력은 자신보다 압도적으로 위다. 게다가 비장의 수단인 【광대의 세계】도 그녀를 상대로는 거의 의미가 없었다. 유일하게 그녀보다 뛰어난 마술 전투 능력도 이 거리에서는 도움이 되지 않았다. 주문을 영창하려고 의식을 돌리자마자 검에 베일 게 불 보듯 뻔했다.

'상성은 최악……. 이거 참 난감하네. ……그 《전차》의 리

엘 레이포드를 죽이지 않고 제압한다라……. 정말로 나에게 가능할까?'

글렌은 이를 악물었다. 그는 이런 상황에서까지 루미아보다 리엘을 우선시할 바보는 아니었고 위선자도 될 수 없었다.

'……난 포기하지 않았어. ……마음도 꺾이지 않았어. ……하지만.'

상대는 그 리엘이었다. 옛 전우로서 그녀의 초월적인 전투 능력을 그 누구보다도 익히 알고 있었기에— 글렌은 『만에 하나』의 상황을 의식하지 않을 수 없었다.

『이젠 네가 만약의 상황에 주저하지 않기만을 바랄 뿐이다.』

문득 알베르트의 냉정한 말이 머릿속에서 떠올랐다.

글렌이 허리춤에 숨긴 권총의 차가운 감촉을 자기도 모르게 의식하고, 그 『만에 하나』의 상황이 왔을 때를 대비하며 비장한 각오를 굳힌 순간—

"선생님!"

루미아가 외쳤다.

"전 믿어요! 설령 어떤 결말이 오더라도…… 전 선생님을 믿을 테니까요! 그러니…… 제발 지지 마세요! 부탁이에요!"

"……!"

루미아는 자신을, 리엘을 구해달라고는 말하지 않았다.

그저 믿겠다고—

그저 지지 말라고만 했을 뿐—

"……하핫."

고작 그것만으로도 글렌은 자신의 비장한 각오가 눈 녹듯 사라지는 것을 느꼈다.

"나 원 참, 귀여운 여자애의 응원이라는 건 그 어떤 마술보다도 마법에 가깝구만."

자신의 타산적인 면모에 기막혀하면서 입가에 쓴웃음을 지었다.

결정했다.

알베르트의 말 따윈 무시하자.

나름대로 그 녀석을 존경하고 있지만 이것만큼은 도저히 받아들일 수 없다.

리엘을 다시 데려가고 루미아도 구출한다. 저 자칭 『오빠』는 실컷 두들겨 팬 후 홀딱 벗기고 끈으로 묶어서 변두리 게이 바에 집어 던져 버리자. 그리고 또 그날 밤처럼 루미아와 시스티나와 리엘이 셋이서 사이좋게 노는 광경을 감상하며 싸구려 브랜디나 홀짝이는 거다. 그런 굿 엔딩 외에는 내 알 바 아니다.

"덤벼, 리엘! 어서 와보라고! 널 생포해서— 벌로 엉덩이를 찰싹찰싹 때려주마!"

"글렌!"

리엘이 대검을 세워 들고 쏜살처럼 달려오자 글렌은 권투 자세를 취했다.

전투의 봉화가 피어오른 것이다.

"이이이이이이이이이이얍!"

선수를 취한 건 바람을 두르며 백병전 간격으로 뛰어든 리엘이었다.

하늘에서 떨어지는, 벼락처럼 휘두르는 시퍼런 칼날.

그 검격, 우직할 정도로 올곧게 떨어지는 치열하고도 신속한 일격.

"치잇!"

몸을 반쯤 앞으로 내밀었던 글렌은 재빨리 왼쪽으로 피했다.

우반신을 스치고 지나가는 검풍.

글렌은 바람이 어깨를 벤 것을 느끼면서 오른발로 땅을 박차고 단숨에 앞으로 나아갔다.

"우오오오오오!"

레프트 잽에서 이어지는 라이트 스트레이트. 전광석화 같은 세련된 원 투 콤비네이션.

하지만 그 주먹은 전부 허무하게 허공을 갈랐다.

왜냐하면— 리엘은 머리 위에 있었기 때문이다. 글렌이 참격을 피한 순간 앞으로 도약한 것이다.

"으헉?!"

인간을 초월한 엄청난 반응 속도와 신체 능력에 경악할 틈도 없었다.

"하아아아아아아아아아!"

리엘은 앞으로 몸을 날린 상태에서 마치 용수철처럼 다리를 밑으로 휘둘렀다.

"큭!"

글렌의 뒤통수를 노리는 육중한 철퇴 같은 리엘의 발뒤꿈치.

맞았다간 그대로 목이 날아갈 그 일격을 글렌은 황급히 몸을 앞으로 날려서 피했다.

다음 순간, 리엘은 몸을 비틀어 바닥에 착지하면서 왼손을 바닥에 대고 또 한 자루의 대검을 연성했다.

"하아아아아아아아아아아아아아아압!"

그 후 틈을 주지 않고 선풍처럼 회전해서 양손에 든 두 자루의 대검을 글렌에게 투척했다.

앞으로 몸을 날린 글렌의 등을 향해 맹회전하며 울부짖는 두 자루의 대검.

게다가 그 뒤를 쫓듯 리엘이 바닥을 박차고 글렌에게 돌진했다.

그 속도는 그야말로 신속. 보랏빛을 띤 남색 눈동자가 어둠 속에 한 줄기 선을 그었다.

"치잇"!

글렌은 자신의 직감을 믿고 뒤로 돌면서 가볍게 도약했다.

다리를 베어버리려는 듯 저공 궤도로 비행하는 대검을 피하고 재빨리 바닥을 차서 오른쪽으로 뛰었다.

글렌을 양쪽으로 두 동강 내려는 듯 바람을 가르며 날아오는 다른 한쪽의 대검도 피했다.

"이이이이이이이이이이얍!"

마침 그 타이밍에 숨 쉴 틈도 주지 않고 리엘이 날아들었다.

이미 그녀는 양손에 다시 연성한 세 번째 대검을 들고 있었다.

두껍고 투박한 검날이 번뜩거리며 빛을 발한 순간, 글렌의 눈앞에 검격의 난무가 거칠게 휘몰아쳤다.

닿는 즉시 고깃덩어리로 변하고 말 죽음의 폭풍 앞에서—.

"크윽?!"

글렌은 뒤로 도약하고, 왼쪽으로 몸을 구르고, 오른쪽으로 몸을 젖히면서 필사적으로 피했다.

'젠장, 역시 백병전은 내가 불리해!'

아무튼 리엘의 질풍노도 같은 움직임은 변칙적이고 파격적인 데다 엉망진창이었다.

정도(正道) 검술에 침을 뱉는 사도(邪道)의 극치.

그런데도 무시무시할 정도로 빠르고 우직한 동시에, 무지막지하게 강력했다.

지금까지 수많은 마술사를 처단해온 리엘의 강검기(剛劍技). 글렌이 어떻게든 피하고 있는 것은 그저 그녀의 검로를 오랫동안 지켜본 덕분에 익숙했기 때문이었다.

리엘의 검을 본 게 이번이 처음이었다면 첫 일격이나 그다음 일격을 맞고 틀림없이 죽었으리라.

불리했다. 리엘과 정면으로 맞붙는 건 그야말로 어리석음의 극치.

하지만—.

그럼에도—.

글렌은 물러서지 않았다.

자신을 믿는 루미아가 있다. 그리고 무엇보다도— 머릿속을 스쳐 지나가는 그날의 말.

—부탁……드립니다. ……적어도…… 그 아이만은…….

"약속을 지켜주마……. **시온…… 일루시아**……."

계속해서 몸을 스치는 죽음의 검풍을 조금도 두려워하지 않으며 앞으로 발을 내디디고 주먹을 당기면서—.

글렌은 그렇게 중얼거렸다.

"흐하하하하하하하하! 어떻게 된 거냐! 투견!"

버크스의 큰 웃음소리가 넓은 방 안에 메아리쳤다.

"핫! 핫! 하압!"

마약으로 얻은 『인체 발전 능력』을 최대로 발동한 버크스는 그대로 흘러넘칠 듯 전기를 띤 온몸에서 수많은 벼락을 일제히 내뿜었다.

뱀처럼 몸을 비트는 굵은 벼락은 사방팔방에 닿는 모든

것을 먹어치우고, 버크스를 중심으로 원을 그리듯 질주하는 알베르트의 등을 스쳤다.

빗나간 벼락이 그 궤도상에 있는 유리 원통을 차례차례 분쇄했다.

"칫! 방해되는 장애물이 너무 많아서 제대로 조준할 수가 없군."

자신이 내뿜는 벼락 한가운데에서 버크스의 웃음소리가 크게 울려 퍼졌다.

"나 원 참, 이런 꼬락서니가 돼서도 도움이 안 되는 쓰레기들! 좋다! 조금 전에 선언한 대로 들개를 처리하는 김에 같이 대청소를 해주마!"

"……큭!"

알베르트가 이를 가는 소리가 남모르게 울렸다.

"네놈은 목숨을 뭐라고 생각하는 거지? 나도 쓰레기지만…… 네놈은 쓰레기조차 못 되는 그 이하다."

"하! 지금 뭐라고 지껄였나. 들개! 개는 그렇게 꼴사납게 도망 다니는 모습이 아주 잘 어울리는구나! 죽어라!"

"《――·――질주하라·하늘로 날아올라 춤춰라》!"

버크스가 다시 『인체 발전 능력』을 쓰려고 하자 알베르트는 즉시 이 상황을 예측하고 미리 영창한 흑마 【플라스마 필드】를 발동했다.

버크스가 온몸으로 내뿜은 벼락과 알베르트의 주문으로

발생한 번개 폭풍이 정면으로 부딪히자 충격음과 동시에 자전이 이리저리 튀면서 시야가 격렬하게 명멸했다.

"칫, 건방지게시리······. 네놈은 번개를 다루는 게 제법 익숙한 모양이군. ······그렇다면!"

이번에는 염열 계통의 B급 군용 어설트 스펠과 필적하는 위력을 지닌 『발화 능력』을 발동했다.

《빙랑은 질주한다》.

알베르트는 그 타이밍에 맞춰서 C급 군용 마술, 흑마【아이스 블리자드】를 발동.

쏟아지는 초열지옥의 호우를 소용돌이치는 얼음 폭풍으로 맞받아쳤다.

하지만 애당초 버크스의 이능력과 알베르트의 C급 어설트 스펠은 근본적으로 위력이 달랐다. 알베르트의【아이스 블리자드】가 버크스의 『발화 능력』에 힘으로 밀려서 집어 삼켜졌지만─.

"으앗?!"

얼음 폭풍이 단숨에 증발하고 기화하면서 발생한 대량의 수증기가 버크스의 시야를 새하얗게 물들였다.

그 순간, 한 줄기 은빛 섬광이 두꺼운 수증기를 날카롭게 가르면서 버크스의 목덜미를 정확하게 베었다.

"읍······ 우욱?!"

하지만 피가 안개처럼 솟구치는 것도 잠시, 경동맥까지 도달했던 그 상처는 버크스가 마약으로 얻은 『재생 능력』으로 곧장 복구되었다.

버크스는 자신의 뒤에 있는 벽을 향해 짜증스럽게 시선을 돌렸다.

방금 불손하게도 그를 상처 입힌 은색 섬광의 정체가 거기에 틀어박혀 있었다.

나이프다. 아무런 마술 효과도 인챈트하지 않은 평범한 나이프.

"네놈…… 아까부터 이게 대체 무슨 장난이지?"

버크스는 불바다와 수증기 폭풍 사이에 서 있는 검은 그림자를 향해 질문을 던졌다.

"……."

검은 그림자— 알베르트는 아무 말 없이 버크스를 날카롭게 응시했다.

그렇다. 그 말대로 알베르트는 싸움이 시작된 후부터 지금까지 어설트 스펠을 통한 직접적인 공격을 단 한 번도 실행에 옮기지 않았다.

다양한 수단으로 버크스의 빈틈을 만들더니 한 가지밖에 모르는 바보처럼 계속 나이프만 투척해댄 것이다. 그 나이프들은 버크스의 경동맥이나 팔다리에 흐르는 대동맥을 정확히 끊었지만…… 고작 그게 다였다.

실제로 버크스의 주위에는 수많은 나이프가 여기저기 흩

어져 있었다.

원래 이런 나이프 공격은【에어 스크린】한 장으로도 막아 낼 수 있지만, 알베르트는 그걸【디스펠 포스】로 캔슬까지 해가며 나이프 공격에 집착했다. 『재생 능력』 때문에 바로 상처가 낫기에 아무런 피해를 줄 수 없는데도 꾸준히 나이프 투척을 반복했다.

마치 자신을 골탕 먹이려는 듯한 그 공격에 버크스는 혀를 차지 않을 수 없었다.

"이런 장난감으로 날 어떻게 할 수 있으리라고 진심으로 생각하는 게냐? 사실 지금의 나는 평범한 삼속성 어설트 스펠 따윈 통하지도 않지만 말이다……."

버크스가 마약으로 얻은 능력 중에는 『내열(耐熱) 능력』, 『내한(耐寒) 능력』, 『내전(耐電) 능력』 등도 존재했다. 이것들을 발동하면 대응하는 삼속성 주문을 완전히 차단하는 게 가능했다.

염열, 냉기, 전격의 삼속성 어설트 스펠을 주력으로 쓰는 알베르트에게 압도적으로 불리한 상황이었지만—.

"네놈을 처단하는 데 어설트 스펠은 필요 없다. ……이걸로 충분해."

알베르트는 차가운 목소리로 그렇게 말하며 새로운 나이프를 꺼내 들었다.

그런 자신을 얕잡아 보는 말투가 조금 전부터 버크스의

심기를 거스르고 있었다.

하지만 속으로는 모멸하며 비웃기도 했다.

'흥, 바보 같은 놈. 내가 네놈 따위의 꿍꿍이를 간파하지 못했을 것 같으냐.'

버크스는 주위에 흩어진 나이프의 배치와 위치에 주목했다.

언뜻 보기에는 아무런 의미도 없이 여기저기에 던진 것처럼 보일 뿐이지만— 그 배열에 마술적인 의미가 감추어져 있는 것을 이미 눈치챘다.

'룬 문자의 암호 상징 변환— 더구나 이 형식은 환상이라 일컬어진 차르 표기법. 빈틈이 없는 남자로군. 무의미하게 나이프 투척을 반복하는 척하면서 사실은 날 함정에 빠트릴 마술 결계를 구축하고 있었을 줄이야. 평범한 마술사라면 눈치채지 못하고 그대로 걸려들었겠지.'

옳거니. 확실히 저 알베르트라는 애송이가 건방지게 구는 것도 왠지 모르게 납득이 갔다. 저런 젊은 나이에 이 정도의 기량을 갖췄으니 우쭐해지지 않는 편이 이상하리라.

'흥, 우물 안의 개구리가…… 나도 참 얕보인 모양이군. 나는 버크스 브라우몬! 이 정도의 속임수에 넘어갈 상대라고 생각했느냐!'

그래서 버크스는 일부러 알베르트의 꿍꿍이를 못 본 척 넘기기로 했다.

그의 목적이 판명된 이상 이제 문제 될 일도 없었고, 무엇보다도 버크스는 저 아니꼬운 남자가 자신의 계획이 무너졌을 때의 동요한 얼굴이 보고 싶었다.

"……."

알베르트는 버크스가 이런 생각을 하는 줄 꿈에도 모르고 품속에서 나이프를 꺼냈다.

'그래, 던져라! 계속 던져! 얼간이처럼 내 손바닥 위에서 춤춰라! 그리고 마지막에는 네놈에게 극상의 절망과 마술사로서의 근본적인 격차를 느끼게 해주마!'

버크스는 확정된 승리의 기쁨에 취해 혼탁해진 머리로 다시 이능력을 발동했다.

한편 알베르트는 버크스의 공격을 피하면서 담담하게 계속 나이프를 투척했다.

'으아아아! 젠장! 역시 리엘은 강해애애애애애!'

글렌은 마음속으로 그렇게 외치며 자신에게 육박하는 대검의 일격을 도약해서 피했다.

'제길. 저 녀석 옛날보다 움직임이 훨씬 더 강하고 날카로워졌잖아?!'

바로 이쪽을 노리고 날아드는 대검의 수평 베기.

글렌은 반사적으로 몸을 굽혀서 몸과 머리의 눈물겨운 이별을 간신히 면했다.

'공백, 내가 약해진 건가? **그게 아니라면**…….'

예상치 못한 각도에서 이쪽을 향해 솟구치는 대검, 역풍의 일수. 그 공격을 몸을 비틀어 피하면서 한 걸음, 두 걸음 재빨리 물러나 리엘과 간격을 벌렸다.

"이이이이이이이이이이이이얍!"

하지만 리엘은 또 달려들었다.

몇 번이고, 몇 번이고 다시 달려들었다.

거센 바람을 두른 대검을 세워 들고 글렌을 향해 맹렬하게 돌진했다.

항상 자신의 몸을 내던지는 듯한 리엘의 참격은 그 하나하나가 전부 치명적이어서 숨 돌릴 틈조차 없었다.

돌진해오는 그녀의 모습에 글렌의 등골이 죽음에 대한 긴장감으로 욱신거렸다.

"치잇!"

요격하지 않고 뇌의 연산 처리 기능을 풀 회전해서 이번에는 어떻게 피해야 할지 계산하기 시작했다.

사실 글렌은 조금 전부터 리엘과 제대로 싸우고 있지 않았다.

그저 계속 피해 다니기만 했다. 근접 전투에서 글렌은 힘과 기량과 속도를 비롯한 모든 능력이 리엘보다 뒤떨어졌다. 정면에서 맞붙는다면 단숨에 살해당할 것이 불 보듯 뻔했다.

하지만 궁정 마도사 시절에도 늘 자신보다 격이 높은 상대와의 사선을 헤쳐 온 그는 알베르트도 인정한 전투의 스페셜리스트였다. 글렌 수준의 마술 전투 능력으로 마술의 뒷세계에서 살아남으려면 필연적으로 그렇게 될 수밖에 없었다.

글렌은 강한 게 아니라, 능숙했다.

이기는 싸움은 할 수 없지만 지지 않는 싸움이라면— 가능했다.

'하지만 이대로는…… 얼마 못 버텨!'

리엘이 내려치는 무거운 참격을 왼쪽으로 몸을 돌려서 종이 한 장 차이로 피했다.

"흡!"

목표를 놓친 대검이 바닥을 박살 냈고 리엘은 그 반동을 이용하여 왼쪽으로 피한 글렌을 향해 검을 세워 올렸다. 브이 자를 그리는 검의 궤적이 글렌의 몸을 노렸다.

"으허억?!"

글렌은 반사적으로 몸을 숙였다.

머리 위의 공기가 전부 쓸려나가는 느낌이 드는 것과 동시에 리엘의 검이 대각선 방향으로 스쳐 지나갔다.

"하아아아아아아아아아아앗!"

그 순간, 리엘의 머리 위에서 검이 선회했다. 그 기세를 죽이지 않고 몸을 회전하며— 원심력을 모조리 담아 글렌에게 추격타를 날렸다.

"치잇?!"

이 참격은 도저히 피하는 게 불가능했다.

"뜨아아아아아아아아?!"

글렌은 어쩔 수 없이 주먹에 마력을 인챈트해서 흘려 넘기려 했지만 위력을 완전히 상쇄하지 못했고, 마치 누군가가 뒤에서 잡아당긴 것처럼 꼴사납게 바닥을 굴렀다.

리엘은 그 빈틈을 놓치지 않고 다시 돌진했다.

이번에야말로 절체절명의 위기.

"쓰읍!"

하지만 글렌은 바닥을 구르는 기세를 이용해서 도약해 억지로 총을 뽑아 들었다.

옆으로 크고 날카롭게 선회하는 총구. 뇌관을 두드리는 공이.

—총성.

고막을 찢는 뇌성과 함께 한 줄기의 연기가 리엘을 향해 쇄도했다.

"윽!"

하지만 글렌이 총을 뽑아 들자마자 리엘은 이미 옆으로 뛰어서 조준을 피한 상황이었다.

그녀가 조금 전까지 있었던 위치에 납탄이 튀었고, 두 사람은 간격을 벌린 채 서로의 빈틈을 노리는 대치 상태에 돌입했다.

'하긴 저 녀석을 죽일 각오로 쏴도 맞지 않을 텐데, 그럴

각오조차 없었으니…… 안 맞는 게 당연하겠지.'

현재 글렌의 총은 위협과 견제용으로밖에 쓸모가 없었다.

이대로 계속 리엘과 백병전을 벌이면 반드시 치명적인 빈틈을 드러낼 수밖에 없다.

그 빈틈을 보완하기 위해 총격을 더하면 간신히 전황을 대등하게 유지할 수는 있었지만…….

'……아, 그러고 보니 몇 발이나 남았더라? 분명…….'

글렌은 식은땀을 흘렸다. 총에는 총알의 개수라는 치명적인 약점이 존재했다. 게다가 《페네트레이터》는 탄약과 탄두를 직접 넣고 로딩 레버로 밀어서 장전하는 퍼커션 캡 방식의 리볼버— 재장전하려면 엄청나게 시간과 수고가 드는 총이었다.

즉, 이 언뜻 대등한 것처럼 보이는 전황은 글렌의 총알이 전부 다 떨어지는 시점에서 허무하게 무너질 수밖에 없었다.

방법이 없는 글렌은 어떻게든 마술 전투를 벌일 수 있는 간격으로 몰아가고 싶었지만 리엘이 그걸 허락할 리 없었다. 섣불리 간격을 벌리려 하거나 초조한 나머지 억지로 주문을 영창하려고 했다간 그대로 리엘의 칼을 맞고 죽는 게 불 보듯 뻔했다.

'……어라? 이거 사면초가 아닌가?'

자신의 전투는 왜 늘 이렇게 아슬아슬하게 흘러가는 걸까. ……가끔은 알베르트처럼 여유 있고 스마트하게 싸울 수는 없는 걸까.

'뭐, 일단 이기기 위한 포석은 깔았어. 남은 건 저 녀석이 걸려들기만 하면 되는데⋯⋯.'

물론 리엘 또한 역전의 마도사다. 어지간한 계략은 직감으로만 돌파할 수 있는 괴물인 것이다.

하지만 지금의 그녀에게라면 통할 방법이 있었다.

이 방법을 리엘에게 쓰는 건 약간 마음이 아팠지만, 이대로는 확실하게 두 동강이 난 자신의 시체만 남게 될 뿐이다. 그렇게 되면 리엘은커녕 루미아조차 구할 수 없다.

리엘은 언뜻 인정사정없이 검을 휘두르는 것처럼 보이지만 사실 군데군데 망설임이 보였다. 설득은 불가능하더라도 계기만 있으면 이야기를 나누는 것 정도는 가능하리라.

글렌은 마음을 굳게 먹었다. 애당초 그녀의 배신은— 자신이 리엘에 관한 『어떤 사실』을 계속 비밀로 해왔기 때문에 벌어진 일이었다.

물론 그건 나름대로 어쩔 수 없는 일이었다.

제국 궁정 마도사단 시절에는 리엘이 그 『사실』을 견뎌낼 수 없을 거라고 판단했기 때문이다. 섣불리 그 『사실』을 밝혔다가 위태롭고 미숙한 리엘의 마음이 망가지지나 않을까 불안했었다.

그래서 말할 수 없었다. 계속 얼버무릴 수밖에 없었다. 리엘이 바라는 대로 계속 오빠의 대리를 연기할 수밖에 없었다. 그 위치를 지키기 위해 계속 마도사로서 싸워나갈 수밖에 없었다. 당시의 글렌에게는 대체 어떻게 해야 진정한 의미로 리엘을 구원할 수 있을지 전혀 감도 잡히지 않았다.

그리고 그 방법을 고민할 틈도 없이 글렌은 계속해서 외도 마술사와의 싸움에 차출되었고…… 거듭되는 혈전 속에서 점점 마음이 마모되고 말았다.

'……게다가 난 그런 리엘을 버리고 도망치기까지 했어. 마술의 현실과 자신의 한계에 이성을 잃고…… 하하, 진짜 변변찮은 놈이었네……'

하지만 지금은 그런 걸 가릴 상황이 아니었다.

청산해야만 했다.

확실한 아픔을 동반하겠지만…… 지금 그 방법으로 모든 것을 청산해야만 했다.

'……과거의 리엘이라면 무리였겠지. ……하지만 지금의 리엘이라면. ……루미아와 하얀 고양이, 같은 반 녀석들과 함께 일상을 보내온 지금의 리엘이라면, 어쩌면……'

만약 잘 풀리지 않더라도 이번에는 반드시 리엘을 구원해 줄 생각이었다. 지켜줄 것이다. 이젠 그녀를 내버려 두고 도망치지 않을 것이다. 그런 무책임한 최저의 행위는…… 이제 넌더리가 났다.

그럴 수만 있다면 자신이 치를 수 있는 대가는 얼마든지 치러주마.

그러니…… 일단 그 계기를 만들기로 했다.

"……야, 리엘."

서서히 거리를 좁히는 리엘에게 글렌은 자연스럽게 총구를 겨누었다. 이런 식으로 총구와 방아쇠에 걸린 손가락을 완전히 노출하면 아무리 거리가 가까워도 리엘을 맞출 수 없다. 동물적인 직감과 반사 신경, 동체 시력으로 반드시 피해내리라.

하지만 아주 잠시만이라도 리엘의 발을 멈추게 하고 주의를 끌게 하려고 일부러 이런 방법을 취했다. 예상대로 그녀는 경계심을 드러내며 그 자리에 멈춰 섰다. 계기가 생겼다.

"이 정도까지 필사적으로 싸우다니…… 너, 어지간히 오빠를 좋아하나 보다?"

글렌은 최대한 리엘의 신경에 거슬리도록 바보 취급하는 말투로 말했다.

"시끄러워. 오빠는 내 전부야. 난 오빠를 위해 살아가기로 정했어."

역시 예상대로 도발이 먹혔다.

"아하하! 그렇게까지 말해주는 동생이 있다니 참 부러운 노릇이구만. ……네 오빠는 어지간히 훌륭한 인격자겠지."

글렌은 욱신거리는 마음을 억누르면서 담담히 말을 자아냈다.

"……무슨 말이 하고 싶은 거야?"

"아니, 뭐. 그런 훌륭한 분이라면 아무쪼록 친해지고 싶어서. 동생인 리엘 양께서 친히 그 오빠를 소개해주지 않을래?"

"……?"

리엘은 글렌의 의도를 파악할 수가 없어서 아주 살짝 고개를 갸웃거렸다.

글렌은 마음을 더욱 고통스럽게 하는 죄책감을 견디면서 다시 입을 열었다.

"음, 예를 들면…… 일단 오빠의 『이름』이라던가?"

"……뭐?"

"이름 말야, 이름. 네가 좋아서 껌뻑 죽는 『오빠』의 이름을 가르쳐줘."

"글렌이 무슨 말을 하는지 모르겠어. 왜 지금 그런 걸 묻는 거야?"

"됐으니까 말해 봐. 그러면 난 이 일에서 손을 떼 줄게. 루미아를 버리고 곁눈질도 하지 않고 도망쳐주마. 더는 네 오빠를 방해하지도 않을 거야."

"……."

리엘은 글렌의 의도를 파악할 수가 없어서 잠시 그를 지그시 응시했다. 하지만 그녀는 원래 깊이 생각하고 행동하는 타입이 아니었다.

"알았어. 그런 간단한 일로 글렌이 물러나 준다면."

순순히 그 말을 진심으로 받아들이고 『오빠』의 이름을 말하려 했다.

"……우리 『오빠』의 이름은……."

그렇다. 무척 간단한 일이었다. 철이 들 무렵부터 서로를 지탱해가며 함께 살아온 형제의 이름을 말하는 건, 굳이 리엘이 아니더라도 누구나 쉽게 할 수 있는 일이었다.

—일반적으로는.

"우리 『오빠』의 이름은……."

하지만 리엘은 말문이 막혔다.

"……으."

침묵, 당황…… 그리고 초조함.

리엘의 무표정에 복잡한 감정이 뒤섞이기 시작했다.

"왜 그래? 그렇게 시간을 들일 만한 일도 아니잖아?"

글렌은 이 상황을 예견했다는 듯 리엘을 도발했다.

"……야, 너 설마 사랑하는 『오빠』의 이름을 까먹은 거야? ……아무리 네가 바보라도 그렇지. 그건 좀 너무하지 않아?"

"아니야! 우리 『오빠』의 이름은……! 이름은……! ……윽! ……으…… 머리가…… 아파……. 어, 어째서?"

리엘은 희미한 분노를 드러내며 글렌을 노려보았다.

하지만 이름을 말하려고 해도 입은 금붕어처럼 뻐끔뻐끔 움직이기만 할 뿐. 이윽고 리엘은 고통으로 표정을 일그러트리며 머리를 붙잡고 식은땀을 흘렸다.

"지금 네 상태를 내가 대신 말해줄까?"

글렌은 그런 리엘에게 담담히 말했다.

"감각으로는 당연히 오빠의 이름을 알고 있는 것 같지만, 그걸 말로 명확히 하려면 도저히 떠오르지 않아. 마치 그 이름만 안개 속에 녹아서 흩어진 것처럼. 이상하다는 생각이 들어서 곰곰이 기억 속을 뒤져보면 그 이름만 부자연스러운 공백이 되어 있어. 억지로 그 공백의 정체를 확인하려고 하면 이번에는 머리가 아파! 도와줘 오빠! ⋯⋯내 말이 딱 맞지?"

"⋯⋯윽?! 어, 어떻게⋯⋯ 그걸⋯⋯?!"

리엘이 얼굴에 명백한 동요를 드러낸 순간—.

"리엘! 그 녀석의 말에 귀를 기울이지 마!"

그녀의 뒤쪽에서 필사적으로 마도 연산기를 조작 중인『오빠』가 외쳤다.

"오, 오빠⋯⋯ 오빠의『이름』이⋯⋯『이름』이⋯⋯ 뭐였지?"

리엘은『오빠』에게 애원하는 듯한 시선을 보냈다.

놀랍게도 전투의 천재인 리엘이 전투 중에 적인 글렌에게서 시선을 뗀 것이다.

"지금 그딴 건 아무래도 상관없잖아! 난 나야! 네 유일무이한 오빠! 그걸로 충분하잖아!"

"그, 그치만⋯⋯ 난⋯⋯."

낭패하는 리엘을 앞에 두고 글렌은 의기양양하게 조소했다.

리엘과 일대일로 대치한 상황이었다면 그가 아무리 도발을 하건, 동요시키건 간에 그녀의 빈틈을 노리는 건 절대로 불가능했다. 전투의 달인인 그녀가 글렌의 거동에 상시 주의를 기울이기 때문이다.

하지만 『오빠』가 끼어든다면 이야기는 별개였다. 글렌은 이 이야기를 꺼내면 저 『오빠』가 반드시 참견할 거라고 예상했다.

그렇게 되면— 지금의 리엘이라면 반드시 한순간이나마 『오빠』에게 정신이 팔릴 것이다. 팔릴 만했다. 팔리지 않을 리가 없었다.

정말로 리엘과 일대일의 상황이었다면…… 예상이 빗나가서 『오빠』가 끼어들지 않았다면…… 글렌에게 승산은 없었다.

하지만 제삼자의 섣부른 행동이 지금 글렌에게 기회를 가져다주었다.

"흡!"

글렌은 리엘의 다리를 노리고 망설임 없이 방아쇠를 당겼다.

뇌성을 울리며 날아간 납탄.

"윽?!"

하지만 리엘은 놀랍게도 그 총격을 다른 곳을 바라보는 상태에서 몸을 공중으로 회전하며 피했다. 이래서 천재는 무섭다. 이 예지능력에 가까운 직감은 글렌이 평생을 단련해도 도달할 수 없는 경지이리라.

하지만 이 전개도 예상하고 있었다.

억지로 피한 탓에 지금 리엘은 자세가 크게 무너져 있었다.

"《—·——……!"

글렌은 왼손으로 입가를 가린 채 주문을 영창하고, 오른손에 든 총은 옆으로 크게 돌리는 자세로 리엘을 겨냥하며 앞으로 돌진했다.

마술과 총의 동시 공격. 뒤로 물러나면 마술, 그 자리에 멈춰 서면 총격의 먹잇감이 될 뿐.

자세가 무너진 탓에 지금의 리엘이 고를 수 있는 선택지는 극히 적었다.

그래서 전투의 천재인 리엘은— 오히려 전진하는 선택지를 골랐다.

"글렌!"

팔과 대검을 방패처럼 세워 들고 정중선— 몸의 급소를 지키는 자세로 돌진했다.

급소는 완전히 가려졌다. 이래서야 어디를 총으로 쏴도 리엘은 멈추지 않으리라.

한 발쯤 총알을 맞는 건 각오한 바. 즉사하지만 않는다면 그대로 반격해서 글렌의 몸을 양단. 그것으로 끝.

이 상황으로 몰아넣은 것은 리엘이 아닌 글렌이었다.

그리고 이 전개 또한 글렌이 예상했던 대로였다.

리엘은 눈치챘다.

그녀를 향해 달려오는 글렌의 오른손에 총이 없다는 사실을—.

'어? 총이 어디로……'

리엘이 그렇게 생각한 순간—.

관자놀이에 격렬한 충격을 느끼며 시야가 세차게 흔들렸다.

"아, 윽?!"

그 예상하지 못한 충격에 리엘의 다리가 멈추고 몸이 휘청거렸다.

'뭐지?! 설마……!'

리엘은 시야 한구석에서 바닥을 구르는 권총을 보고 상황을 깨달았다.

조금 전에 글렌이 보인 총구를 옆으로 크게 돌리는 자세. 그건 리엘을 조준하기 위한 동작이 아니었다.

놀랍게도 글렌은 그대로 권총을 집어 던진 것이었다.

게다가 특수한 회전을 넣은 탓에 부메랑처럼 곡선을 그리면서 날아간 권총은 믿을 수 없는 각도로 리엘의 관자놀이를 강타했다.

리엘의 방어는 직선적인 권총의 조준은 막을 수 있었지만, 옆으로 크게 곡선을 그리며 날아오는 물체의 궤도까지는 감당할 수 없었던 것이다.

그리고 리엘에게 쏜 총알은 총 네 발. 글렌의 총에 장전할 수 있는 건 총 여섯 발. 그녀로서는 아직 총알이 남아있는 총을 던진다는 건 상상조차 할 수 없는 일이었다.

만약 조건이 하나라도 부족했다면 리엘은 그 상식을 벗어난 동물적인 직감으로 권총의 일격을 피해냈으리라.

"큭! 으윽!"

관자놀이에 타격을 입고 리엘이 비틀거린 건 한순간—.

고작 한순간. 하지만 한순간.

글렌은 그 한순간의 빈틈을 찔러서 리엘의 품 안으로 파고들었다.

"아…… 글렌?!"

글렌은 바닥을 박차며 달리는 기세를 실어서 리엘에게 몸통박치기를 먹였다. 충격으로 두 사람의 몸이 뒤로 날아가자 글렌은 공중에서 리엘의 양손을 붙잡았다.

그리고 몸 위에 올라탄 자세로 바닥에 깔아뭉갰다.

"큭?! 쿨럭!"

낙법도 제대로 취하지 못하고 등부터 바닥에 내동댕이쳐진 리엘은 폐 속의 공기를 단숨에 토해내며 한순간 호흡곤란 상태에 빠졌다.

하지만 초조함은 없었다.

확실히 이 자세는 불리하지만 정면을 향하고 있으니 완력으로 어떻게든 구속을 풀어낼 수 있으리라. 양손이 막혔으니 어설트 스펠이 날아올 걱정도 없었다. 단숨에 그런 판단을 내렸지만 곧 글렌이 영창하던 주문의 정체를 깨닫고 아연실색했다.

"《·──율법의 저울은 우현으로 기울지어다》."

흑마 【그래비티 컨트롤】. 자신, 혹은 접촉한 물체의 중력을 조작하는 마술. 글렌은 남은 마력을 쥐어 짜내서 그것을 발동했다.

그가 조금 전부터 영창한 주문은 어설트 스펠이 아니었다.

리엘이 당황한 순간에는 이미 늦었다.

글렌의 주문이 효과를 발휘하자 리엘의 체중이 급속도로 증가했다.

그녀의 작은 몸을 짓눌러 터트릴 듯한 압도적인 질량이 엄습해왔다.

"나 원 참, 승률이 낮은 도박이었지만 간신히 성공한 모양이네……."

"큭! ……으윽!"

자신의 무게에 짓눌린 리엘은 완력으로 글렌에게서 달아나려 했지만─.

"소용없어. 널 누르고 있는 건 완력이 아니야. 단순한 중력이지."

글렌은 자신의 밑에서 막대한 질량에 괴로워하는 리엘에게 담담하게 말했다.

"인간의 몸이 뼈와 살로 되어 있는 이상 감당할 수 있는 무게에는 한계가 있어. 뼈의 장력(張力)을 넘는 중량을 드는 건 이론상 불가능해. 더 힘을 주면 네 뼈가 먼저 부러질 거다."

"……큭…… 아악! 아, 아파……! 팔이…… 아파……!"

리엘의 팔이 우두둑거리는 소리를 내기 시작했다. 그래도 글렌에게 벗어나려고 무거운 몸을 필사적으로 몸부림쳤다. 하지만 이젠 손가락과 다리를 조금이나마 움찔거리는 게 고작이었다.

"넌 진짜 터무니없는 녀석이야, 리엘."

글렌은 그런 리엘을 기가 막힌 얼굴로 내려다보았다.

"먼저 포석을 두고, 제삼자의 부주의한 개입을 기대하고, 빈틈을 찌르고, 의표를 찌르고, 숨겨둔 비장의 수단까지 쓰면서 낮은 확률에 도박을 걸어야…… 그렇게까지 해야만 겨우 사로잡을 수 있다니……."

《대, 대지여·내 말에 귀를——》.

"미안, 용서해라."

그런데도 포기하지 않고 주문을 영창하려는 리엘의 이마를 글렌의 머리가 내리찍었다.

"아윽……."

제아무리 리엘이라도 글렌의 인정사정없는 박치기는 통한 모양이었다. 이마에서 느껴지는 충격에 의식이 한순간 아득해지자 주문이 효력을 잃었다.

"얌전히 있어. 이야기 좀 해보자고. 이야기. 너한테는 꽤 중요한 이야기일걸~?"

그 순간―.

"리엘에게…… 내, 내 동생에게 무슨 짓을 할 작정이냐! 떨어져!"

리엘이 불리한 것을 본 『오빠』가 갈라진 목소리로 고함을 질렀다.

"시끄러! 넌 닥치라고, 이 짝퉁아!"

하지만 글렌은 그런 『오빠』를 분노가 담긴 시선으로 노려 보았다.

"네가 뭘 하려는 건지 알았다. 그 의식은 『Project : Revive Life』지?!"

"네, 네놈이 그걸 어떻게?!"

"『Project : Revive Life』…… 통칭 『Re=L 계획』. 오빠인 척하면서 이 녀석을 『리엘』이라고 부른 시점에서 넌 이미 검 다 못해 시꺼먼 짝퉁이라고! 리엘한테 쓸데없는 말 좀 불어 넣지 말고 짜져 있어!"

"헉…… 네, 네놈…… 대체 어디까지……?"

『오빠』는 몸을 떨고 경악하면서 뒷걸음질을 쳤다.

그리고―.

"……뭐? ……『Project : Revive Life』? ……『Re=L 계획』?"

그 부자연스러운 태도는 제아무리 리엘이라도 간과할 수 없었다.

"……어, 어째서 …… 내 이름이 나오는 거야?"

뭔가 무서운 진실을 예감하며 리엘은 떨리는 눈으로 글렌을 올려다보았다.

"저기, 글렌…… 그게 무슨…… 뜻이야?"

"……『시온』."

"어?"

글렌이 갑작스럽게 내뱉은 말에 리엘은 당황했다.

"네 기억 속에 있는 오빠의 이름은 『시온』이야. 2년 전에 하늘의 지혜 연구회의 손아귀에서 동생을 구하기 위해 제국 궁정 마도사단에 망명을 타진했지만, 결국 조직이 배신자로서 숙청한— 희대의 천재 연금술사였지."

"……『시온』……?"

시온. ……분명 『Project : Revive Life』를 완성했다고 일컬어지는 연금술사의 이름.

왜 그 이름이 지금 여기서 나온 걸까.

하지만—.

오빠의 이름은 시온. 오빠의 이름은 시온. 오빠의 이름은 시온.

…….

……그래. 기억났다.

시온.

……내 기억의 공백에 딱 맞물리는 단어는 바로 그거였다.

어째서 지금까지 떠올리지 못한 것일까.

친숙한 그 단어가 기억의 공백에 딱 들어맞은 순간—.

리엘의 머릿속에 지금까지 없었던 기억이 갑자기 되살아
났다.

머릿속에 떠오른 그 기억은—.

제9장 진실, 그녀가 바라는 것

—기억이 돌아왔다.

지금까지 기억을 군데군데 가리고 있던 하얀 안개가 날아가고 흑백이었던 영상이 색채를 되찾는 동시에 서서히 선명해졌다.

——.

—그 날.

나는 오빠와 오빠의 친구가 나누는 대화를 문틈 사이로 몰래 듣고 있었다.

딱히 처음부터 훔쳐볼 생각은 없었다.

다만, 어쩐지 두 사람 사이에 끼어들만한 분위기가 아니었을 뿐.

"아하하하하! 봐, □온! 성공이야! 우리가 그 『Project : Revive Life』를 완성해낸 거야! 아하하하하하하하하하하하하!"

"……라□넬."

두 사람 앞에는 묘한 약체가 가득 찬 유리 원통이 있었다.

나는 그 안에 들어있는 존재를 보고 경악했다.

"······어? 나······?"

유리 원통 안에 잠든 것처럼 떠 있는 소녀의 모습은······ 모든 게 나를 똑 닮아 있었다. 다만 머리카락 색은 달랐다. 내 머리카락은 타오르는 듯한 **붉은색**— **오빠와 같은 색**이었다. 하지만 유리 원통 안에 있는 소녀의 머리카락은 **담청색**······.

"시□! 네 동생인 일루시□의 『진 코드』로 생성한 소체에 일□시아가 찬 팔찌를 통해 수시로 전송된 인격과 기억 데이터, 『아스트랄 코드』를 통합해서— 마침내 그 전설의 『Project : Revive Life』를 이렇게 완성해낸 거라고!"

어? 팔찌?

나는 오빠가 준 팔찌를 쳐다보았다. 이 팔찌는 대체······.

저 파란 머리의, 나를 똑 닮은 여자애. 팔찌. 『아스트랄 코드』.

설마······ 저게 오빠가 말했던 『Project : Revive Life』······?

한편으로 오빠의 친구는 지금껏 본 적 없을 정도로 크게 흥분한 모양이었다.

"『Project : Revive Life』의 약칭은 『Re=L 계획』이잖아?! 그래서 난 이 **일루시아**의 복제품에 초기설정으로 『**리엘**』이라는 이름을 붙여봤는데······ 어때? 제법 좋은 센스지? **시온!**"

"**라이넬**······."

영문을 알 수 없어 당황하는 내 눈앞에서 오빠— 시온은 침통한 표정으로 중얼거렸다.

"이제 이런 건 그만두자. 용서받을 수 있는 일이 아니야. 이 아이를 만드는데 대체 얼마나 많은 무관계한 사람이 희생됐다고 생각하는 거야. ……아무리 조직의 명령이라지만 우리가 저지른 짓은 인간으로서 용서받지 못해. 죄를 지었으면 그 대가를 치러야겠지."

"……시온?"

오빠의 친구— 라이넬은 의아한 눈으로 오빠를 쳐다보았다.

"그보다, 라이넬. 같이 이 조직을 빠져나가자."

"……뭐?"

"사실 조직을 빠져나갈 계획을 세워뒀어. 제국 궁정 마도 사단의 글렌 씨라는 사람이 창구 역할을 맡아서 제국으로 망명할 준비를 진행 중이야. 이 『Project : Revive Life』를 연구하는 과정에서 생긴 죄는 전부 내가 대신 받기로 했고, 너와…… 일루시아는 자유롭게 살아줬으면 해."

"시온, 너……."

"……일루시아를 잘 부탁해. ……자, 바빠지겠네. 이제부터 조직의 눈을 속이려면……."

"조직을 빠져나가겠다고? 제국으로 망명……? 웃기지 마…… 웃기지 말라고! 시온!"

별안간 라이넬이 화를 내기 시작했다.

"『Project : Revive Life』를 완성했잖아! 이게 얼마나 큰 위업인지 알기나 해?! 이젠 조직도 쓰레기 취급을 했던 우리를 다시 평가할 거야! 이건 기회야! 위로 올라갈 기회라고! 제1단 《문》에서 어뎁터스 오더로 오를 기회! 아니, 이대로 우리가 연구를 계속 진행하면 헤븐스 오더도 꿈이 아니야! 그 위대한 대도사님의 눈에 드는 것도 불가능은……."

"그, 그게 무슨 소리야? 라이넬……!"

뭔가에 도취된 듯한 친구의 말에 오빠는 당황을 감추지 못하고 입술을 떨었다.

"너, 어떻게 된 거 아니야?! 이 연구가 얼마나 많은 죄 없는 사람들의 시체 위에 성립한 건지…… 너도 잘 알잖아?! 이 연구는 세상에 존재해서는 안 돼! 폐기해야―."

그 순간이었다.

푹, 하고 둔탁한 소리가 들린 것은―.

"……라, 라이넬?"

오빠의 입가에서 피가 흘러내렸다.

"그렇군. 시온…… 넌…… 조직을 배신하겠다는 거구나?"

라이넬이 오빠의 왼쪽 가슴에 박힌 단도를 뽑았다.

그러자 오빠는 피를 뿜으면서 실이 끊어진 인형처럼 그 자리에 쓰러졌다.

"오빠?!"

나는 그 광경을 보고 반사적으로 문을 열어젖히며 오빠에게 달려갔다.

"오빠?! 오빠! 오빠! 정신 차려! 오빠!"

"……이, 일루시아? 미, 미안, 하구나……. 나, 나는……."

흐른다. 피가 흘러내린다. 심장의 고동에 맞춰서 엄청난 기세로 피가 흘러내렸다. 멈추지 않았다.

이건…… 명백한 치명상. 치명상에는 치유 마술이 통하지 않는다.

"아…… 아아아…… 아아아아아…… 오, 오빠……."

"아아…… 일루시아. 너, 있었던 거냐……."

동요하고 당황해서 멍청하게 그 상처를 손으로 막으려는 생각밖에 못 한 내 뒤로 라이넬이 다가왔다.

나는 상심 상태로 아무것도 할 수 없었다.

"넌…… 이제 필요 없어. 네 『진 코드』는 이미 채취했고 전투 기능 데이터도 『아스트랄 코드』로 변경이 끝났으니까. 당연히 이 『리엘』에도 복사했으니 널 대신할 건 얼마든지 만들어낼 수 있어. 흠, 내가 시온을 죽인 걸 다른 사람이 알면 골치 아파질 테니…… 너도 여기서 잠들어라."

칼날이 바람을 가르는 소리가 뒤에서 들려왔다―.

――.

―정신을 차린다.

"뭐야…… 지금 그게……."

리엘은 덜덜 떨면서 중얼거렸다.

"왜 다들…… 날 일루시아라고…… 일루시아가 누구지?"

리엘이 날뛰지 않을 거라고 판단한 글렌은 중력 조작 마술을 풀고 그녀 위에서 일어났다.

하지만 리엘은 위를 향해 누운 채 그저 몸을 떨기만 할 뿐이었다.

"저기…… 글렌……. 지금…… 뭐야……? ……이건 대체 뭐야?"

"글쎄다? 네가 무슨 기억을 떠올렸는지 내가 어떻게 알겠냐. 어차피 변변찮은 기억이겠지만."

글렌은 그래서 될 수 있으면 이 방법은 쓰고 싶지 않았다며 작게 혀를 찼다.

"……그런…… 그 파란 머리의 여자애…… 어째서…… 내 기억 속에 내 모습이? 이건 마치……."

자신의 머릿속에 타인의 기억이 있는 것 같다.

그런 말이 목구멍까지 치솟자 글렌이 더듬거리며 이야기를 풀어놓기 시작했다.

"2년 전에 나와 알베르트는 하늘의 지혜 연구회가 운영하는 어떤 연구 시설을 강습했어. 그 지부에 있던 시온이라는 이름의 내통자로부터 갑자기 연락이 두절되었기 때문이지. 그리고 도중에 **일레세의 대삼림에서 시온의 여동생인 일루시아를 발견**. 하지만 누군가에게 빈사의 중상을 입은 그녀는 이미 손 쓸 방법이 없었고…… 곧 숨이 끊어지고 말았지."

"……."

"그리고 나는 그 연구소 지부에서 시온의 유체를 발견하는 동시에, 유리 원통에 담긴 어떤 소녀를 비밀리에 회수하고 보호했어. 그 소녀는 일루시아의 『아스트랄 코드』……즉, 일레세 대삼림에서 일루시아가 숨이 끊어지기 직전까지의 기억을 이어받았고…… 자신의 이름을 『리엘』이라고 말하더군."

요컨대 그건, 즉—.

"이제 알겠지? 리엘. 네 정체는…… 『Project : Revive Life』의 세계 최초의 성공 사례. 시온의 동생인 일루시아의 『진 코드』에서 연금술로 육체를 연성했고, 그녀의 기억 정보…… 『아스트랄 코드』를 이어받았을 뿐인 마조(魔造) 인간…… 시온의 동생 일루시아와는 본질적으로 완벽한 타인이야."

"……아…… 아……."

"진정한 의미에서 네 오빠는…… 존재하지 않아. 존재할리가 없어."

"거……거짓말…… 그런 건…… 거짓말이야……."

비틀비틀. 휘청휘청.

리엘은 발밑이 무너져 내리는 듯한 감각을 애써 견디면서 간신히 일어섰다.

"거짓말인지 아닌지…… 이미 너도 알잖아? 거짓말이라고 생각하는 녀석이 그런 얼굴을 하겠냐. 아마 시온이라는 단어를 키워드로 삼아 되살아난 네 기억은—."

"시…… 시끄러! ……시끄러시끄러시끄러!"

그리고 마지막 보루에 매달리는 패잔병처럼 『오빠』를 돌아보았다.

"오, 오빠…… 거짓말이지……? 오빠는…… 내 오빠고…… 오, 오빠가 누군가에게 살해당한 그 기억은…… 착각인 게……."

"음~ 역시 내 가장 큰 실패는 말야."

하지만 그 『오빠』는 당돌하게 말투를 바꾸었다.

"그날 안이하게 시온을 죽여 버린 걸 거야."

"……어? 오, 오빠……?"

"내가 구상한 프로젝트의 술식은 시온이 손을 대면서부터 어느새 그 녀석의 오리지널이라고 부르는 개념으로 변질되고 말았으니까 말야. 시온이 없으면 프로젝트를 재현할 수 없다……. 나중에 그 사실이 판명됐을 때는 진짜 간담이 다 서늘하더라. 하핫, 일이 잘 풀리지 않을 때는 끝까지 잘 안 풀리더라고."

"저기…… 오빠? 그게…… 대체, 무슨 말……."

리엘은 질문하다가 숨을 삼켰다.

『오빠』는 마치 쓰레기를 보는 듯한 눈으로 자신을 냉랭하게 바라보고 있었다.

"야, 리엘. 이거 알아? 인간의 기억을 봉인하거나 날조하는 건 상상하는 것보다 훨씬 더 어려운 일이다? ……바꾼 기억과 현실이 맞물리지 않거나 봉인한 기억이 그걸 떠올릴 만한 계기를 만나면 갑자기 풀리는 둥…… 인간의 뇌라는 건 아주 간단히 기존의 인식을 수정해 버려."

"오……오빠……?"

"그래서 난 말투를 시온처럼 고치고 최대한 남매처럼 보이려고 머리카락까지 파랗게 물들여서 너에게 맞췄는데…… 역시 눈속임에 지나지 않았나 보네."

"지, 지금 무슨 말을 하는지 모르겠어……. 오빠……."

리엘은 그 말의 의도를 헤아리지 못하고 계속 당황했다.

"아니, 그러니까…… 넌 『시온』의 동생인 『일루시아』의 인격과 기억을 이어받은 복제품이잖아? 그러니 내가 시온을 죽인 기억을 어떻게든 하지 않았으면 넌 분명 내 말 같은 건 안 들었겠지?"

"뭐……?"

"백마술의 기억 조작 술식 계통에는 『키워드 봉인』이라는 수법이 있어. 어떤 키워드를 기점으로 그것과 관련된 주변 기억을 봉인하고 날조하는 방법인데…… 난 그 키워드로 『시온』을 설정한 거야."

"……으……아…… 아아…… 아아……."

즉, 지금까지 부자연스러울 정도로 오빠의 이름이 떠오르지 않았던 것은—.

"2년 전 그날, 조금만 더 시간을 들여서 네 『아스트랄 코드』— 기억 정보를 조정했다면, 네 안에 있는 오빠를 완전히 나로 바꿔치기해서 나에게 불리한 사실을 전부 말소할 수 있었겠지. 넌 내 『동생』으로서 완벽한 장기 말이 될…… 예정이었어. 하지만……."

『오빠』는 증오가 담긴 표정으로 글렌을 노려보았다.

"조금만 더 시간이 있었으면 완성됐을 참에…… 제국 궁정 마도사단이…… 그래. 기억났어. ……네가…… 네가…… 온 거야, 글렌 레이더스! 네가 그때의 마도사였어! 네가 나의 리엘을 제멋대로 가져간 거야!"

"……역시 그랬군. 그렇다는 건 네가…… 라이넬인가?"

"웃?!"

경악한 리엘의 눈이 크게 벌어졌다.

"2년 전 그 외법(外法) 연구소를 나와 알베르트가 무너트렸을 때 시온과 프로젝트를 공동으로 연구한…… 시온이 일루시아와 함께 조직에서 빼내달라고 부탁했던 라이넬이라는 남자만 마지막까지 행방을 찾지 못했어. ……네가 그 라이넬이지?"

"나 원 참, 거기까지 꿰뚫어 본 건가. 과연 전 궁정 마도사님이라고 해야 하나?"

청년— 라이넬은 어렴풋이 서늘한 미소를 지으며 글렌과 리엘을 흘겨보았다.

"그건 그렇고 너, 용케도 『시온』이 키워드라는 걸 눈치챘네?"

"흥, 이 녀석의 언동을 잘 관찰하면 금방 알 수 있는 사실이니까. 오빠의 이름을 기점으로 변변찮은 기억이 봉인됐다는 사실 정도는."

"이거 참, 터무니없는 조커가 있었군. 『일루시아』의 오빠 이름이 『시온』이라는 걸…… 설마 그쪽 인간이 알고 있었을 줄이야."

라이넬은 어깨를 움츠리면서 한숨을 내쉬었다.

"게다가 안이하게 초기 설정으로 프로젝트의 이니셜을 따서 『리엘』이라는 이름을 붙인 것도 실패였어. ……그 탓에 『아스트랄 코드』를 고쳐 써야 하는 부분이 쓸데없이 늘어나서 기억 재구성이 불완전하게 끝나고 말았지."

"……으, 아…… 아아아아……."

리엘은 뒷걸음질을 쳤다. 믿을 수 없는, 믿고 싶지 않은 현실을 직면하자 머리를 감싸 쥐고 뒤로 물러났다.

라이넬은 그런 리엘에게 뜨뜻미지근한 시선을 보내면서 웃었다.

"이번에 처음으로 그 고물과 접촉했을 때, 다시 장악하는 데 시간이 꽤 걸린 건 예상 밖이었어. 불완전했다고는 해도 기억의 재구축과 봉인은 2년 전에 어느 정도 끝냈으니까 바로 이쪽으로 빼내 올 수 있을 줄 알았거든. 그런데 어째선지 많은 시간이 걸려서…… 마침 글렌…… 네가 나타났을 때는 솔직히 간담이 다 서늘하더군."

"……고물? ……야, 너 말조심해."

글렌은 바닥에 떨어진 총을 주워들었다. 조용히 중얼거리듯 내뱉은 그 말 구석구석에 감출 수 없는 분노가 드러나 있었다.

"하하하! 무섭군, 무서워! 그렇게 노려보지 말라고."

하지만 처음으로 글렌의 모습을 봤을 때 겁을 집어먹었던 것과 달리 라이넬은 태연자약한 태도로 너스레를 떨었다.

"거짓말……이지? 오빠……."

한편으로 리엘은 그런 현실을 아직도 인정하지 못하고 라이넬을 오빠라 부르며 애원했다.

"물론 넌 소중한 『동생』이었어."

하지만 라이넬은 그런 리엘을 비웃듯 아무렇지 않게 말을 내뱉었다.

"하지만 이젠 필요 없어. **이 아이들이 있으니까.**"

"라이넬, 너어어어어어어어어어어!"

그 너무나도 무정한 말에 글렌은 빠른 목소리로 주문을 외웠다.

"《사나운 뇌제여·극광의 섬광으로·꿰뚫어라》!"

흑마 【라이트닝 피어스】가 글렌의 손끝에서 뻗어 나갔다.

허공을 가로지르는 번갯불이 정확히 라이넬을 향해 일직선으로 날아갔지만, 어느새 갑자기 끼어 들어온 그림자에 튕겨 나갔다.

"어?!"

글렌은 손가락을 내민 자세로 경악하며 굳어 버렸다.

라이넬을 지키려는 듯 나타난 세 개의 그림자.

그것은— 세 명의 리엘이었다.

옷은 검은 본디지 패션이지만 셋 모두 리엘과 완전히 똑같은 모습과 체격이었고, 그녀의 특기인 연금술로 연성한 대검을 들고 있었다.

그 대신 조금 전까지 안쪽 의식장에 있던 세 개의 수정석 기둥이 산산이 부서져 있는 게 보였다.

마치 악몽 같은 광경이었다.

"말도 안 돼! 『Project : Revive Life』가 성공했다고?!"

완전히 예상을 벗어난 사태에 글렌은 경악하며 눈을 부릅떴다.

"어떻게?! 그건 시온이 없으면 성립할 수 없는 오리지널이잖아?! 너, 대체 뭘 어떻게 한 거야!"

"하! 『어차피 네 힘으로는 무리다』……라고 생각하면서 깔보고 있었겠지? 바보 같은 놈!"

라이넬은 유쾌한 듯 「쿡쿡」 하고 일그러진 웃음을 지었다.

"먼저 말해두겠다만 이번에는 완벽해! 여하튼 쓸데없는 인격과 감정 따위는 사전에 『아스트랄 코드』에서 공들여 삭제했으니까! 나중에 또 기억을 조작해야 하는 성가신 일은 이제 사양이다! 이 아이들은 리엘의 엄청난 전투 기능만 이어받은 인형— 내 뜻대로 움직이는 나만의 꼭두각시 인형이야!"

"으, 아아…… 아아아……."

눈앞에 늘어선 말 그대로 인형 같은 세 명의 리엘 레플리카.

"으아아아아아아아아아아아아아아아아아아아아아아아!"

그녀들 앞에서 힘없이 바닥에 무릎을 꿇고 머리를 감싸 쥔 리엘의 이성이 결국 붕괴하기 시작했다.

"어때! 봤느냐, 글렌 레이더스! 이게 내 힘이다! 난 이 힘을 사용해 조직의 위로 올라갈 거다! 루미아라는 부품이 있으면 난 리엘을 얼마든지 만들어낼 수 있어! 한 마리를 만드는 데 인간의 영혼이 제법 많이 필요하지만, 그런 건 내 알바 아니지! 만들면 만들수록 난 강해질 테니까! 무한히 강해질 테니까! 이걸 최강이 아니면 뭐라고 부르지? 어디 말해 보시지, 글렌 레이더스! 아핫! 아하하하하하하!

글렌은 직감적으로 느꼈다.

저 녀석은 절대로 살려둬서는 안 되는 인종이다. 자신의 욕망을 위해 타인을 짓밟는, 살아있는 것만으로도 희생자가 기하급수적으로 늘어나는 『진정한 사악』.

당장 저 어두운 유열에 잠겨서 일그러진 바보 같은 낯짝을 어설트 스펠로 날려 버리고 싶었다.

하지만 리엘을 지키는 리엘 레플리카의 실력은 정말로 그 리엘과 동등한 모양인지 빈틈이 전혀 보이지 않았다. 리엘과 대치했을 때 느낀 중압감의 세 배. 아마도 인격과 감정을 배제한 만큼 기계처럼 목적에 순수하리라. 그 점이 더 두렵게 느껴졌다.

"하! ……리엘 하나를 상대하는 것도 한계였는데 셋을 동시에~? 이건 완전히 무리잖아……!"

글렌은 격렬한 분노와 동시에 얼버무릴 수 없는 초조함을 느끼며 긴장했다.

그리고―.

"가라! 내 꼭두각시 인형들아! 그 녀석들을 해치워!"

주인인 라이넬의 명령에 따라 세 명의 리엘 레플리카가 짐승 같은 민첩한 움직임으로 글렌과 리엘을 향해 달려들었다.

단숨에 육박한 리엘 레플리카 중 하나가 리엘의 눈앞에서 대검을 세워들더니 벼락같은 참격을 그녀의 정수리에 선사했다.

"아……."

하지만 리엘은 그저 멍하니 자신의 머리를 두 쪽으로 가르려는 검을 올려다보기만 했다.

"리엘!"

그 순간, 옆에서 달려든 글렌이 주먹으로 검날을 후려쳤다.

궤도가 벗어난 대검은 그대로 리엘의 바로 옆에 있는 바닥에 틀어박혔다.

"흐읍!"

글렌은 쉴 틈을 주지 않고 한 걸음 더 날카롭게 파고들었다.

고대 권투술 자세에서 이어지는 원투 콤비네이션. 그리고 질풍 같은 상단 돌려차기를 선사했다.

하지만 리엘 레플리카는 그 공격들은 전부 가볍게 피하며 뒤로 물러났다.

그리고 리엘 레플리카 중 한 명을 일시적으로 쫓아낸 글렌은 흐르는 듯한 움직임으로 리엘의 몸에 자신의 발을 걸더니―.

"으라차!"

"아앗?!"

그녀의 가벼운 몸을 방구석 쪽으로 굴려 버렸다.

그리고 즉시 바닥을 구르는 리엘의 따라서 도약한 뒤 그녀를 지키듯 등을 돌리고 멈춰 섰다.

"미안하다, 리엘. 적어도 공격해 오는 방향을 전방으로 한정하지 않으면 싸움조차 안 될 테니까."

확실히 구석을 등지고 싸우면 적의 공격이 오는 방향을 전부 시야 안에 넣을 수 있었다. 길고 거대한 검을 한정된 공간에서 휘두르는 건 불편할 테니 당연히 공격 패턴도 예상하기 쉬워지리라.

퇴로가 끊어진 게 치명적인 문제였지만. 이 일방적인 상황에서는 지극히 합리적인 선택이라 볼 수 있었다.

하지만 리엘이 이상하게 느낀 건…… 왜 글렌이 자신을 여기까지 데려왔느냐였다. 이래서는 마치 그가 자신을 지키려는 것 같지 않은가.

"멍청아. 같은 게 아니라 실제로 지키려는 거라고."

글렌은 리엘의 속을 들여다본 것처럼 말했다.

"나 원 참, 행실이 불량한 학생의 뒤처리를 하는 것도 교사가 할 일이니까 말이지~. 아아~ 귀찮구만 진짜! 역시 방구석 폐인이었던 백수로 돌아가고 싶어! 그냥 세리카의 등골을 빼먹으면서 살고 싶다고!"

글렌은 권투 자세를 취한 채 서서히 다가오는 세 명의 리엘 레플리카를 노려보면서 투덜거렸다.

'젠장, 유리한 위치는 점했지만…… 이건 임시방편에 지나지 않아. ……어쩌지?'

겉으로는 호들갑을 떨었지만 속으로는 냉정하게 상황을 파악했다.

적과 자신의 전력 차이를 분석했지만—

'……아~ 틀렸네, 이건. 외통수야.'

어떤 전략, 작전을 실행하건 일단 전투가 벌어지면 1분도 버티지 못할 거라는 사실을 절실하게 통감했다.

"……어째서?"

리엘이 그렇게 중얼거리는 것과, 리엘 레플리카들이 굶주린 늑대 같은 빠른 움직임으로 글렌에게 쇄도한 건 거의 동시였다.

"치잇!"

잇따라 날아드는 세 자루의 강검을 마력이 인챈트된 주먹으로 흘려냈다. 서로 격렬하게 맞부딪히는 주먹과 대검이 몇 번의 충격음과 불꽃을 터트리자 글렌의 몸이 비명을 질렀다.

리엘은 그런 그의 등을 향해 작고 가느다란 목소리로 질문했다.

"왜…… 나 같은 걸 지키려는 거야?"

글렌은 한일자를 그리는 참격을 몸을 굽혀서 피하고 이어서 내리치는 일격을 몸을 비틀어서 피했다. 세 명의 리엘 레플리카는 마치 교대하는 것처럼 연달아서 검격을 펼쳤다.

"왜, 냐고?! 시끄러 짜샤! 지금 널 상대할 틈이 없는 건, 보면 알잖아. 이 바보야아아아아!"

전방의 좌우에서 질풍처럼 달려오는 두 명의 리엘 레플리카.

글렌은 순간적인 판단으로 오른쪽 레플리카의 품에 파고들어 앞차기 카운터로 적을 날려 버렸다. 이어서 팽이처럼 회전하더니 왼쪽에서 달려온 레플리카도 뒤돌려 차기로 멀리 날려 버렸다.

"너, 그런 것보다, 서로 맞찌를 각오로 한 마리 해치울 테니까, 그 틈에 루미아를 데리고 도망쳐! 알베르트가 있는 곳으로 가!"

틈을 주지 않고 정면에서 날아온 레플리카의 육중하고 빠른 검격을 머리 위에서 양손으로 손뼉 치듯 붙잡더니, 그대로 박치기와 손바닥 치기를 연달아 날려 밀쳐냈다.

"내 말 들었어?! 알겠지? 대답은『예』말고는 안 들을 거다!"

왼쪽에서 서릿바람처럼 다리를 노리는 일격. 오른쪽에서 돌개바람처럼 목을 노리는 일섬.

글렌은 몸을 비틀며 가볍게 도약하고 공중에서 옆으로 회전했다. 그런 그의 몸 위아래로 바람의 칼날이 거칠게 스쳐 지나갔다.

"나한테는…… 아무것도 없는데……."

착지하는 것과 동시에 이번에는 세 레플리카가 일제히 공격을 시도했다.

그것을 몸놀림으로, 발놀림으로, 주먹으로 피하고, 튕겨내고, 막고, 흘려 넘겼다.

"시끄러, 바보! 내가 아무것도 없는 녀석을 일부러 지킬 리가 없잖아?! 난 쓸데없는 짓은 절대로 안 하는 주의라고!"

글렌은 찔러 들어오는 대검을 레프트 훅으로 쳐서 떨어트리며 고함을 질렀다.

주먹이 아프다. 뼈가 욱신거린다. 한계까지 혹사한 근육이 비명을 질렀다.

그래도 쉴 틈은 없었다.

덤벼드는 레플리카들의 공격은 마치 강철 태풍과도 같았다.

그것들을 글렌은 피하고, 피하고, 또 피해냈다.

"난…… 그저 인형일…… 뿐인데……."

왼쪽 레플리카의 검격이 빗나간 타이밍에 라이트 스트레이트로 카운터를 노렸다.

옆구리를 살짝 베였지만 주먹은 레플리카의 안면을 직격. 크게 뒤로 몸을 젖히며 날아갔다.

"인형이 그런 당장에라도 울 것 같은 얼굴을 할 리가 없잖아, 멍청아!"

하지만 방심했다. 그 빈틈을 노린 오른쪽 레플리카의 검풍이 글렌의 오른쪽 어깨를 쓸고 지나갔다.

인두로 지진 것 같은 감각과 동시에 오른팔에서 힘이 쭉 빠져나갔다.

레플리카는 이 기회를 노리며 글렌의 정면에서 검을 세워 들고 달려들었다.

"난…… 만들어진 존재……. 인간조차 아닌데……."

대상단에서 내려치는 중검을 글렌은 머리 위에 팔을 교차시켜서 막아냈다.

엄청난 충격이 몸 전체를 위에서 아래로 관통하자 자세가 무너졌다.

육박해온 두 번째 레플리카가 텅 빈 글렌의 몸통을 날카롭게 노렸다.

글렌은 허리를 비틀어서 벨트에 꽂은 권총으로 그 검격을 막았다.

그러자 거친 충격이 권총 너머로 내장을 인정사정없이 헤집었다.

"쿨럭?! 흥! 그게 뭐 어쨌다고! 아무리 생각해도 인간이 아닌 녀석은 내 주위에 제법 많거든?! 주로 세리카라든가, 세리카라든가, 그리고 또 세리카라든가아아아아아!"

글렌은 핏덩어리를 토한 후, 지긋지긋한 레플리카의 얼굴에 온 힘을 실은 펀치를 때려 박았다.

격렬하게 날아간 뒤 바닥을 튕기며 굴러가는 레플리카.

하지만 남은 두 번째, 세 번째 레플리카가 이어서 덤벼들었다.

"아, 젠장! 아프잖아! 이거 산재 보험 처리가 되려나……가 아니라! 넌 너잖아! 너 외에 그 누구도 아니라고! 그런데 뭘 그렇게 고민하는 거야!"

다시 눈앞으로 닥쳐든 두 개의 검무를 종이 한 장 차이로 아슬아슬하게 피했다.

하지만 반격에 나서지 못하자 두 개의 검이 다시 세 개로 늘어났다.

그리고 글렌은 조금씩, 조금씩 상처를 입었고 검풍에 붉은 핏방울이 섞이기 시작했다.

"글렌한테, 그런 심한 짓을 하고…… 반 애들한테도……

심한 말을 했는데⋯⋯."

"그럼 나중에 사과해! 그래도 뭐, 난 용서 안 할 거지만! 그거 무지막지하게 아팠다고! 열 받으니까 넌 나중에 볼기를 때려주마! 반드시 엉엉 울게 해주고 말겠어!"

으득.

대검을 완전히 흘려내지 못한 왼팔의 뼈가 거의 부러질 뻔했다.

"난⋯⋯ 태어난 의미를 모르겠어⋯⋯."

동요해서 생긴 빈틈을 노리고 날아온 검면이 옆구리를 때렸다.

갈비뼈가 몇 개쯤 나갔으리라.

"커헉⋯⋯?! 그래, 그래. 사춘기라 참 좋겠수다! 엿차!"

글렌은 왼손으로 권총을 뽑아 들고 손잡이 밑바닥으로 레플리카의 머리를 세게 후려쳤다.

"의미 따윈 없다고, 멍청아! 다들 그런 거야!"

그대로 권총을 던져버린 글렌은 머리를 맞아서 한순간 비틀거리는 레플리카의 품속으로 단숨에 뛰어들었다.

팔과 멱살을 잡고 다리를 거는 동시에 왼발을 축으로 회전. 업어치기다.

"이 기억은, 내 기억이 아니야⋯⋯. 다른 사람의 기억인데⋯⋯."

"그럼 미래를 위해 살아!"

던진 레플리카의 몸에 휩쓸린 다른 레플리카가 그대로 바닥에 넘어졌다.

하지만 세 번째 레플리카는 그걸 피하고 다시 검을 세워 든 채로 글렌에게 돌진했다.

"그치만 난 오빠를 위해서만 살아왔는데…… 사실 오빠 같은 건 처음부터 없었으니…… 이제 뭘 위해서 살아야 할지……."

등골을 스치는 오한에 글렌은 재빨리 몸을 뒤로 물렸지만 검끝이 스치고 지나갔다. 왼쪽 어깨에서 오른쪽 허리까지 검상이 새겨지며 피가 안개처럼 튀었다.

"적당히 좀 해! 아까부터 듣고 있자니 자신의 존재가치와 행동원리를 남에게 의존하는 듯한 말만 지껄이고! 조금은 네 머리로 생각해봐! 스스로!"

글렌은 흘러내리는 피를 손바닥으로 가득 받아서 앞으로 뿌렸다.

레플리카의 눈에 피가 묻자 바로 거리를 좁혀서 오른쪽 주먹으로 후려쳤다.

이미 한계를 넘은 오른손이 소리를 내며 망가지기 시작했다.

"정말로 너한텐 아무것도 없는 거야?! 정말 텅 빈 인형이냐고! 루미아와 하얀 고양이…… 그 녀석들과 함께 지내면서 아무것도 못 느꼈어?! 아무것도 바라는 게 없었던 거야?!"

거의 부러진 왼팔과 망가지기 시작한 오른손으로 잇따라

날아드는 참격을 쳐내고, 쳐내고, 또 쳐냈다.

그러면서 글렌은 피를 토하듯이, 아니. 실제로 피를 토하면서 등 뒤에 있는 리엘을 향해 고함을 질렀다.

"그딴 소리 하지 마! 아무것도 없는 녀석은 절망 따위 안 해! 그 절망은 네가 한 명의 인간으로서 살아있다는 증거라고!"

제대로 피하지 못한 일격이 글렌의 오른쪽 허벅지를 베었다.

뼈가 보일 정도로 살이 갈라지며 절단된 혈관이 성대하게 피를 쏟기 시작했다.

"으라아아아아아아아아아아아아아!

마침내 다리까지 당하고 만 글렌이 자포자기하며, 피가 철철 흐르는 오른쪽 다리로 날린 선풍 같은 돌려차기가 레플리카의 연수를 정통으로 찍었다.

그 레플리카는 성대하게 바닥에 쓰러졌지만 이것으로 오른쪽 다리가 완전히 망가졌다.

"자신이 소중하다고 생각하는 것을 위해서 살아! 의미라든가, 자격이라든가, 이유라든가— 바보 주제에 모자란 머리를 쥐어 짜내서 그럴듯한 말을 지껄이지 마! 세계는 네가 생각하는 것보다 훨씬 단순하다고!"

글렌은 균형을 잃고 바닥에 오른쪽 무릎을 꿇었다.

하지만 쉴 틈은 없었다.

레플리카들이 덤벼든다.

이제 왼쪽 다리로밖에 서 있을 수 없는 글렌의 움직임은 눈에 보일 정도로 굼떴다.

적은 용서 없이 글렌의 몸에 상처를 새기고, 새기고, 또 새겼다.

그래도 그는 레플리카들에게 맞섰다.

남은 신체 기능을 최대한 혹사해가며 계속 싸웠다.

결국, 글렌은 마지막까지 리엘의 앞을 지키고 섰다.

"잘 들어, 한 번 더 말해주마! 자신이 소중하다고 생각하는 것을 위해서 살아, 리엘! 넌 인형 같은 게 아니야! 인형 따위를 위해서…… 내가 이렇게까지 할 것 같아?! 슬슬 눈치 좀 채라고, 이 바보 자식아아아아아아아!"

방 안에 메아리치는 글렌의 영혼이 맺힌 절규. 고작 공기의 진동에 불과한 소리의 나열인데도 사무치게 피부와 마음으로 느껴지는 압도적인 열기.

―욱신.

그런 글렌의 포효에 리엘의 영혼이 뒤흔들렸다.

완고하게 얼어붙어 있던 그녀의 마음을 그 열기가 천천히 녹여주었다.

"으극…… 으아…… 아아아, 아……."

리엘의 눈가에서 눈물이 뚝뚝 흘러내리기 시작했다.

눈앞에서는 만신창이인 글렌을 향해 세 명의 레플리카가 검을 세워 들고 달려들었다.

하지만 이미 육체의 한계를 맞이한 글렌은 옴짝달싹도 하지 못했다.

"나, 나는……."

대체 무엇을 위해서 사는 걸까. 뭐가 하고 싶은 걸까. 오빠를 잃고, 자기 자신을 잃고, 마음을 기댈 곳을 전부 잃고 갑자기 홀로 공허하게 남겨져 버린 나. 이제 남은 건 아무것도 없는데…… 그런데 난 무엇을 위해 살아가야 할까.

마음속 깊은 곳을 솔직하게 들춰본다. 이제 허식은 필요없었다. 논리도 필요 없었다.

과거에 대한 집착도, 죽은 오빠에 대한 마음도, 비탄도, 절망도…… 지금은 관계없었다.

그러자— 답은 금방 나왔다. 글렌이 말한 대로 의외로 단순했다.

바라건대, 이뤄질 수만 있다면—.

루미아와, 시스티나와 다시 함께 있고 싶었다.

다시 반 아이들과 함께 놀고 싶었다.

"아……."

그렇다. 이제 와서야 확실히 알았다. 마술학원에 들어간 후부터 줄곧 느끼고 있었던 그 영문을 알 수 없는, 답답하지만 어딘지 모르게 따스했던 신비한 감각의 정체를…….

나는— 그 두 사람과 함께 있는 게— 즐겁고 기뻤던 거다.

반의 떠들썩한 공기가— 어딘지 모르게 쑥스럽고— 기분

좋았던 거다.

마술학원에서 보낸 나날은 줄곧 어둠 속에서 살아왔던 나에게 햇살처럼 눈부시고 유쾌한, 그 무엇과도 바꿀 수 없는 나날이었던 거다.

그런데 왜 나는 그 반짝이는 보석 같은 일상에서 등을 돌리고 만 것일까.

"……아…… 아, ……아…… 아아……."

흐른다. 흘러내린다. 내 눈가에서 하염없이 뜨거운 눈물이 흘러내리며 뺨을 타고 떨어졌다.

나는— 돌이킬 수 없는 짓을 저지르고 말았다.

이제 난 루미아와 시스티나의 곁에 있을 수는 없지만…….

반 아이들과 함께 있을 수는 없지만…….

그래도 루미아와 시스티나가 슬픈 표정을 짓는 건 진심으로 싫었다.

그 반에서 떠들썩한 웃음소리가 사라지는 게 진심으로 싫었다.

글렌이 죽는다면— 분명 그렇게 되리라.

싫어. 싫어. 싫어.

가슴이 찢어질 듯한 슬픔과 후회도 지금은 상관없었다.

그것만큼은— 그것만큼은 절대로—!

"……으."

그리고 리엘의 몸이, 납덩이처럼 무겁게 힘을 잃었던 몸이 움직였다.

마음속에서 샘솟는 격정이, 몸속 깊은 곳에서 타오르는 정열이 서서히 리엘의 사지에 힘을 나눠주고 영혼에 생명의 등불을 밝혀주었다.

"으아아아아아아아아아아아아아아아아아아아아!"

그 움직임은 그야말로 한 줄기 강풍과도 같았다.

리엘은 포효를 내지르며 검을 쥐고 일어나는 것과 동시에 잔상조차 남지 않는 신속한 동작으로 도약했다.

움직일 수 없게 된 글렌을 태풍의 눈으로 삼으며 거친 폭풍이 된 리엘이 휘몰아쳤다.

찰나에 나부낀 참격은 셋.

그것만으로, 고작 그것만으로—.

글렌을 궁지에 몰아넣었던 세 명의 레플리카는 성대하게 피로 꽃을 피우며 추풍낙엽처럼 날아갔다.

그저 인간의 악의로 태어났을 뿐인 그 덧없고 슬픈 삶에 막을 내렸다.

너무나도 갑작스러운 전개에 경악한 표정으로 굳은 라이넬을 무시한 리엘은, 글렌의 등을 지키듯이 서서 검을 마지막까지 휘두른 자세로 조용히 생각에 잠겼다.

'……미안. 내 동생들.'

자신과 같지만, 자신과 다르게 유일무이한 자아를 부여받지 못한 자신들.

'제멋대로지만…… 내가 너희들 몫까지 살아갈 테니까.'

리엘은 살며시 눈을 감고 이름 없는 동생들에게 묵념을 바쳤다.

'……안녕.'

그리고 마지막 한 방울의 눈물이 리엘의 뺨을 타고 흘러내렸다.

…….

"……체크 메이트다."

알베르트는 나이프 투척을 반복하던 손을 멈추더니 별안간 그렇게 중얼거렸다.

"호오? 그게 무슨 뜻이지?"

버크스는 비웃으면서 질문했다.

"알면서 묻지 마라. 네놈은 이제 끝이라고 말한 거다."

그 목소리에는 허영도, 도발도, 자만도, 방심도 없었다. 단지 뒤집을 수 없는 엄연한 사실이기에 그렇게 선언한 듯한 말투였다.

버크스는 그 점이 참을 수 없이 우스웠다.

"호오호오, 난 끝인 건가! 그래! 그런가!"

아무래도 저 알베르트라는 남자는 조금 전까지 몰래 나이프로 벌인 마술적인 잔재주를 이제야 완성해낸 모양이었다.

"어떻게 끝을 내겠다는 거지? 허허, 젊은이들이 가끔 내

비치는 엉뚱한 발상은 이 굳은 머리로는 전혀 따라갈 수가 없군…… 오오, 무섭구나. 무서워."

버크스는 주위를 훑어보았다.

방 여기저기에 흩어져 있는 나이프. 언뜻 무질서하게 보이지만…… 날이 향하는 방향, 위치, 숫자 그 모든 것에 마술적인 의미가 숨겨져 있었다.

그런 나이프들로 구축한 술식의 정체는 흑마의(黑魔儀) 【리스트릭션】— 구속 결계였다. 이 의식 마술이 발동하면 버크스는 이 방 어디에 있건 상관없이 모든 행동을 마술적으로 제한받게 되리라. 용케 이 정도의 술식을 아무 의미도 없이 던진 것 같은 나이프만으로 완성해냈다. 이것만큼은 칭찬해줄 만 했다.

'……하지만 아직 어수룩하군. 투견!'

적의 속셈을 간파했으면 그걸 역수로 취하는 것이 마술사의 정석이다. 버크스는 나이프 투척에 우롱당하는 척하면서 몰래 알베르트의 술식에 개입해 효과를 변경했다.

'네가 이 【리스트릭션】을 발동한 순간 자유를 뺏기는 건 이 몸이 아니라 너 자신이다, 투견! 주문 효과가 술자 자신에게 영향을 미치도록 식을 변경했으니까 말이지! 네놈은 눈곱만큼도 눈치채지 못했겠지만 말이다!'

그 증거로 버크스가 몰래 나이프의 【리스트릭션】을 개변해도 알베르트는 변함없이 결계 구축을 진행했다. 버크스의 의도를 눈치챘다면 뭔가 반응이 있었으리라.

'자, 써라! 【리스트릭션】을 발동하는 거다! 그때가 바로 네 놈의 자신감으로 가득한 건방진 낯짝이 무참하게 무너질 때다! 자! 자! 어서!'

상대의 움직임을 봉인하려고 하다가 반대로 자신이 함정에 빠졌을 때 저 알베르트라는 남자가 보일 굴욕과 절망의 표정.

버크스는 그 순간을 군침이 날 정도로 기다리면서 왜곡된 기대감이 가득한 눈으로 알베르트를 내려다보았다.

"네놈은 뭔가 착각을 하는 모양이다만……."

하지만 알베르트는 주문을 영창하지 않고 나이프를 천천히 머리 위로 올려 들었다.

"뭐, 상관없겠지."

그리고 그대로 투척했다.

그 한 수는 지금까지의 투척과는 비교도 되지 않았다.

온몸의 탄력을 이용해서 모든 힘을 쥐어 짜낸 건곤일척의 한 수.

빠르고, 날렵하고, 날카롭고, 무거운 시퍼런 섬광이 글자 그대로 공기를 가르며 날아갔다.

"커어어어어억?!"

나이프는 노린 대로 정확히 버크스의 목에 깊숙이 박혔고, 버크스는 몸을 크게 뒤로 젖힐 수밖에 없었다. 목에서 뿜어져 나온 피가 허공을 안개처럼 수놓았다.

"커헉?! 쿨럭?! 이, 이게 무슨……!"

이 상황에서 또 나이프 투척? 버크스는 알베르트의 의도를 전혀 읽을 수가 없었다.

"……충고하겠다만."

알베르트는 당황하는 버크스에게 사신 같은 목소리로 선고했다.

"죽고 싶지 않으면 그 나이프는…… 뽑지 않는 편이 좋을 거다."

"무슨, 바보 같은 소릴……!"

버크스는 분노를 담아 자신의 목에 박힌 나이프를 단숨에 뽑았다.

"쿨럭! 바보 같은 놈…… 이 몸의…… 쿨럭! 쿨럭! 컥!『재생 능력』을…… 잊었, 콜록! ……느냐?! 이 정도의 상처는…… 쿨럭! 쿨럭! ……바로…… 나을 거다……!"

버크스의 목에서 피가 성대하게 흐르기 시작했다. 알베르트가 날린 나이프의 일격이 경동맥을 완전히 절단했기 때문이다.

하지만 이 정도의 상처라면 마약으로 얻은 초 회복 능력으로 금세 재생될 터. 아무 문제도 없었다. 있을 리가 없었다. 실제로 지금까지는 그러했다.

"커, 크하하하! 쿨럭! 자, 봐라…… 바로…… 재생……."

그러나—.

"재생…… 재생이? 상처가…… 재생……."

분수처럼 흐르는 피는 멈출 줄 몰랐다.

"……커헉?! 쿨럭! 재생이……?! 재생이 안 되잖아아아!"

결국, 상처가 재생되는 일은 없었다.

"으아아아아악! 커헉?! 어째서냐아아아아! 히이이이익?!"

버크스는 광란에 휩싸였다.

흐르는 피를 막으려고 목을 필사적으로 누르며 악을 쓸
수밖에 없었다.

"네놈도 뭔가 묘한 잔재주를 부린 것 같다만…… 아무래
도 그 예상이 빗나간 모양이로군."

"네, 네놈?! 쿨럭! 대체, 무슨 짓을 한 거냐아아아아아아!
이능력에 마술이 간섭할 수 있을 리가 없는데!"

"아직도 이해하지 못한 건가. 뭐, 좋다. 네놈의 그 성가신
『재생 능력』은 약물의 효과로 얻은 거라고 했지?"

알베르트는 진심으로 별것 아니라는 듯 말을 내뱉었다.

"시시하군. 그럼 그 약물을 전부 빼내면 될 것 아닌가."

"……뭐라고?"

"흘러나온 피는 그 『재생 능력』이라는 걸로 바로 보충되겠
지만 피에 녹은 약의 농도까지는 회복할 수 없겠지. 약물에
의한 능력 강화는 혈중 약물 농도가 일정 수치까지 떨어지
면 효력을 잃는다. ……지극히 상식적인 이야기라고 생각한

다만."

"그…… 그럴 수가?!"

확실히 듣고 보니 바로 조금 전까지는 자유자재로 다룰
수 있었던 다양한 『이능력』이, 지금은 자신의 몸 어디에도
남아있지 않았다.

"그, 그렇다면 조금 전까지 계속 던졌던 나이프의 의미
는……?!"

마술로 함정을 판 게 아니라 훨씬 더 어이가 없을 정도로
단순한 이유―.

아무리 경이적인 재생 능력이라도 피를 전혀 흘리지 않을
수는 없으니 나이프 공격으로 조금씩 출혈을 유도했다는 뜻
이다.

"그런 바보 같은……! 네, 네놈은…… 【리스트릭션】으
로…… 쿨럭! ……날 생포하려는 게…… 아니었던 건가?!"

"생포? 그게 무슨 소리지?"

알베르트는 쓰레기를 보는 듯한 눈으로 피 웅덩이 위에
몸을 웅크린 버크스를 흘겨보았다.

"네놈 같은 쓰레기를…… 내가 살려둘 거라고 생각했나?"

"아…… 커헉! ……으어어……?!"

"죽어. 네놈에게는 성구를 읊는 것도 아깝다. 구원(九園)
의 업화에 불타면서 영원히 참회해라."

그렇게 담담히 말하는 알베르트의 모습은 그야말로 외전

(外典) 성곡지계역정(聖曲至界歷程)에서 일컬어지는 『지옥』 ^{게헨나} — 명계 제9원에 군림하는 『마왕』 같았다.

하지만 버크스는 이미 과다출혈로 의식이 몽롱한 모양이었다.

사신의 낫에 사로잡힌 상태다. 치유 마술은 통하지 않을 테고 애당초 이렇게 목을 다쳐서 심하게 피를 흘리는 상태에서는 제대로 주문을 영창할 수도 없었다. 머리에 피가 돌지 않으니 정신을 집중하고 마력을 조작하는 것도 도저히 불가능했다.

"그런…… 바보…… 같은……! 하늘의 선택을 받은 이 몸이……! 세계의 축복을 받았을…… 이 몸이…… 이런…… 이런 곳에서……!"

너무나도 부조리하고, 너무나도 불합리했다. 어째서 자신이 이런 지독한 꼴을 당해야 하는 건지, 죽어야만 하는 건지 버크스는 전혀 이해할 수가 없었다.

머지않아 하늘의 위대한 지혜를 얻을 자신이 어째서 이런 꼴을……!

버크스는 자신에게 갑자기 닥친 너무나도 불합리하기 짝이 없는 재난과 미칠 것 같은 절망감에 어린애처럼 울면서 자문자답을 반복했다.

"지옥에서 계속해라."

그 냉혹한 선고는 버크스가 이 세상에서 들은 마지막 말이 되었다.

"마, 마, 말도 안 돼!"

리엘이 단숨에 해치운 세 명의 리엘 레플리카가 바닥에 쓰러졌다.

그 광경을 직면한 라이넬은 머리를 감싸 쥐면서 새파랗게 질린 얼굴로 고함을 질렀다.

"왜?! 왜 레플리카들이 이토록 간단히 당한 거지?! 똑같다고! 이 녀석들은 리엘과 완전히 동일한 성능을 가진 인형들이란 말이다! 그런데 그 고물 하나를 감당하지 못하다니!"

글렌은 공황 상태에 빠진 라이넬을 힐끔 흘겨보며 자신의 몸 상태를 하나씩 확인했다.

뭐랄까, 지독한 상태였다. 하지만 당장 목숨이 위험한 상처는 하나도 없었다.

'아, 그런 거군…….'

글렌은 묘하게 납득했다.

"딱히 신기한 일도 아니잖아?"

그리고 비틀거리는 몸으로 바닥에 떨어진 총을 주워들었다.

"충분히 있을 법한 일이다만."

"거, 거짓말! 이런 말도 안 되는 일이 세상에 어딨냐고! ……말도 안 돼…… 말도 안 돼…… 말도안돼말도안돼말도안돼! 대체 어떻게!"

라이넬은 마치 악몽이라도 꾼 것처럼 떼를 쓰며 악을 썼다.

글렌은 별거 아니라는 듯 대답했다.

"어떻게냐고? 그야~ 물론 약속된 전개라는 거지."

"뭐어?! 약속된 전개?!"

"거 있잖아. 사랑이라든가 용기라든가 우정이라든가 희망이라든가 욕망이라든가 광기…… 응? 뒤로 갈수록 좀 이상한 거 같은데…… 뭐, 아무렴 어때. 아무튼 그런 이유로 인간이 굉장한 힘을 발휘하는 걸…… 뭐랄까, 약속된 전개라고 부르잖아? 그야……."

글렌은 리엘을 힐끔 쳐다보면서 말했다.

"리엘은 『인간』이니까."

"『인간』…… 내가……."

리엘은 뭔가 느끼는 게 있는지 글렌의 말을 되새겼다.

하지만 진실은 더 단순했다.

리엘은 요 2년간 제국 궁정 마도사단의 마도사로서 늘 가혹한 전투를 경험해 왔다. 전사로서는 성장기였던 전투의 천재가 2년이나 죽느냐 사느냐 하는 실전을 경험치로 쌓아왔으니, 냉정하게 생각해보면 지금의 능력이 과거와 똑같을 리가 없었다.

반면에 레플리카들은 2년 전의 『아스트랄 코드』로 만들어졌다.

처음에 글렌은 리엘과 똑같은 모습과 기적에 당황하고 말

앗지만, 세 명이 그토록 몰아붙였는데도 결국 그를 죽이지 못한 점에서 미루어보건대 현재의 리엘보다 능력이 뒤떨어지는 건 명백한 사실이리라.

그런 레플리카 셋이 모여 봤자 리엘의 상대가 될 리 없었다.

이유는 고작 그것뿐이었다.

'뭐, 요컨대 그거군. 데이터가 낡아빠졌던 거야. 리엘이…… 『인간』이 성장할 수 있다는 점을 전혀 고려하지 않았어. 참 웃기는 노릇이구만. 리엘을 인간으로 취급하지 않은 라이넬이…… 결국 리엘의 인간적인 부분에 패배하게 될 줄이야.'

글렌은 연민이 담긴 시선으로 당황해서 어쩔 줄 모르는 라이넬을 쳐다보았다.

"우, 웃기지 마! 그, 그런 비합리적인 정신론이 통할 리가……."

"아, 진짜. 진위 같은 건 아무래도 상관없다고. 중요한 건……."

글렌은 총으로 라이넬의 미간을 겨냥했다.

"널 지켜줄 게 이젠 아무것도 없다는 사실뿐이지."

"……히익?!"

"레플리카는 이제 없어? 좀 더 잔뜩 만들어둘 걸 그랬지?"

라이넬은 황급히 주위를 두리번거리더니 곧 횡설수설 주

문을 영창하기 시작했다.

"큭…… 제기랄! 《사나운 뇌제여·극광의 섬창으로·꿰뚫어라》!"

하지만 주문은 발동하지 않았다.

"어이, 상대의 특기 정도는 예습해 두라고."

글렌은 어느새 왼손으로 광대 아르카나를 들고 있었다.

오리지널 【광대의 세계】. 그 마술이 글렌을 중심으로 한 일정 범위 안의 마술 발동을 완전히 봉쇄했다.

글렌은 그대로 라이넬에게 총을 겨누고 오른발을 질질 끌면서 천천히 걸어갔다.

"히, 히익?!"

라이넬은 겁에 질려서 뒷걸음질을 쳤고 글렌은 그와의 거리를 한 걸음씩 좁혔다.

"으, 으아아아아아!"

그리고 벽까지 몰린 라이넬의 이마에 총구를 들이댔다.

"서, 선생님?! 대, 대체 무슨……!"

그 모습을 마른침을 삼키면서 지켜보던 루미아가 반사적으로 소리쳤다.

"……그야 뻔하잖아? 이런 짓거리를 벌였으니…… 대가를 치러야겠지?"

태도는 차분했지만 글렌의 눈빛은 완전히 가라앉아 있었다.

마치 피투성이 악귀 같은 모습에 루미아는 자기도 모르게 숨을 삼켰다.

"선생님! 그런, 안 돼요! 아무리 그래도 그런 짓은……!"

"루미아, 넌 사람이 너무 물러. 이 녀석은 말이다…… 살려둬선 안 되는 인종이라고."

글렌이 날카롭게 노려보자 루미아는 몸을 움츠렸다.

"자신의 욕망을 위해 아무 죄도 없는 사람들을 태연하게 희생하면서…… 자신의 행위에는 전혀 망설임이나 양심의 가책도 없지. 그게 올바른 일이라고 진심으로 믿고 있어. 동정할 여지가 없는 진정한 사악이다. 난 마도사였을 때 이런 놈들을 몇 명이나 처리해왔어. ……이번에도 예외는 없다."

철컥!

글렌은 공이를 당겼다. 그 둔탁한 소리에는 당장에라도 끊어질 듯한 팽팽한 살기가 담겨 있었다.

"미안하다, 루미아. ……눈 감고 있어. 금방 끝날 테니까……."

당사자가 아닌 루미아조차 등골이 서늘해질 정도로 냉혹한 눈을 한 글렌.

루미아는 글렌의 저런 눈을 본 적이 있었다. 과거에 모든 뒷세계 마술사들을 떨게 한 전설적인 『마술사 킬러』의 눈. 3년 전에 그와 처음 만났을 때 본 차가운 눈이었다.

"히이이이이이이익?!"

한편으로 라이넬은 조직 내에 떠도는 글렌의 일화를 떠올리며 몸을 떨었다.

─ 《광대》를 두려워할지어다. 그자의 앞에서 신비는 진부한 망상으로 몰락하고, 마술사는 그저 무력한 갓난아기로 변할지니. ─

"싫어어어어! 쏘, 쏘지 마! 제발 쏘지 말라고오오오오!"

라이넬은 공포에 질린 나머지 계집애처럼 비명을 질렀다.

"부, 부탁이야! 죽이지 말아줘! 나, 난 죽고 싶지 않아!"

"그게 네가 할 소리냐……?!"

라이넬이 목숨을 구걸하자 글렌은 분노한 나머지 어깨를 덜덜 떨었다.

"넌 레플리카를 하나 만드는 데 대체 몇 명의 영혼을 희생했지?! 아무런 관계도 없는 생명을 그 더럽게 시시한 목적을 위해 장난감 취급하더니…… 막상 자기 목숨은 아깝다는 거냐? 이 쓰레기가!"

글렌이 불처럼 화를 내자 라이넬은 무릎을 덜덜 떨면서 진심으로 공포에 질렸다.

"으…… 사, 살려 주세요……. 죽고 싶지…… 않아……."

"잘 가라. 구원의 악마들에게 안부 전해줘."

글렌은 애원을 무시하고 방아쇠에 건 손가락에 서서히 힘을 담았다.

라이넬은 코앞에서 천천히 방아쇠가 당겨지는 광경을 절망으로 일그러진 표정을 하고 이를 딱딱 부딪치면서 지켜볼 수밖에 없었다.

그리고 마침내―.

방아쇠가―.

"히익…… 시……싫어어어어어어어어어어어어어어!"

끝까지 당겨졌다.

철컥! 건조한 금속음이 주위로 울려 퍼지면서 조용히 메아리쳤다.

"……어?"

최악의 광경을 각오한 루미아가 조심스레 눈을 뜨자―.

"어라~? 총알이 다 떨어졌나~? 이~상~하네~? 내가 숫자를 착각했나~?"

"아, 아, 아, 아, 아……."

냉혹하고 냉철했던 표정은 어디로 갔는지 총을 손가락에 건 채 빙글빙글 돌리며 시치미를 떼는 글렌과…… 지독한 공포로 단숨에 몇십 년은 늙어버린 라이넬의 모습이 보였다.

"아, 맞다! 여기 오기 전에 그 이상한 게랑 슬라임한테 한 발씩 쐈지~. 우와~ 완전히 깜빡하고 있었네~."

글렌은 뻔뻔하게 그런 소리를 지껄이며 총을 벨트에 꽂았다.

"히, 이…… 아…… 아, 아아…… 으…… 아……."

"야, 진짜 쏠 줄 알았어? 혹시 쫄았냐? 꺄하하! 쏠 리가 있겠냐, 바~보!"

한없이 바보 취급하는 태도로 라이넬을 도발했다.

"성가시지만 이래 보여도 난 지금 교사라고. 교, 사."

"으…… 아…… 아아…… 아, 아……."

"교사. 선생님. 즉, 성직자. 살인, 절대로 금지. 러브 & 피스. 만세~!"

한 차례 놀려댄 후―.

"그런 고로…… 음, 뭐랄까. 내가 하고 싶은 말은 딱 하나다."

글렌은 망연자실한 라이넬 앞에서 조용하고도 힘차게 오른손을 단단히 쥐었다.

그리고 왼손으로는 라이넬의 멱살을 쥐고 오른쪽 주먹을 한계까지 뒤로 당기더니―.

"내 학생에게…… 손대지 마!"

팔을 휘둘러서 온 힘을 담은 철권을 날렸다.

"끄아아아아아아아아아아아아아아아악?!"

얼굴 한가운데를 정통으로 얻어맞고 성대하게 날아간 라이넬은 그대로 바닥을 데굴데굴 구르다가 조용해졌다.

"……나 원 참, 사람 귀찮게 하기는……. 이거 잔업수당은 나오겠지……?"

글렌은 이런 상황에서도 변변찮은 푸념을 흘리면서 어디선가 꺼낸 밧줄로 실신한 라이넬을 단단히 묶었다.

"……선생님……. 다행이다……."

루미아는 안도의 한숨을 내쉬었다.

글렌은 강한 사람이다. 학생들과 자신의 소중한 사람들을 위해서라면 악당의 피로 손을 더럽히는 것도 망설이지 않으리라.

동시에 지나칠 정도로 다정한 사람이기도 했다. 죽인 상대가 아무리 구제할 도리가 없는 쓰레기 같은 악당이라도 마음속으로는 희미하게 남은 정을 완전히 떨쳐버리지 못하고 남몰래 괴로워하는 사람. 그리고 다정하기에 지켜야 할 사람들을 위해 그런 자신의 감정을 죽일 수 있는 사람이었다.

애당초 그는 살인이라는 행위 자체에 죄책감과 혐오감을 느끼는 평범한 인간이었다. 루미아는 자신들을 위해 그가 괜히 무거운 짐을 짊어지지 않게 되어서 진심으로 다행이라고 여겼다.

그 순간—.

"루미아."

리엘이 소리 없이 루미아의 곁으로 다가왔다.

"······가만히 있어."

검을 휘두르자 루미아의 팔을 묶은 쇠사슬과 수갑이 잘렸다.

루미아는 몸이 한순간 공중에 뜬 느낌을 받으며 바닥에 무릎을 꿇고 말았다.

"루미아, 미안."

리엘은 그런 루미아 옆에 서서 그렇게 중얼거렸다.

"정말, 미안해. 난 루미아와 시스티나에게 심한 짓을 했어."

"……리엘."

평소처럼 감정이 희박한 표정이었지만…… 작아진 어깨와 등이 그녀를 마치 풀이 죽은 어린애처럼 보이게 했다.

"……내가 무서워졌지?"

"뭐?!"

"괜찮아. 난 이제 두 번 다시 너희 앞에 나타나지 않을 테니까."

"잠깐, 리엘……?"

"루미아랑 시스티나와 만날 수 없는 건…… 응. 굉장히 쓸쓸하겠지만…… 모두와 만나지 않게 되면…… 또 뭐를 위해 살아가야 할지 몰라서 고민하겠지만…… 그래도 나름대로…… 찾아볼 테니까……."

루미아는 이대로 있으면 안 된다고 직감적으로 느꼈다.

"셋이서 본 그 날의 밤바다는…… 굉장히 예뻤어……. 또 보고 싶지만……."

리엘은 띄엄띄엄 자신의 마음을 서툴게 전했다.

하지만 그 뒤에는 돌이킬 수 없는 치명적인 각오가 존재했다.

"……응. 역시 난 잘 모르겠어……."

마지막으로—.

리엘은 아주 잠시 애달픈 미소를 희미하게 지었다.

"바이바이, 루미아."

그리고 방의 출입구를 향해 달려갔다.

"리엘!"

그러자 루미아도 정신없이 달렸다.

자신이 지금 낯 뜨거운 꼬락서니라든가, 운동에 자신이 없는 점 같은 소소한 일 따윈 아무래도 상관없었다.

지금 이 순간만큼은 저 작은 등을 따라잡아야만 했다. 잡지 못하면 이제 두 번 다시 닿지 않으리라. 리엘이 먼 곳으로 떠나버리고 만다.

그런 확신으로 가득한 최악의 예감.

확실히 리엘이 한 행동은 결코 칭찬받을 만한 일이 아니었다. 하지만 사건의 진상은 그저 이용당하기만 했을 뿐. 소중했던 오빠에 대한 마음을 이용당했기에—.

아니, 그것조차 아무래도 상관없었다.

루미아의 머릿속에 떠오른 건 그 날 밤의 바다. 셋이서 함께 시간을 보낸 그 아름다운 밤바다.

머릿속에 또렷하게 새겨져서 눈을 감으면 선명하게 떠오르는 보석 같은 기억.

잃고 싶지 않았다. 시스티나도 사정을 알면 틀림없이 그렇게 생각하리라.

'리엘을 잃고 싶지 않아. 그러니까 난!'

저 작은 등을 향해 필사적으로 손을 뻗었다.

그런 루미아의 필사적인 마음이 하늘에 닿은 것일까.

전력으로 달리는 리엘의 등을 따라잡은— 그런 기적이 일어났다.

"리엘!"

루미아는 리엘의 등을 몸통박치기를 하듯 강하게 끌어안았다.

두 사람은 그대로 기세를 이기지 못하고 그 자리에 넘어졌다.

"……다, 다리가 아파……. 갑자기 저릿하면서 힘이…… 대체 이건……?"

"리엘…… 어디로 가려는 거야?"

"루, 루미아……."

자신을 깔고 엎드린 루미아의 질문에 리엘은 거북하게 시선을 피했다.

"난…… 너희들 곁에 없는 편이…… 좋을…… 테니까……."

"난 그렇게 생각 안 해."

다정한 루미아의 말에 리엘은 입을 다물었다.

"오히려 리엘이 가 버리면…… 쓸쓸할 거야."

"그치만 난…… 아마…… 시스티나에게…… 엄청 미움받았을 거야……."

"시스티는 확실히 이유를 설명하고 제대로 사과하면 용서해주는 마음이 넓은 애야. 옛날에 훨씬 더 심한 짓을 한 나도 용서해줬는걸."

"……"

"아까 선생님께서 말씀하셨잖아? 자신이 소중하게 생각하는 것을 위해 살라고. 워낙 갑작스러운 일이라 많이 놀랐을지도 모르겠지만…… 찾아보자. 우리랑 같이."

리엘의 어깨가 움찔거리며 작게 떨렸다.

"……같이 있어도…… 돼?"

"지금 내가 이렇게 리엘을 붙잡은 건 대답이 안 될까?"

"……으."

그리고—.

"……으흑…… 훌쩍…… 루, 루미아…… 루미아아…… 히끅…… 으아아아앙……."

리엘은 루미아의 품속에서 흐느껴 울기 시작했다.

글렌은 두 소녀가 그런 대화를 나누는 옆에서 이마의 땀을 닦고 일어섰다.

"나 원 참, 이래서 마술사를 포로로 삼는 건 성가시다고. ……그런데 이번에는 완성도가 좀 미묘하네. 하다못해 양초가 있었으면 좀 더 참신할 텐데…… 그리고 꽃도……."

여느 때처럼 『작품』을 완성한 글렌은 루미아에게 안겨서 엉엉 우는 리엘을 기가 막힌 얼굴로 쳐다보았다.

"……정말이지, 마지막까지 귀찮게 하는구만……."

입가에 자연스레 미소를 지은 글렌은 주머니에서 잉크병

을 꺼내 『작품』의 마무리에 착수했다.

　어느 틈에 리엘의 오른쪽 다리에는 새로운 멍이 생겨 있었다.
　그리고 그 근처에는 권총 한 자루가 떨어져 있었다.

종 장 내가 사는 의미

…….

……새하얀 기억이 이어지는 그 눈 덮인 세상.

"……미안하다. 괴로웠지?"

오빠를 많이 닮은 그 남자는 내 모습을 확인하더니 총을 내리고 사과의 말을 입에 담았다.

"하다못해 내가 조금이라도 더 일찍 달려왔더라면……."

잠시 침묵한 그 사람은 갑자기 나에게 질문을 던졌다.

"저기, 너. ……이름은?"

"내…… 내 이름은— **일루시아…… 일루시아 레이포드……**"

내가 이름을 밝히자 그 사람은 한층 더 얼굴을 침통하게 일그러뜨렸다.

"그런가……. 역시 네가 일루시아……. 이야기로 들은 시온의 동생인가……. 네가 이런 꼴이 됐을 정도라면…… 시온은 이미…… 죽은 건가."

"……오빠를…… 알아……?"

"그래. 내가 너희를 조직에서 빼낼…… 예정이었으니까."

"……."

"하지만 시온은 죽었고…… 미안하지만 너도 이제 길지 않을 거다. 솔직히 손 쓸 방법이 없어. 【리바이버】를 시술하고 싶어도 그런 마력과 기량은 나에게 없고, 무엇보다 너 자신에게 남겨진 시간이 없어. ……뭔가 남기고 싶은 말은?"

내가 마지막으로 생각한 것.

대체 내가 살아온 의미는, 오빠가 살아온 의미는 뭐였을까.

생각하면 할수록 모르겠다. 떠오르지 않았다. 그 사실이…… 너무나도 슬펐다.

그 대신 떠오른 것은…… 미련은…….

"당신은…… 이제…… 그 연구소로…… 갈 거야……?"

"……그래. 어차피 그 연구소는 세상에서 없애버려야만 하니까."

"그럼…… 만약……."

갑자기 떠오른 엉뚱한 발상.

죽음을 앞둔 상황에서 문득 떠오른 것은 나와 똑같이 생겼던 파란 머리의 여자애.

역시 아무 의미도 없을지 모르겠지만…… 그래도 나에게는 마지막 남은 구원이었다.

"음?"

"만약…… 당신이 이제부터 갈 곳에서, 나와 같은 모습을 한…… 파란 머리의 여자애를 발견한다면…… 그 아이에게 뭔가 의미가 있는 일을…… 행복하게 살 수 있는 길을……

찾게 해줘……."

"……?!"

"내 목숨에 의미는 없었지만…… 오빠의 목숨에 의미는 없었지만…… 그렇다면, 적어도…… 오빠가 해온 일의 증거…… 내 육체와 기억을 이어받은…… 그 아이…… 그 아이만은……."

"육체와 기억을 이어받았다고? ……아니, 잠깐만…… 그건 설마?!"

"응……. 그 아이는…… 『Re=L 계획』의 저주받은 산물…… 그 사실이 제국 정부에 전해진다면 봉인 당하거나…… 처분당하겠지만…… 그래도, 그래도……!"

죽음을 앞둔 **과거의 나는—** **일루시아였던 나는** 자신이 말도 안 되는 이야기를 한다는 걸 알았지만 그 남자— 글렌에게 울면서 애원했다.

"부탁……할게…… 적어도…… 그 아이만은…… 행복하게 살 수 있는…… 길을……! 왜곡된 섭리로 태어난 아이지만…… 그 아이 본인에게는…… 아무런 죄도…… 없으니까……!"

왜냐하면 그것밖에는—.

나나, 우리 남매에게 남겨진 유일한 위안은…… 그 정도뿐이었기에—.

"……큭."

글렌은 잠시 식은땀을 철철 흘리면서 굳게 눈을 감고 입을 다물었다.

하지만 내 의식이 조금씩 가라앉는 가운데, 내 시야가 완전한 어둠으로 물들기 직전에—

"……알았다. 약속하마."

글렌은 망설임을 떨쳐내듯 고개를 끄덕였다.

"만약 내가 그 녀석을 발견한다면, 네가 바라는 삶을 살아갈 수 있도록 온 힘을 다해 도와주마……. 그러니 안심하고 잠들어. 저세상에서 오빠와 사이좋게 지내고……."

그런 대답을 들은 순간—

나는 안심했다.

"……그래. ……다행……이다……."

그리고 두 번 다시 눈을 뜰 수 없는 영원한 잠에 빠져들었다.
…….

동녘 하늘이 하얗게 밝아질 무렵.

루미아와 리엘은 글렌과 함께 여관으로 돌아왔다.

완전히 엉망이 된 꼬락서니의 세 사람을 보고 기다리던 학생들이 깜짝 놀랐지만, 곧 무사해서 다행이라며 진심이 담긴 안도의 한숨을 내쉬었다.

반 학생들에게 사과를 한 리엘은 루미아가 손을 잡아당기는 대로 곧장 시스티나 앞까지 다가갔다.

"……미안한데 얘들아. 잠깐 저 녀석들끼리만 있게 해줘라."

반 일동은 글렌의 재촉에 마지못해 물러났다.

여관의 앞마당 구석. 반 일동이 멀리서 지켜보는 가운데 리엘은 시스티나에게 뭔가를 소곤소곤 말했다.

이윽고―.

짜악!

시스티나가 갑자기 리엘의 뺨을 때리는 소리가 앞마당에 크게 울려 퍼지는 바람에 다들 깜짝 놀랐지만…….

다음 순간, 그녀는 리엘의 작은 몸을 단단히 끌어안았다.

"~~~~! ~~!"

시스티나가 눈물을 글썽이면서 리엘에게 뭔가를 외쳤다.

"……! ……! ……."

그녀에게 안긴 리엘도 눈물을 뚝뚝 흘리면서 뭔가를 중얼거렸다.

루미아는 그런 두 사람의 모습을 웃는 얼굴로 지켜보았다. 그녀의 눈가에도 역시 눈물이 한가득 고여 있었다.

그런 세 사람의 모습에―.

아아, 이제야 무사히 끝난 거구나…….

학생 일동은 진심으로 그렇게 생각했다.

"우리가 끼어드는 건, 눈치 없는 짓이겠네……."

"예. 정말로요……."

"……흥."

카슈와 웬디와 기블은 등을 돌리고 각자 방으로 돌아가기 시작했다.

다른 학생들도 그 뒤를 따랐다.

"어라? 너희들, 어떻게 된 거야? 무슨 사정인지…… 신경 쓰이지 않아? 모처럼 내가 너희들을 능숙하게 속여 넘길 거짓말을 열심히 생각해뒀는데."

"하하…… 자기 입으로 거짓말이라고 말씀하시면 말짱 꽝이잖아요."

카슈는 어깨를 으쓱거리면서 쓴웃음을 지었다.

"저 세 분이 화해했으니…… 지금은 그걸로 충분하답니다."

웬디는 미소 지으며 세 명을 힐끗 쳐다보았다.

"애초에 전 저 셋과 선생님 사이에 무슨 일이 있었는지 전혀 관심도 없었습니다. 흥, 성대한 시간 낭비였군요. 나 참……."

기블은 안경을 올려 쓴 후 코웃음을 치고 시선을 피했다.

"너희들……."

글렌은 떠나가는 학생들의 등을 바라보았다.

물론 그도 알고 있었다.

그들도 틀림없이 신경 쓰였으리라.

말하고 싶은 것, 듣고 싶은 것, 불만스럽게 생각한 것…… 그런 것들이 산더미처럼 쌓였을 게 분명했다.

하지만 글렌의 학생들은 루미아와 시스티나와 리엘의 저

모습을 보고 무조건으로 긍정해주는 길을 선택한 것이다.

"……이거 참."

글렌은 쓴웃음을 흘리며 머리를 긁었다.

솔직히 말해 얼마 전까지는 아무래도 상관없는 녀석들이었다.

계기는 세리카가 억지로 떠넘긴 마술강사직. 일이다 보니 마지못해 상대한 녀석들이었다.

굳이 따로 언급하자면 마술의 새로운 가능성을 개척하려는 루미아. 자신이 잃어버린 마술에 대한 올곧은 정열을 가지고 있는 시스티나. ……그나마 마음에 걸린 건 이 두 사람뿐, 나머지 학생들은 일상의 배경에 지나지 않았다.

까놓고 말해 성가셨다.

그것이 변변찮은 마술강사 글렌의 거짓 없는 본심이었다.

하지만—.

지금은 과연 어떨까.

"뭐, 어쨌든. ……고맙다."

글렌은 누군가를 특정하지 않고 남몰래 중얼거렸다.

그리고 앞마당 한켠에서 서로를 끌어안고 우는 세 사람의 모습을 계속 지켜보았다.

그런 그의 입가에는 어느새 희미한 미소가 떠올라 있었다.

그리고—.

유감스럽지만, 글렌이 담당하는 반의 원정 수학은 결국 중지되었다.

　이유는 백금 마도 연구소 소장인 버크스 브라우몬의 갑작스러운 『실종』.

　제국 상층부는 갑작스럽게 연구소의 일시 가동 중지 명령을 내렸고, 제국 궁정 마도사단은 아무런 전조도 없이 사이넬리아 섬에 조사 탐색대 — 조사대라고 부르기에는 아무래도 장비가 흉흉해 보이는 부대 — 를 파견했다.

　그와 동시에 섬에 있는 모든 관광객과 연구원에게도 대피 권고가 떨어졌다.

　이제는 한가롭게 원정 수학 같은 걸 하고 있을 상황이 아니었다.

　물론 모든 진실을 사람들에게 밝히지는 않았다.

　결국 정부는 하늘의 지혜 연구회가 뒤에서 관여했다는 사실을 전부 덮고 연구소 안에서 일어난 『불행한 사고』가 원인이었다고 발표했다. 모두가 납득하건 말건 이번 사건은 그런 형태로 어둠 속에 묻히게 되었다.

　하지만 섬에는 아직 많은 사람이 남아 있었다.

　한 번에 모든 사람이 본토에 귀환하는 건 불가능하기 때문이다. 현재도 여객선이 밤낮을 가리지 않고 제국 본토와 사이넬리아 섬을 왕복하고 있지만, 인원을 감당하기에는 턱

없이 부족해서 많은 사람이 대기 중인 상황이었다.

그러나 덕분에 글렌의 학생들은 하루의 여유를 갖게 되었다.

딱히 정해진 일정은 없는 하루 동안의 자유 시간.

그런 고로—.

끝없이 이어진 푸른 하늘. 찬란하게 빛나는 태양. 뜨거운 모래사장.

시원한 바닷바람과 함께 밀려왔다 물러나는 것을 반복하는 파도의 다채로운 색깔.

사이넬리아 섬의 해수욕장에서 수영복을 입은 소년 소녀들의 즐거운 웃음소리가 울려 퍼졌다.

"에잇."

의욕 없이 도약해서 마치 파리라도 내쫓는 것처럼 가볍게 날린 리엘의 살인 스파이크.

콰아아앙! 하고 하늘 높이 치솟는 모래 기둥. 바닥에 크게 입을 벌린 구덩이.

"으아아아아아아아아아아아아악?!"

"뜨아아아아아아아아아아아아아?!"

그 위력에 추풍낙엽처럼 쓸려나가며 하늘을 나는 불쌍한 남학생들…….

"……이겼다.

"응, 나이스 슛! 리엘!"

리엘은 평소와 다름없이 졸린 얼굴로 중얼거렸다.

그러자 마치 태양 같은 미소를 지은 시스티나가 그런 리엘을 뒤에서 껴안아주었다.

"시스티나의 토스가 좋았어."

시스티나에게 안긴 리엘은 어딘지 모르게 자랑스러운 듯 살짝 가슴을 폈다.

"아하하, 둘 다 호흡이 딱 맞네. ……그래도 좀 살살 하자. 리엘."

루미아는 그런 리엘을 쓴웃음을 지으면서 타일렀다.

"젠장…… 리엘은 역시 강해. 에잇, 제기랄! 이대로 계속 질까 보냐! 얘들아! 자신 있는 사람은 기절한 카이와 로드 대신 들어와!"

"히, 힘내 카슈~! ……죽지 않을 정도로만……."

모래투성이가 되어서 바닥에 엎어져 있던 카슈가 근성으로 일어서자 외야에 있는 세실이 미묘한 미소를 지으며 응원을 보냈다.

카슈의 외침에 반 남학생들이 연달아 자기가 해보겠다고 나서며 즉시 코트로 들어갔다.

코트 밖에서 관전에만 집중하는 여학생들은 목숨 아까운 줄 모르는 용감한 남학생들에게 시끄러운 성원을 보냈다.

그런 소란스러운 학생들과는 달리—.

"남성분들도 참······ 비치 발리로 리엘에게 이길 수 있을 리가 없는데 말예요."

"그런 것보다 아직 열려 있는 가게에서 수박을 사 왔답니다."

"저기······ 같이 수박 깨기······ 할래?"

기가 막힌 표정의 웬디. 온화하게 웃는 테레사. 웬일로 들뜬 린······ 물건을 사러 나갔던 삼인조가 마침 그 타이밍에 돌아왔다.

"오! 그거 좋네. 나이스, 웬디! 슬슬 목이 마르기도 하니 수박을 먹고 나서 리엘에게 재도전해야지!"

"······응. 얼마든지 덤벼."

기블은 그런 소란스러움과 약간 떨어진 장소인 야자나무 아래에서 혼자 교복 차림으로 여느 때처럼 책을 읽고 있었다.

하지만 카슈가 달려오는 바람에 뭔가 대화를 나누더니, 누가 봐도 싫은 표정으로 귀찮은 듯 책을 덮고 무거운 엉덩이를 들었다.

"······그렇군. 이게 네가 지키고 싶었던 광경이었나, 글렌."

"글쎄다?"

즐거운 목소리가 끊이지 않는 떠들썩한 광경을 앞에 두고, 비치 파라솔 아래에 누운 글렌에게 알베르트가 말을 건넸다.

현재 알베르트는 간소한 셔츠와 멜빵바지, 둥근 은테 안경. 그리고 그 위에 하얀 로브를 걸친 누가 봐도 연구소의 연구원 같은 복장을 하고 있었다.

"확실히 이 광경은 값을 매길 수 없겠어. ……나도 이번만큼은 너에게 사과해야겠군. 미안했다."

"하! 웬일이래? 기분 나쁘게시리. 너답지 않잖아."

"……흥."

글렌이 의기양양하게 웃자 알베르트는 불쾌한 듯 코웃음을 쳤다.

"그런데…… 글렌. 넌 어떻게 생각하지?"

그리고 목소리의 톤을 약간 낮춰서 질문했다.

"어떻게 생각하냐고? ……그야~ 역시 루미아나 테레사의 수영복이 최고겠지. 순조롭게 성장 중인 데다 지금 이때만 가질 수 있는 풋풋한 느낌도 끝내주고. 사실 난 연하는 별로 관심이 없었는데 뭔가 새로운 세계에 눈 뜰 것 같은 예감이…… 아, 하얀 고양이는 됐어. 저건 아마도 장래성이 제로……"

"누, 가, 그, 딴, 걸, 물, 어, 봤, 냐……!"

알베르트는 평소와 다름없는 냉담한 목소리와 타인의 접근을 불허하는 위험한 분위기를 풍기면서 누워 있는 글렌을 향해 왼쪽 손가락을 내밀었다.

"좋다. 네놈의 【광대의 세계】와 내 【라이트닝 피어스】…… 어느 쪽이 빠른지 시험해 볼까?"

"노, 농담이야, 농담! 알 군, 농담이라니까……. 아하, 아하하……그, 그러니까 그 무서운 손가락 좀 치워줄래……?"

글렌은 새파랗게 질려서 땀을 폭포처럼 철철 흘렸다.

"이, 이번 사건을 계기로 그 조직과의 싸움에 뭔가 진전이 있겠느냐는 거지? 사실 너도 잘 알잖아? 진전이 있을 리가 없지. 그건 자신 있게 단언할게."

알베르트는 혀를 차면서 손가락을 거두었다.

"고작 외진(外陣)…… 포털스 오더 클래스에 불과한 라이넬이 조직의 심연으로 이어지는 정보를 가지고 있을 리가 없어. 네가 처리한 버크스도 마찬가지고. 그 정도의 놈들이 뭔가 정보를 가졌다면, 건국 이래 오늘날까지 조직과의 항쟁이 이어졌을 리가 없지. 너도 그걸 잘 아니까 버크스 자식을 해치운 거잖아?"

"……."

"그나마 나올 만한 정보라고 해봤자 마술사에 의한 세계 지배를 노리고 있다는 것과…… 그 매번 납시는 『금기교전(禁忌敎典)』에 대한 이유 없는 집착뿐일걸."

알베르트는 한쪽 눈썹을 날카롭게 세웠다.

아카식 레코드…… 사실 요전번 마술 경기제 소동에서 엘레노아로부터 들은 게 처음은 아니었다.

실은 제국 정부와 하늘의 지혜 연구회가 싸우는 과정에서 몇 번이나 언급된 단어였다.

하지만 그 단어의 진정한 의미는 현재까지 밝혀지지 않았다. 글자 그대로 서적을 의미하는 건지, 아니면 어떤 은어인 건지. 대체 어디에 쓰는 물건인지조차 파악하지 못했다.

"정말 영문을 알 수 없는 놈들이란 말씀이야……. 자신들 조차 구체적으로 『아카식 레코드』가 뭔지도 모르는 주제에 왜 그토록 갈망하는 거지?"

"저주에 가까운 강렬한 카리스마를 느끼게 하는 암시 주 법을 쓴 걸지도 모르지. 조직의 결속을 굳히고 외부의 협력 자를 끌어들여서 장기 말로 쉽게 조종하기 위한."

"그렇군. 그리고 말단 구성원이나 외부 협력자에게는 중요 한 정보를 가르쳐주지 않아서 언제든지 꼬리를 자를 수 있 게 하고? ……나 원 참, 생각할수록 구역질이 치미는 조직이 구만 진짜."

글렌은 지긋지긋하다는 듯이 하늘을 올려다보았다.

한편 알베르트는 혼자 사색에 잠겼다.

아카식 레코드. 역시 정체가 뭔지 짐작도 가지 않았다.

하지만—.

'엘레노아 샤레트…… 그 여자는 다른 말단 구성원과 달 라. 그 여자의 말투…… 틀림없이 『아카식 레코드』에 대해 뭔가 알고 있는 눈치였어…….'

알베르트의 머릿속에 나락의 어둠을 머금은 그녀의 으스 스한 미소가 떠올랐다.

'역시 조직의 진상에 접근하려면 내진(內陣)…… 어뎁터스 오더 클래스 이상을 확보해야 하나. 그런데 그 여자…… 저번에도 그랬지만 이번에는 더더욱 이해할 수가 없군. 『Project : Revive Life』의 핵심이었던 왕녀를 내버려 두고 홀연히 도주하다니…… 이번에는 대체 뭐가 목적이었던 거지?'

짜증이 치솟았다.

그 여자에게 관여하면 관여할수록 본인과 조직의 목적이 오리무중에 빠졌다.

역시 그 여자는 보통내기가 아니다. 전투 능력 이상으로 바닥을 알 수 없는 뭔가가 있었다.

게다가 적은 엘레노아뿐만이 아니었다. 어차피 그녀는 빙산의 일각이다. 오히려 직접 모습을 드러내고 활동하는 점으로 미루어 봐선 어뎁터스 오더 중에서도 서열이 낮은 편이라고 생각하는 게 자연스러웠다.

다른 어뎁터스 오더 클래스의 마술사들. 그리고 존재 자체가 전설로 일컬어지는 헤븐스 오더 클래스의 마술사들을 생각하면 제아무리 알베르트라도 머리가 아플 지경이었다.

'그래도 반드시 궁지에 몰아넣어주마. 하늘의 지혜 연구회…… 난 네놈들 같은 사악한 존재를 결코 용서할 수 없어. 반드시 이 나라에서 없애주겠다…… 반드시. 그리고—.'

알베르트의 머릿속에 사제복 차림을 한 초로의 남성이 떠올랐다.

'**그 남자**에게 이 손으로 응보를—.'

"······야, 알베르트. 넌 또 왜 그런 무서운 표정이냐?"

글렌은 날카로운 눈으로 먼 곳을 응시하는 알베르트를 올려다보았다.

"하하하, 제법 유익한 시간이었습니다. 글렌 씨."

그 순간, 알베르트의 말투와 태도가 온화한 청년의 그것으로 돌변했다.

"······엥?"

"당신의 술식 해석은 참신하더군요. 언젠가 또 당신과 마술에 관해 토론할 수 있기를 기대하겠습니다. 그럼 전 이만······."

그리고 신사답게 말하며 등을 돌리고 부리나케 떠났다.

"······갑자기 왜 저래?"

글렌은 어안이 벙벙해서 입을 떡 벌렸다.

"아, 저기 계셔! 선생님~! 선생님도 같이 수박 드세요~!"

그러자 알베르트와 교대하듯 루미아와 시스티나가 글렌에게 달려왔다.

리엘도 두 사람 뒤를 새끼 오리처럼 졸래졸래 따라왔다.

그 모습에 글렌은 절로 미소가 나왔다.

"후후, 선생님······. 많이 피곤하신 모양이네요? 괜찮으세요?"

루미아가 배려하듯 물어보았다.

"하하하! 안심해. 커다란 검에 꼬챙이가 됐을 때보단 훨씬 나으니까."

글렌이 무신경한 발언을 하자 뒤에 있던 리엘이 몸을 움찔 떨었다.

"으……."

아주 살짝 눈물을 글썽거리면서 미안한 얼굴로 어쩔 줄 몰라 했다.

"잠깐만요, 선생님! 그렇게까지 말씀하실 건 없잖아요!"

그러자 시스티나가 글렌에게 검지를 들이밀며 리엘을 감쌌다.

"그런 사정이 있었는데! 리엘도 반성했는데! 결국 무사하셨으면서! 지나간 일을 계속 질질 끄는 건 남자답지 못하다구요!"

"호오? 하얀 고양이. 넌 그 녀석 편을 드는 거냐?"

글렌은 어깨를 으쓱거리며 시스티나를 시험하는 것처럼 말했다.

"너도 꽤 무서운 꼴을 당했다고 들었다만?"

"그, 그건 ……그랬지만…… 그래도 어쩔 수 없잖아요……. 그런 사정을 들은 데다가 울면서 사과하는데 화를 낼 수는…… 게다가……."

"게다가?"

"그때 리엘은…… 저더러 자신을 쏘라고 했었는걸요……."

"……."

"이제 와서 냉정히 생각해보면…… 그건 자신을 막아달라는 뜻이었을 거예요. ……하지만 전 주문을 쏠 용기가 없어서…… 결국 막지 못했으니…… 저도 전혀 잘못이 없다고는…… 아, 진짜! 아무튼 좋은 게 좋은 거라구요! 선생님도 남자라면 지나간 일을 가지고 계속—."

"그런가. 네가 괜찮다면 상관없겠지."

시스티나가 악을 쓰기 시작했지만 글렌은 태연하게 흘려넘기고 등을 돌렸다.

독기가 빠진 시스티나는 잠시 눈을 깜빡거리며 그 등을 쳐다봤지만…… 이윽고 뾰로통한 얼굴로 변해서 태연자약한 글렌을 노려보았다.

"……윽. ……치, 치사해요! 정말이지!"

"아하하…… 진정해. 시스티."

말할 곳을 잃은 시스티나는 주먹을 부들부들 떨었고 루미아가 그런 그녀를 달랬다.

그 순간—.

"아, 맞아. 그러고 보니……."

갑자기 글렌은 문득 생각났다는 듯이 시스티나에게 몸을 돌렸다.

"하얀 고양이. 알베르트한테 들었다. 네가 또 날 구해줬다며?"

"예?"

"백마의 【리바이버】 말이다. 알베르트가 의식을 진행할 때 보좌역을 맡고 마력 공급을 해줬다고 들었다만?"

"아아, 그거 말인가요. ……아."

다음 순간, 시스티나는 대체 무슨 생각이 떠오른 건지 살짝 침을 삼키고 입을 다물더니 글렌에게서 황급히 시선을 피했다. 얼굴이 삽시간에 새빨갛게 물들었다.

"일단 고맙다고 말해두려고. 땡큐, 덕분에 살았다. ……아니, 그런데 너 왜 그리 얼굴이 빨개? ……감기야?"

"……으…… 으으…… 으~!"

시스티나는 입가를 양손으로 누르며 눈물을 글썽거리는 눈으로 화가 난 것처럼 글렌을 노려보았다.

"으~! 처, 처음이었는데…… 이런 인간이 내……내……."

"처음? 아니, 뭐 그야 당연하잖아? 네 나이 또래에 백마의 【리바이버】 시술에 입회하는 희귀한 체험을 하는 건 처음인 게 당연……."

"시끄러워욧! 이 바보! 바보오! 그런 게 아니라구요! 그, 그런 건 노 카운트! 노 카운트예요! 으~! 이제 전 몰라요!"

시스티나는 마치 진짜 고양이처럼 글렌을 위협하더니 등을 돌리고 달려갔다.

"잠깐, 시스티?! 저기, 선생님. 리엘. 전 시스티 좀 보고 올게요!"

루미아는 황급히 그녀의 뒤를 따라갔다.

글렌은 그런 두 사람의 모습을 어리둥절한 얼굴로 배웅했다.

"내가 또 무슨 짓을 저질렀나? ……이번만큼은 진심으로 영문을 모르겠다만."

리엘은 그런 글렌 옆에 팔로 무릎을 감싸듯이 앉으며 중얼거렸다.

"있지, 글렌. 난…… 정말로 저 두 사람 곁에 있어도 괜찮은 걸까?"

'꽤 인간다워졌구만.'

글렌은 깊은 감회를 느끼면서 무난하게 대답하기로 했다.

"글쎄다. 앞으로 너 하기 나름 아닐까?"

"내가 하기 나름?"

"이미 저지른 일은 돌이킬 수 없어. 그러니 저 녀석들이 네가 곁에 있어줘서 좋았다는 생각을 하도록 앞으로 노력해봐."

그리고 리엘의 머리에 살짝 손을 얹었다.

"실수하면서 앞으로 나아가는 게 인간이야. 뭐, 네가 하고 싶은 대로 해봐. 내가 뒤에서 도와줄 테니까."

그래도 상해사건이나 기물파손은 참아줬으면 싶었다. 이 대로 가다간 슬슬 본격적으로 월급을 학원에 지불해야 할 지경이다.

"……응. 알았어."

글렌의 말에 리엘은 힘차게 고개를 끄덕였다.

"일단 난 루미아를 지킬래. 그리고 덤으로 시스티나도. 저 두 사람은 늘 함께 있으면서 웃는 편이 좋다고 생각하니까."

"……덤 취급이냐. 하다못해 두 사람을 지키겠다고 하는
게…… 뭐. 그건 임무와는 미묘하게 어긋나겠지만."

"만약 적이 와서 위험해져도 난 욕망이라든가 광기 같은
걸로 엄청난 힘을 발휘해서 두 사람을 지켜낼 거야. 난 인간
이니까 가능해."

"내가 말했던 그 정신론이냐……. 아니, 그보다 기억한 게
하필이면 그거야? 앞에 훨씬 더 제대로 된 말도 했는
데……."

"난 이제 어렵게 생각하지 않을 거야…… 바보니까. 응, 바
보니까. ……바보니까."

"야…… 혹시 가슴에 담아둔 거야? 응? 담아둔 거지? 그
치?"

"그리고……."

리엘은 고개를 돌려서 글렌을 지그시 응시했다.

"글렌. 난 역시 널 위해서 살고, 싸울래."

"나 원 참, 또 묘한 병이 도진 거냐……."

근본적인 부분은 바뀌지 않은 걸까. 글렌은 기가 막혀서
리엘에게 시선을 돌렸다.

"그~러~니~까~ 전에 말했지? 날 네 오빠 대신으로 삼
는 건—"

"오빠 대신이 아니야."

"……?!"

그 순간—.

글렌은 믿을 수 없는 광경을 목도하고 그 자리에 굳어 버렸다.

감정을 읽을 수 없는 늘 졸린 듯한 무표정의 리엘이— 희미하게 웃었기 때문이다.

"얼마 전까지는 그랬을지도 몰라. 하지만 지금은…… 왠지 잘 모르겠지만…… 그렇게 하고 싶으니까 그렇게 할래. …… 응, 그런 느낌이야. 아마도."

"……리엘."

"루미아와 시스티나를 지킬 거야. 그리고 글렌, 네 검이 되겠어. 글렌이 원하는 길을 개척하기 위해, 글렌의 지키고 싶은 걸 지키기 위해서 난 검을 휘두를까 해. 잘은 모르겠지만…… 아마 그게 내 소중한 것일지도…… 몰라. 그러니까 그걸 위해 살아가는 건…… 안 될까?"

글렌은 리엘의 눈을 쳐다보았다.

똑바로 이쪽을 응시하는 그 눈은 — 리엘치고는 드물게 진지했고 — 적어도 누군가에게 의존해서 생각하는 걸 포기한 인간의 눈이 아니었다.

"……너도 취향 참 별나다. 맘대로 해."

"응. 맘대로 할게."

글렌은 한숨을 내쉬며 손바닥을 내저었다.

리엘은 생긋 웃고 고개를 살짝 갸웃했다.

그런 두 사람의 시선 앞에 루미아가 시스티나를 달래면서 끌고 오는 게 보였다. 시스티나는 아직도 새빨간 얼굴로 뭔가 시끄럽게 짹짹대는 모양이었다.

'나 원 참, 앞으로도 골치 아픈 일이 계속될 것 같네⋯⋯.'

약간 진저리가 났지만 글렌은 무의식적으로 입가에 새어 나오는 웃음을 참을 수 없었다.

─모처에서.

어둡고, 좁고, 축축한 공기. 근처에서 흐르는 물소리.

앞뒤로 한없이 이어진 폐쇄적인 통로에 누군가의 발소리가 메아리쳤다.

"후우⋯⋯ 정말이지."

마침 그때 엘레노아는 외부로 알려지지 않은 지하수로를 걷고 있었다.

"알베르트 님과 글렌 님⋯⋯ 역시 그 두 분을 상대하는 건 지치네요⋯⋯. 조금만 더 격렬했으면 제가 망가져 버릴 참이었지 뭐예요."

엘레노아의 입술에서 어딘지 모르게 요염한 색향을 띤 뜨거운 숨결이 새어나왔다.

"모처럼 목적은 달성했으니 쓸데없는 위험은 피하는 편이 좋겠죠⋯⋯. 버크스 님과 라이넬 님은 좀 가엾게 됐지만요."

지금 지상에서는 제국 궁정 마도사단이 섬 안을 샅샅이 뒤지고 있겠지만 문제 될 건 없었다. 탈출 계획은 완벽했다.

"하지만 그 두 분이 제대로 미끼 역할을 완수해주신 덕분에 쉽게 빠져나올 수 있었으니…… 두 분께는 감사를 드려야겠네요."

엘레노아는 홀로 비웃음을 흘렸다.

낮은 클래스인 라이넬은 제국이 들어서 곤란할 만한 정보를 전혀 알지 못했고, 어차피 참가 지원자^{프로베이셔너}에 불과한 버크스도 마찬가지였다. 그 둘이 죽든 살았든 조직과 조직의 목적에 관한 정보는 외부로 유출되지 않으리라.

애당초 엘레노아는 버크스와 함께 글렌 일행을 맞이하러 나갈 때, 버크스에게 자신의 존재를 의식 밖으로 몰아내는 인식 조작 마술을 걸었지만…… 그 정도의 인식 조작에 걸리는 마술사가 조직의 이너 자리를 받을 자격은 없었다. 평생 아우터에서 올라올 수 없으리라.

여하튼 하늘의 지혜 연구회의 이너에 가입하기 위한 진정한 조건이라는 건…….

"……뭐, 아무렴 어떤가요. 그 두 사람은 자격이 없어도 이번 일로 대도사님의 위대한 계획에 도움이 됐으니까요. 그건 참 영광스럽고 행복한 일인걸요……."

조소하면서 멈춰 선 엘레노아는 품속에서 작은 결정을 꺼냈다. 그 결정에는 이번에 성공한 『Project : Revive Life』

의 모든 데이터가 기록되어 있었다.

이것이 바로 이번에 엘레노아가 목숨보다 중요하게 여겨야 할 최우선 사항이었다.

"자, 그럼 그 왕녀 루미아 님은…… 예, 이건 제 예상을 뛰어넘었네요. 『왕의 법』^{일스 마그나} 부여율— 98퍼센트……. 이건 여태까지의 R인자 발현자 중에서는 역대 최고 수치일까요. 일단은 완성이라고 봐도 괜찮겠죠. 얼마든지 대체할 수 있는 부품이라고는 해도 마침내 여기까지 온 걸 생각하니 감회가 깊군요. 후훗…… 제국 왕실 여러분도 오랫동안 수고 많으셨습니다. 대도사님도 분명 이 결과에 만족하시겠지요……."

엘레노아는 그 결정 조각을 사랑스러운 눈길로 쳐다보다가 다시 품속의 주머니로 집어넣었다.

"하늘의 성에 이르는 『열쇠』 중 하나가 완성됐네요. 그리고 완성해 버린 이상, 루미아 님의 신병을 생사 불문하고 확보하기 위해 서두를 필요는 없겠어요. 루미아 님을 살해해서 더 빨리 『열쇠』의 완성도를 높이자고 주장하는 급진파와, 현 상태로 『열쇠』로 확보해서 다음 단계로 계획을 진행하자고 주장하는 현상 긍정파의 항쟁도 한동안 얌전해지겠지요. ……후훗, 만족스럽네요."

그리고 문득 걸음을 멈추면서 한숨을 내쉬었다.

"후우…… 그건 그렇고 루미아 님의 능력 규격을 관측하기 위한 이번 실험…… 역시 피곤하네요. 이제 여러모로 바빠질 테니…… 잠시 휴가를 받았으면 좋겠네요……. 자, 그 럼……."

엘레노아는 마음을 다잡고 다시 걷기 시작했다.

앞에 아치형 출구가 보이기 시작했다.

심연의 어둠으로 가득한 그 앞은 대체 어디로 이어진 것 일까.

"앞으로 어떻게 움직일까요……. 일단 헤븐스 오더 여러분 과 상담을 해봐야겠군요……."

엘레노아의 모습은 그 암흑 속으로 조용히 삼켜졌다—.

■작가 후기

　안녕하세요. 히츠지 타로입니다.

　이번에는 『변변찮은 마술강사와 금기교전』 4권이 발매되었습니다.

　편집자님 및 출판 관계자 여러분, 그리고 이 『변변찮은』 혹은, 『변마금』을 지지하고 응원해주신 독자 여러분께도 무한한 감사를. 정말 감사합니다!

　자, 그럼 4권에 관한 겁니다만…… 이야~ 전 이런 이야기가 쓰고 싶었다고요!

　이번에는 글렌 & 알베르트. 전 제국 궁정 마도사단의 콤비가 대활약! 서로 양보할 수 없는 신념을 가슴에 품고 하나의 목적을 위해 함께 싸우는 뜨거운 전개……. 역시 이런 남자들의 서툰 대화라는 게 참 좋죠. 타오릅니다! 물론 히로인들도 각자의 위치에서 개성을 발휘하며 생동감 있게 움직여줬다고 생각합니다. 만족!

　그런데 갑작스러운 이야기입니다만 저에겐 창작활동에 조언을 해주는 신뢰할 만한 친구가 있습니다. 자주 발표 전의 원고를 보여주고 의견을 듣습니다만…… 이번에는 이런 대화를 나눴는데요.

"카아~! 아깝다, 히츠지! 뭐가 아까우냐고? 알베르트 말야! 알베르트!"

"뭐? 알베르트가 왜? 뭔가 문제라도 있어?"

"아니, 그런 게 아니라…… 너 왜 이 녀석을 남자로 설정한 거야?"

그 친구도 농담이었는지 그때는 뭐? 너 갑자기 무슨 소리야? 바보 아냐? 시끄러워~ 농담이라고. 아하하! 하고 서로 웃으며 넘겼습니다만…….

나중에 곰곰이 생각해보니—.

알베르트의 캐릭터성은…… 확실히 어딘지 모르게 히로인 같은 느낌이 드는 듯 마는 듯?

예를 들면 지금까지 알베르트가 한 대사를 『긴 흑발의 **남성**』이 아니라 『긴 흑발의 **여성**』이 했던 걸로 머릿속에서 치환해보면…….

『……알았어. 네가 그렇게까지 말하니 나도 믿어보지.』

『칫…… 맘대로 해라. 이번에야말로 난 정말로 너에게 정나미가 떨어졌으니.』

『뭐, 됐다. 일단 난 경고했으니. 이젠 네가 만약의 상황에 주저하지 않기만을 바랄 뿐이다.』

어, 어라? 이 녀석, 왠지 진짜 히로인으로 내세워도 이상하지 않잖아? 쿨데레 타입의 누님 캐릭터?! 게다가 꽤 내 취향이야! 이거라면 혹시…….

……아니지, 아냐. 기다리라고, 히츠지! 넌 남자들의 서툰 우정이나 주먹으로 대화를 나누지 않으면 서로를 이해할 수 없는 열혈 전개를 쓰고 싶었던 거잖아?! 알베르트는 그걸 위해서 오랫동안 설정을 조정한 캐릭터였잖아?! 이제 와서 그 뜻을 굽힐 거야?! 한때의 유혹을 이기지 못하고 전부 뒤엎겠다니…… 그게 용납될 수 있겠어? 독자 여러분께 죄송하지도 않아?!

"맞아. 난 프로 소설가야! 그 긍지를 걸고 관철해야만 하는 길…… 이미 잘 알고 있잖아? 안 그래? 히츠지! 난 반드시 소설가가 지녀야 할 긍지를 지키고 말겠어!"

그리고 다음 날—.

『예, 여보세요. 전화 바꿨습니다. 판타지아 문고 편집부의 I입니다.』

"아, 담당 편집자 I님? 안녕하세요, 히츠지입니다. 사실 굉장히 좋은 아이디어가 떠올랐는데요. 알베르트가 실은 여자였다! 이런 전개는……."

『기각이다, 바보 자식아.』

히츠지 타로

안녕하세요, 그리고 오래 기다리셨습니다.

변변찮은 마술강사와 금기교전 4권, 리엘 편 하권입니다.

사실 라이트노벨을 많이 읽다 보면 이 표지 사기 아닌가? 라는 생각이 들 정도로 표지 모델과는 전혀 다른 캐릭터들이 더 크게 활약하는 경우가 종종 있습니다만, 적어도 이 시리즈는 그런 점에서는 안심이네요. 이번 권에서는 표지 모델이자, 글렌의 옛 동료인 알베르트가 종횡무진 활약했습니다! 지금까지 공개된 스펙만 봐도 사각이 거의 없는 캐릭터인데 아직 밝혀지지 않은 능력도 있다고 하니 벌써 기대가 되네요.

그리고 세 히로인의 취급은…… 진심으로 작가님이 새디스트가 아닐지 의심이 들기 시작했습니다. 1권부터 그런 낌새가 조금씩 느껴지긴 했는데 이번 4권이 화룡점정을 찍는 게 아닐까 싶네요. 사실 가장 심하게 구르는 건 주인공인 글렌이긴 합니다만, 저항할 능력이 없는 애들을 괴롭히는 건 아무래도 좀……. 그래도 시스티나는 이번 권에서 앞으로 강해질 수 있다는 복선이 생겼고 리엘도 두부 멘탈을 가다듬었으니 앞으로의 활약을 기대해봅니다.

그럼 이만 짧은 후기를 마치고 다음 권에서 뵐 수 있기를 바랍니다.

변변찮은 마술강사와 금기교전 4

1판 1쇄 발행 2016년 12월 10일
1판 8쇄 발행 2020년 4월 22일

지은이_ Taro Hitsuji
일러스트_ Kurone Mishima
옮긴이_ 최승원

발행인_ 신현호
편집부장_ 윤영천
편집진행_ 김기준 · 김승신 · 원현선 · 권세라 · 유재슬
편집디자인_ 양우연
국제업무_ 정아라 · 전은지
관리 · 영업_ 김민원 · 조은걸 · 조인희

펴낸곳_ (주)디앤씨미디어
등록_ 2002년 4월 25일 제20-260호
주소_ 서울시 구로구 디지털로 26길 111 JnK디지털타워 503호
전화_ 02-333-2513(대표)
팩시밀리_ 02-333-2514
이메일_ lnovelpiya@naver.com
ㄴ노벨 공식 카페_ http://cafe.naver.com/lnovel11

AKASHIC RECORDS OF BASTARD MAGIC INSTRUCTOR Vol.4
©Taro Hitsuji, Kurone Mishima 2015
First published in Japan in 2015 by KADOKAWA CORPORATION, Tokyo.
Korean translation rights arranged with KADOKAWA CORPORATION, Tokyo.

ISBN 979-11-278-3854-6 04830
ISBN 979-11-86906-46-0 (세트)

값 6,800원

Copyright © 2016 Senri Akatsuki
Illustrations copyright © 2016 Ayumu Kasuga
SB Creative Corp.

최약무패의 신장기룡 1~9권

아카츠키 센리 지음 | 카스가 아유무 일러스트 | 원성민 옮김

5년 전 혁명으로 인해 멸망한 제국의 왕자 · 룩스는 실수로 난입하고 만
여자기숙사 목욕탕에서 신왕국의 공주 · 리즈샤르테와 만난다.
"⋯⋯언제까지 내 알몸을 보고 있을 생각이냐, 이 바보 자식아아아앗!"
유적에서 발굴된 고대병기 장갑기룡.
일찍이 최강의 기룡사라고 불리던 룩스는,
지금은 공격을 전혀 하지 않는 기룡사로서『무패의 최약』이라고 불리고 있었다.
리즈샤르테의 도전을 받아 결투를 벌인 끝에,
룩스는 어찌 된 영문인지 기룡사 육성을 위한 여학원에 입학하게 되는데⋯⋯?!
왕립 사관학원의 귀족 자녀들에게 둘러싸인 몰락왕자의 이야기가 시작된다.

왕도와 패도가 엇갈리는
『최강』의 학원 판타지 배틀, 개막!
TV애니메이션 애니플러스 방영작!

라이트노벨의 새로운 빛! L노벨의 신간은 매월 10일에 발매됩니다. http://cafe.naver.com/lnovel11

중고라도 사랑이 하고 싶어! 1~2권

타오 노리타케 지음 | ReDrop 일러스트 | 이진주 옮김

"웃기지 마! 이 비처녀가!" 고등학생 아라미야 세이이치는
교내에서 제일가는 불량 학생 아야메 코토코의 말썽에 휘말린 사건을 계기로
아야메 코토코가 끈덕지게 따라다니는 상황에 처하게 되고, 심지어 고백까지 받는다.
그러나 세이이치는 신념에 따라 그것을 거절한다.
"야겜의 히로인 말고는 흥미 없어." 미인이지만 중고라는 소문이 도는
코토코는 아예 논외였다. 그것으로 포기하리라고 생각했건만…….
"반드시 네 이상이 돼주겠어."
그렇게 선언한 코토코는 게임의 히로인과 같은 트윈테일 미소녀로 변신!
이건 대체 무슨 야겜? 인가 싶을 만큼 억지스러운 방법으로 세이이치에게 접근한다!!
불량소녀와 오타쿠.
얽힐 일이 없을 터였던 두 사람의 이야기는 어디로 향할 것인가?!

『소설가가 되자』에서 화제가 된,
「사실은 일편단심 순정 소녀」계 러브코미디!!

라이트노벨의 새로운 빛! L노벨의 신간은 매월 10일에 발매됩니다. http://cafe.naver.com/lnovel11